中等职业教育文秘专业规划教材

秘书日常工作实训

主　编　雷　鸣　吴良勤
副主编　李喜民　段　赟
主　审　史振洪　朱贵喜

中国人民大学出版社
·北京·

前　言

随着社会主义经济的迅速发展，社会各用人单位对于秘书人才的要求越来越高，对我国的职业教育也提出了一个新的挑战。职业教育要培养出什么样的秘书人才才能够适应社会和市场的需求？这是每一个从事或关注秘书教育的人都应该认真思索的问题。

职业教育强调专业技能和实践能力的培养，这已经成为社会的共识。面对新的形势，我们在不断地摸索、尝试新的教学方法和方式。实践证明，实训教学有利于培养高素质、高技能的专门技术人才。当然，仅有好的设想还不够，实训项目和实训内容的设置让很多从事职业教育的老师感到头疼。为了解决这个难题，我们编写了这本教材，旨在指导实训教学。

职业能力的培养与训练也必须和其他教学环节一样，要有周密的计划和部署，我们编写本书时从以下几个大的方面进行了考虑。

一、实训项目设置

传统秘书教材中，把秘书的日常工作分为"办文"、"办会"和"办事"三个方面。本教材打破了传统的分类方法，按照秘书日常工作中所涉及的工作程序进行归纳，把秘书日常工作分成12类，实训项目就是按照这个分类进行设置的。这12类工作内容主要包括办公室管理、接打电话、接待客人、信息工作、上司的日程安排、会务工作、商务活动、档案管理工作、上司出差前后的工作、办公自动化、其他工作和综合实务。

通过与上述12类工作内容相关的若干实训项目，培养和锻炼秘书专业学生的写作、实务、交际的能力，要求学生坐下来能写、站起来能说、走出去能干；使秘书专业的学生达到"走出来，顶上去"的要求，即学生一毕业就能直接上岗，不需要进行岗前培训。

二、实训方式设置和实训场地要求

（一）实训方式设置

全书根据秘书工作的12类内容，设置了149个实训任务，实训任务以项目训练为主。

为了方便教师授课，每章运用简短的篇幅对本章的知识点进行概括，每一节根据知识点设置与知识点相关、在职业秘书实际工作中运用较多的事例进行实训，并要求学生在实训过程中学会相应的知识。

实训时，有些实训项目任务比较重的，学生可以分组协作完成。可以先把学生进行分组，一般情况下 3 人～4 人一组，每组推举一名组长，每个组员根据不同的实训项目扮演不同的角色，并完成该角色应该完成的秘书工作。

（二）实训场地要求

实训场地最好是 60 平方米左右的实训室。实训室中模拟现代企业办公模式，将实训室用隔板隔成若干小型办公室，每一个办公室作为公司的一个部门，每个部门要有一台能够上网的电脑，每两个办公室要有一部电话和一部传真机，整个实训室要有复印机、扫描仪、数码相机、摄像机、碎纸机等办公设备。

三、实训考核方式

实训考核主要考查学生完成项目任务的情况，要求学生根据不同的项目任务，个人独立或者小组协作完成相应的实训任务，并形成电子文本，参加实训成果汇报。汇报时每个小组推举一名中心发言人，发言时必须将发言内容制作成 PPT，其他成员可作补充。发言结束，小组先自评，接着由学生间相互点评，最后由老师结合实训情况进行点评。实训任务完成后，学生上交电子文本和打印的纸质文本，教师根据学生上交的作品情况，结合学生汇报情况综合评定实训成绩。

参与本书编写的编者大都是来自于职业院校秘书专业教学第一线、具有丰富的教学经验和工作实践经验的秘书专业教师。本书编写者的分工是：李喜民（郑州牧业工程高等专科学校）负责编写第一章；孙东雅（中国政法大学法学博士生）负责编写第二章；雷鸣（郑州牧业工程高等专科学校）负责编写第三、四、八、十二章；吴良勤（钟山职业技术学院）负责编写第五、六、九、十二章；段赟（钟山职业技术学院）负责编写第七、十章；孟顺英（郑州牧业工程高等专科学校）负责编写第十一章。雷鸣和吴良勤负责编写的组织工作并对全书进行统稿。本书由雷鸣、吴良勤担任主编，李喜民、段赟担任副主编，由钟山职业技术学院新闻传播系主任史振洪教授、钟山职业技术学院教务处朱贵喜副研究员担任主审。

本书在撰写过程中，参考、借鉴了大量文献，走访了一线秘书，在此，对所有参考文献作者和秘书表示衷心的感谢！

尽管编写组力求本书体例合理、内容新颖、文字规范，但由于时间仓促、篇幅有限，特别是编写者水平有限，在本书中难免存在疏漏和不妥之处，恳请各位专家、同仁和广大读者不吝赐教，以便进一步修订使之日臻完善！

编者

2011 年 8 月

目　　录

第一章

办公室管理

　　办公室一是指办公的地方，即工作人员完成任务、执行其职责的工作地点，公司为完成其管理目标而进行工作的工作场所；二是指工作机构，是领导工作的辅助性机构。秘书的办公室管理事务兼具两方面的含义，既指秘书自身及上司工作场所的管理，同时也指对为上司服务的辅助性机构的管理。秘书办公室管理的基本任务就是管理事务，搞好服务，具体表现为办公环境管理、办公室装饰、日常文件和资料的处理、零用现金管理、差旅费报销以及办公用品的购置与管理、时间管理及完成上司临时交办事项等。

第一节　办公环境管理

　　保持和创造科学、良好的工作环境，是秘书的职责。一个和谐、美观、整洁、舒适和安静的工作场所，直接对组织的形象和绩效产生影响，有助于办公室日常工作的完成，也有利于秘书和上司的健康。一个良好的工作环境，有利于组织的对外形象塑造，也有利于提高秘书的工作效率。加强对日常环境的管理，营造一个令人神静心怡的工作环境，是公司秘书一项经常性的工作，也是一份责任和义务。秘书对日常环境的管理包括三个方面的内容，即个人工作区的环境管理、上司办公室的环境管理、日常公务活动区的环境管理。

实训1：为上司安排办公室布局

一、实训目标

掌握安排上司办公室布局的要点。

二、实训背景

文秘专业毕业生张洁到新成立的海潮公司应聘担任生产部主管秘书。上班的第一天主管就请张洁为他布置办公室。具体条件和要求如下：

1. 面积、设备及工作人员要求。

办公室面积：16 平方米。

办公人员：主管 1 人，秘书 1 人，下属 3 人。

办公设备：文件柜，公用电脑，5 张办公桌等。

2. 个人办公需求。

主管：多项（个人任务，给秘书安排任务，接待访客）。

秘书：两项（个人任务，接受主管安排的任务）。

下属：单项（个人任务）。

3. 个人空间需求。

主管：办公桌应该与秘书最近，并拥有独立的接待空间，以保证不会给下属造成干扰。

秘书：和主管办公桌最近，和主管频繁沟通不会影响其他同事。

下属：拥有不受干扰的个人办公空间。

三、实训内容

1. 假如你是张洁，请为主管安排办公室的布局。

2. 根据要求，张洁对办公室布局作出了四种方案，并提交了设计图（见图 1—1）。请你对张洁的四种设计进行评价，选出最佳的办公室设计图，并说明原因。

四、实训要求

1. 可选择在模拟的办公室或教室进行，最好能配备办公桌椅以及真实的电话和可上网的电脑。

2. 分组进行，6 人一组，其中 1 人扮演张洁，1 人扮演主管，1 人进行监督和评价，其余 3 人扮演下属。每个人都要轮演张洁、主管和下属。

3. 每个同学在演练过程中一定要严肃认真，言行符合规范。

4. 每个同学最好都能按照实训内容设计演练的脚本（包括情节和台词），并给本小组成员分派角色。

5. 老师可以临场发挥，比如增设模拟角色和任务；在同学们演练时，组织其他的同学对表演进行评论。

五、实训提示

（一）布置办公室的基本要求

1. 对于光线、通风、监督、沟通，采用一大间办公室比采用同样大小的若干办公室更好。

2. 使用同样大小的桌子，可增进美观，并促进职员的相互平等感。

3. 使同一区域的档案柜与其他柜子的高度一致，以增进美观。

4. 将通常有许多外宾来访的部门置于入口处，若此法不可行时，亦应规定来客须知，使来客不干扰其他部门。

5. 将自动售货机、喷水池、公告板置于不致分散职员精力及造成拥挤之处。

6. 应预留充分的空间，以备最大的工作负荷的需要。

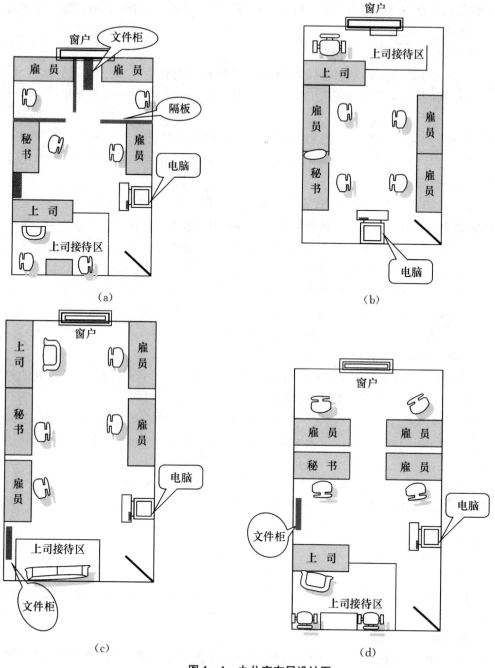

图1—1　办公室布局设计图

7. 自然光应来自桌子的左上方或斜后上方。勿使职员面对窗户、太靠近热源或坐在通风线上。

8. 装设充足的电源插座，供办公室设备之用。

9. 常用的设备与档案应置于使用者附近，切勿将所有的档案置于靠墙之处，档案柜应背对背放置。

此外，如条件允许，应在办公区内设置休息处，并提供便利、充分的休息设备，以

作为工余休息、自由交谈及用午餐之所需。秘书人员要根据对未来变化的预测，及时调整办公室布置。

（二）办公室布置的具体要求

1. 办公桌的排列应按照直线对称的原则和工作程序的顺序，其线路以最接近直线为佳，防止逆流与交叉现象。同室工作人员应朝同一个方向办公，不可面面相对，以免相互干扰和闲谈。

2. 各座位间通道要适宜，应以事就人，不以人就事，以免往返浪费时间。

3. 领导者应位于后方，以便监督，同时不因领导者接洽工作转移工作人员的视线和分散其精力。

4. 最好在5平方米空间范围内设置一部电话，以免接电话时离座位太远，分散精力，影响效率。办公室的用具设计要精美，坚固耐用，适应现代化要求。办公桌是工作人员的必备工具，应注意美观、实用。有条件的可采用自动升降办公椅，以适应工作人员的身体高度的不同。同时，应根据不同工作性质，设计不同形式的办公桌、椅。另外，办公室应根据不同情况，设置垂直式档案柜、旋转式卡片架和来往式档槽，以便存放必要的资料、文件和卡片等，便于随时翻检。这些设备和桌椅一样，应装置滑轮，便于移动，平时置于一隅，用时推至身边，轻便实用。

（三）办公室布置的程序

1. 对各部门的业务工作内容与性质加以考察与分析，明确各部门及各员工间的关系，以此为依据确定每位员工的工作位置。

2. 列表将各部门的工作人员及其工作分别记载下来。按工作人员数额及其办公所需的空间，设定其空间大小。通常办公室的大小因各人工作性质而异。但一般而言，每人的办公空间在 $3m^2 \sim 10m^2$ 之间即可。

3. 根据工作需要，选配相应的家具、桌椅等，并列表分别详细记载。

4. 绘制办公室布局图，然后依图布置。

5. 对设备的安放提出合理建议。

（四）办公室布置的原则

1. 方便。

秘书应将自己的座位设在能够清楚看到出口的地方，客人在进入上司办公室时最好能先经过秘书的办公桌。不过，秘书应避免自己的座位与上司面对面。

2. 舒适整洁。

光线、色彩、气候、噪音、工作间的布置等在不同程度上对上司的情绪都会有所影响，所以对上司办公室来说，很重要的一点就是舒适整洁。整洁有序的工作环境有助于工作效率的提高。不论是办公室、办公桌，还是抽屉等，上面都不要放置与办公无关的东西。办公文具的摆放要井然有序。此外，上司的座位应设在从门口不能直接看到的地方。

3. 和谐统一。

办公环境中如果有和谐的人际关系，就能激发工作人员的团队精神，取得最优的工作效果，同时，如果办公桌椅、文件柜等办公室用品的大小、格式、颜色等协调统一，不仅能增强办公室的美观，而且能强化成员之间的平等观念，创造出和谐一致的工作环境。

4. 安全。

保证组织的物品安全和信息保密是秘书的重要职责之一，也是优化办公环境不可忽略的一个原则。布置办公室时要留意附近的环境和办公室存放财物的安全，秘书应注意纸质文件、存储在计算机里的数据等的安全和保密问题。

实训 2：为上司整理办公室

一、实训目标
掌握为上司整理办公室的要点。

二、实训背景
海潮公司王总经理近来为公司的一个新项目日夜忙碌，总经理办公室和技术部的人员也全体加班，每天都是忙到深夜。这天秘书张洁按照习惯提前 30 分钟来到公司，一进总经理办公室，发现屋里杂乱不堪。办公桌上、沙发上、茶几上、地上都是文件材料，室内空气污浊，所有的东西都不在正确的位置。张洁看到这种状况，马上开始整理。她拉开窗帘，打开空调，调节好办公室的温度、湿度；拧来湿抹布，在窗台、办公桌、电脑等凡目光可及的地方都细细地擦过。她看到饮水机里的水不多了，马上和送水公司联系。在九点钟总经理来之前张洁已清理好总经理的办公室，并且为总经理准备好了今天的报纸和其他资料，确认了总经理今天的日程安排。

三、实训内容
按照实际要求在上司上班之前整理好上司的办公室并做好各项准备工作。

四、实训要求
1. 可选择在模拟的办公室或教室进行，最好能配备真实的电话和可上网的电脑。

2. 分组进行，可以 3 人一组，其中 1 人扮演张洁，1 人扮演上司，1 人进行监督和评价。每个人都要轮演张洁和上司。

3. 每个同学在演练过程中一定要严肃认真，言行符合规范。

4. 每个同学最好都能按照实训内容设计演练的脚本（包括情节和台词），并给本小组成员分派角色。

5. 老师可以临场发挥，比如增设模拟角色和任务；在同学们演练时，组织其他的同学对表演进行评论。

五、实训提示
秘书为上司整理办公室时要做好以下工作：

1. 每天早晨要定时开窗通风，保持空气的自然清新，并定时测温、测湿，保持适合上司习惯的温度和湿度。

2. 整理上司办公室和办公桌，将文件和物品摆放整齐，文件柜、书架、博古架和各种陈设要保持清洁。

3. 经上司授权后，定期对上司的文件柜进行清理，将文件资料归类保管存放，将一些无用的文件及时清退或销毁。

4. 对上司办公室的花卉、盆景，要及时浇水、施肥、剪枝，保持其美观和生机；对办公室内的金鱼，要及时喂食，清排鱼缸内的浊物，保持水质的清洁。

5. 给上司削好铅笔，准备好办公用品，如别针、夹子等。如果铅笔、钢笔等在笔筒里摆放得不规整，应该把它们码放好，并排在朝手的一边，以提高工作效率。

6. 上司进办公室后，应根据上司的习惯或爱好，给上司沏茶或泡咖啡。

7. 把当天早晨收到的报刊送给上司。如果上面有与本公司或本行业有关的信息，应用红笔在标题下划上波浪线，以提醒上司注意。如果网上有同样的信息，应下载然后打印出来一并送给上司。

8. 上司接待客人后，要及时对烟缸、茶具等进行清洗和整理。

9. 确认纸篓里并无堆放的垃圾。确认钟表、日历是否指示正确。

10. 经常对安全、卫生等状况进行检查，发现问题及时通知有关人员进行修理。

实训3：维护工作环境的整洁

一、实训目标

掌握维护工作环境整洁的要点。

二、实训背景

秘书张洁每天一上班和下班前都将自己的工作区域清洁、整理得干干净净、有条不紊，同时她也主动清洁、整理自己常用的复印机、打印机、饮水机、档案柜、公用书架等。每当她看到复印纸抽拿零乱，公用字典扔在窗台，废纸桶满了没人倒，都及时做些清洁、整理工作，以维护办公环境的整洁。

秘书小王每天都认真清洁、整理自己的办公桌，将常用的笔、纸、回形针、订书机、文件夹以及专用电话等都摆放有序。下班前，她也将办公桌收拾得干净整齐，从不把文件、物品乱堆乱放在桌面上。但小王很少参与清理和维护公用区域，有时甚至将公用资源如电话号码本、打孔机、档案夹等锁进自己的办公桌，使别人找不到，影响了工作。

秘书小李上班经常匆匆忙忙，接待室的窗台布满灰尘，办公桌上堆得满满当当，电脑键盘污迹斑斑。上司要文件时她总是到处东查西翻，每日常用的"访客接待本"也总是找不到。

秘书要想维护和保持工作环境的整洁有序，究竟应该怎么做？

三、实训内容

按照实际要求演练维护工作环境整洁的过程和做法。

四、实训要求

1. 可选择在模拟的办公室或教室进行，最好能配备真实的电话和可上网的电脑。

2. 分组进行，可以4人一组，其中1人扮演张洁，1人扮演小王，1人扮演小李，1人进行监督和评价。每个人都要轮演张洁、小王和小李。

3. 每个同学在演练过程中一定要严肃认真，言行符合规范。

4. 每个同学最好都能按照实训内容设计演练的脚本（包括情节和台词），并给本小

组成员分派角色。

5. 老师可以临场发挥，比如增设模拟角色和任务；在同学们演练时，组织其他的同学对表演进行评论。

五、实训提示

（一）保持公共区域整洁

1. 要保持上司会客室和会议室的清洁，在来访客人离开及会议结束后要及时通知保洁员进行打扫和清理。

2. 正确使用并注意维护复印机、传真机等办公自动化设备，保持其周边的整洁，发现问题时自己动手或及时找人维修。

3. 对文件柜、档案柜、书架、物品柜等公用资源要经常注意清理，对报刊、文件及公用的办公用品，用后要及时放归原处，保持整洁有序。

4. 注意发现在办公设备、室内光线、温度、通风、噪音、通道等方面存在的有碍健康和安全的隐患，并及时提出建议或通知有关人员进行整改。

（二）保持上司的工作环境的整洁

详见本章实训 2 的实训提示。

（三）保持个人工作环境的整洁

办公桌是每一位秘书人员的直接工作空间，所以在布置自己的办公桌时，既要使自己感觉舒适，又要保持桌面上的物品井然有序。有了整齐、清洁的办公环境，不仅可以提高工作效率，还有助于提升专业形象。

1. 办公桌的必备物品及其整理。

摆放在办公桌上的物品都应是经常使用的。比如记录纸、铅笔、文件夹、剪刀、订书机、胶水、回形针、信封以及其他一些工作上需要的用品，应将它们整齐地摆放在办公桌上。

（1）电话。电话应该放在触手可及的地方，这样电话铃一响，你就可以迅速地拿起话筒。如果需要站起来才能接听电话，或者电话装在不顺手的地方，对于使用都是极其不方便的。

（2）电脑。不要让待复信件、报告或者备忘录将你的键盘覆盖，也不要在你的电脑屏幕周围贴满乱七八糟的小纸贴，这样不但会影响你的个人形象，还会影响公司的整体形象。

（3）参考书。由于经常需要查找相关资料，秘书的参考书一般会比其他职员多。较多的参考书会占用你办公桌上的较大空间，所以你应该把常用的参考书放在桌面或方便取放的抽屉中，而将较少使用的书籍放到公司的书柜里面。

（4）文具用品盒。将钢笔、铅笔、胶水、直尺等常用的文具一起放入伸手可及的文具用品盒内。

（5）文件夹。将你的文档归类，并存放在不同颜色的文件夹中，然后在每个文件夹上标明标签。此外，还要分拣文件，将你的文件按需要程度分类，然后相应存档。常用文件应放在最近的地方存档，少用文件应放在稍远的地方存档，无用文件最好束之高阁或扔掉。

（6）办公桌抽屉。抽屉中存放小件物品，容易弄乱，因此，应先将其整理集中在一个盒子里，再存放到抽屉中。对于一些易粘的物品，如胶水、胶带或其他胶质材料等，要连同它们的盒子一起有序地存放在抽屉中，否则很容易将抽屉中的其他物品粘在一起。如果办公桌备有一个带锁的抽屉，你可以用其来存放有保密需要的东西；其余不带锁的，你则可以用来存放信笺、复写纸，并适当堆叠一些纸张，以便取用。

2. 整理办公桌的技巧。

要想快速治理办公桌的混乱局面，营造出高效率的办公环境，可以采取以下五种技巧：

（1）将不常用的东西转移到其他的地方。在伸手可及的范围内，只保留最为常用的东西，将那些不是每天都要使用的东西，如过期的文件、无用的信笺、从来不开的台灯等移出视线之外。

（2）清理过期的文件。经常对过期文件加以清理，既节省了翻看文件的时间，又腾出了空间。

（3）注意你的电脑显示器。当电脑显示器占据你的桌面时，要释放更多的空间是比较困难的。解决方案有两个：一个是使用显示器架，可以将文件和其他东西放到它下面；另一个是选用 LCD 显示器，它占用的空间只有 CRT 显示器的三分之一。

（4）充分利用办公空间。如果办公场所狭小，就要想办法充分利用每一寸空间。可以将架子安到墙上，桌子下面可以用来放文件或电脑主机。如果桌上要摆传真机、复印机和打印机等多种办公设备，可以考虑购买一台多功能的一体机。

（5）清理旧的阅读材料。你可能保存着不少无用、过期的出版物，那么请在清理办公室杂物时将它们扔掉。如果你担心会丢掉重要的文章，那么在扔掉它们之前先浏览一下目录，将真正需要的文章剪下来。不要用太多的空间来存放出版物，这样能够缩短你的阅读和清理的周期。

实训4：办公环境的安全管理

一、实训目标

掌握办公环境安全管理的要点。

二、实训背景

海潮公司秘书张洁每周都对办公室及其所有设备进行一次安全检查，把事故苗头遏制住，对发现的隐患立即采取补救措施或报告上司，并做好记录工作。这天又到了张洁进行安全检查的时间了，她应该怎么做呢？

三、实训内容

按照实际要求演练办公环境的安全管理。

四、实训要求

1. 可选择在模拟的办公室或教室进行。事先应设置一些安全隐患，如文件柜上摆放花盆、将电线拖拽到通道上等。

2. 分组进行，可以 4 人一组，其中 1 人扮演张洁，2 人扮演张洁的同事，1 人进行监督和评价。每个人都要轮演张洁和其同事。

3. 每个同学在演练过程中一定要严肃认真，言行符合规范。

4. 每个同学最好都能按照实训内容设计演练的脚本（包括情节和台词），并给本小组成员分派角色。

5. 老师可以临场发挥，比如增设模拟角色和任务；在同学们演练时，组织其他的同学对表演进行评论。

五、实训提示

工作环境是由许多方面的因素和条件构成的，诸如工作区的空间、采光、温度、通风、噪音、装修、装饰；工作区的办公桌椅、柜架、各种办公设备、饮水设备、办公用品和耗材等。秘书应先能识别自己工作环境中有碍健康和安全的隐患，然后正确处理。

（一）识别安全隐患

办公室常见的有碍健康和安全的隐患包括：

1. 过度拥挤。

2. 办公家具和设备摆放不当。

3. 拖拽电话线或者电线。

4. 档案柜、橱阻挡了通道。

5. 家具或设备有突出的棱角。

6. 楼梯踏步平板破旧或损坏。

7. 楼梯上没有扶手或扶手已损坏。

8. 地板打滑。

9. 包裹、行李或者家具挡住通道。

10. 由于柜橱顶端的抽屉堆放的东西太多导致柜橱倾斜。

11. 没有关上的抽屉挡住通道。

12. 站在转椅上取放东西。

13. 在不会操作和没有指导的情况下使用设备。

14. 拖得很长的电线。

15. 没有保险板或者保险板松开。

16. 对已发现的危险的记录不完全。

17. 火灾疏散注意事项不完整或者缺少。

18. 离开办公室前不锁门。

（二）正确处理安全问题

秘书要定期对办公环境和办公设备进行安全检查，及时发现和排除隐患，做好风险防范。具体做法如下：第一，要确定检查周期，定期对办公环境和办公设备进行安全方面的检查；第二，及时发现隐患，在职责范围内排除危险或减少危险；第三，如果发现个人职权无法排除的危险，有责任和义务报告、跟进，直到解决；第四，将异常情况的发现、报告、处理等过程认真记录在本企业的隐患记录及处理表（见表1—1）上和设备故障维修单（见表1—2）上。

表1—1 公司隐患记录及处理表

序号	时间	地点	发现的隐患	造成隐患的原因	隐患的危害和后果	处理人	采取的措施

表1—2 公司设备故障维修单

时 间		发 现 人	
设备名称			
何 故 障			
维修要求		维修负责人	
预约维修时间		完成维修时间	

第二节　办公室装饰

在企业中，优雅、舒适的办公环境是工作效率的保证。办公设备的恰当摆放，以及现代化装饰品和花卉植物的合理布置、和谐统一的色调，会令人产生一种舒适的感觉，并会陶冶人的性情，提高工作效率。因此，秘书应该重视对上司办公室的设计、布局、布置及装饰。

实训5：装饰上司的办公室

一、实训目标

掌握为上司装饰办公室的要点。

二、实训背景

海潮公司因业务发展的需要，公司整体搬迁到一个新的商务写字楼办公。王总经理要秘书张洁给他的办公室好好布置、装饰一下。张洁应该怎么做呢？

三、实训内容

按照实际要求为上司装饰办公室。

四、实训要求

1. 可选择在模拟的办公室或教室进行，最好能配备真实的电话和可上网的电脑，并准备好装饰办公室所需的物品或代用品。

2. 分组进行，5人一组，其中1人扮演张洁，1人扮演王总，其余2人扮演张洁的同事，1人进行监督和评价。每个人都要轮演张洁、王总和同事。

3. 每个同学在演练过程中一定要严肃认真，言行符合规范。

4. 每个同学最好都能按照实训内容设计演练的脚本（包括情节和台词），并给本小组成员分派角色。

5. 老师可以临场发挥，比如增设模拟角色和任务；在同学们演练时，组织其他的同学对表演进行评论。

五、实训提示

装饰上司的办公室应注意以下几个要点：

1. 颜色。

办公室的内墙、天花板、地板、办公家具等色彩应保持统一和谐。如果上司年纪偏大，办公室一般选择静谧色作基调比较合适。办公室的色调从总体上来说应单纯、柔和，使人置身其中时感觉平静、舒适。一般来说，办公室的内墙宜采用白色、乳白色等；为保持较高的光线反射率，天花板一般都用白色；地板多采用不易被污染的棕色为佳。

如果墙壁和天花板的颜色在搬进来之前已经定好，不太好更换的话，那就用窗帘、椅子上的罩布、装饰用品等做些适当的色彩调整。

2. 照明。

室内的光线应调整到适宜的程度。应以自然采光为主，但也应注意用百叶窗、窗帘等来调节光线，可以在办公桌上放一盏台灯。

3. 隔音。

噪音会使人注意力分散，思维不集中，记忆力减退，让人烦躁。因此，要排除和降低噪音。一般来说，上司办公室的噪音，白天不能超过 45 分贝，晚间则应在 35 分贝以下。

4. 温湿度。

一般来说，办公室最适宜的温度是：春天和秋天在 22℃ 左右；夏天在 26℃ 左右；冬天则在 18℃～20℃ 之间。室内的湿度在 50％～60％ 比较适宜。

5. 办公室的绿化。

最好养一些绿色植物，但注意不要放得太多，以免影响室内空气的清洁度。

6. 办公室的装饰物。

可以根据上司的爱好和习惯适当悬挂或放置一些有品位的油画及工艺品，改变办公室单调的气氛。

第三节　日常文件和资料的处理

上司每天都要收到大量的来信和文件资料，既有客户发来的传真、电子邮件等，也有各部门和分公司送上来的汇报材料和简报；另外，还有各种公开发行和不公开发行的报刊等。对于这些形形色色的东西，秘书必须及时做好处理。

实训 6：给上司送文件的顺序和时机

一、实训目标

掌握给上司送文件的顺序和时机。

二、实训背景

星期一照例是个忙碌的日子。刚上班，前台就给总经理秘书张洁送来一大堆邮件报纸和其他资料。张洁打开电脑，里面有十几封给总经理的电子邮件。她刚把电子邮件打印出来，又有人送来几封传真。当她正在整理这些邮件时，电话铃声响了。电话是市政府办公室打来的，通知总经理下午两点去市政府办公室开一个紧急会议。张洁应该怎么办呢？

三、实训内容

按照实际情况对送给上司的各种文件进行分类，并选择恰当的时机送给上司。

四、实训要求

1. 可选择在模拟的办公室或教室进行，最好能配备真实的电话和可上网的电脑。

2. 分组进行，可以 3 人一组，其中 1 人扮演张洁，1 人扮演总经理，1 人进行监督和评价。每个人都要轮演张洁和总经理。

3. 每个同学在演练过程中一定要严肃认真，言行符合规范。

4. 每个同学最好都能按照实训内容设计演练的脚本（包括情节和台词），并给本小组成员分派角色。

5. 老师可以临场发挥，比如增设模拟角色和任务；在同学们演练时，组织其他的同学对表演进行评论。

五、实训提示

（一）送文件的时机

秘书每天都会收到许多寄给上司的文件，并不是一收到文件就要马上送给上司，一般是急件才马上送到上司办公室。一般的公司规定每天给上司送三次文件，早晨上班时一次，上下午各一次。

一般来说，传真、电子邮件的内容都是比较急的，因此，收到传真、电子邮件后，应该立即送给上司，如果上司正在开会或者出差在外，也应想方设法把它们转送到上司手中。

（二）给上司送文件的顺序

1. 电话留言、传真、电子邮件、快递、挂号信。

2. 私人信件。

3. 一般信函。

4. 公司内部通知。

5. 杂志和样本等。对于邮寄来的新杂志和样本，只有在上司比较空闲的时候才能送给他看。如果是上司不感兴趣的东西和太浪费时间的东西，就不要送给上司。一般来说，作为秘书应该了解上司对什么感兴趣、对什么不感兴趣。

实训 7：确定文件的保存期限

一、实训目标

掌握确定文件保存期限的方法。

二、实训背景

张洁是海潮公司总经理的秘书，公司又聘来王玲做李副总的秘书。一天，王玲向张洁诉苦，她每天都要收到分公司和公司各部门送来的各种销售简报、行业动态及各种请示。由于不知道如何确定文件资料的保存期限，她什么东西也不敢销毁，只好都存着，所以，她的办公桌上的文件资料多得没地方放，而且经常是需要的文件找不着。她向张洁请教，应该如何确定文件的保留与否，若保存应该保存多长时间。

三、实训内容

按照实际情况演练确定文件的保存期限。

四、实训要求

1. 可选择在模拟的办公室或教室进行，最好能配备真实的电话。

2. 分组进行，可以 3 人一组，其中 1 人扮演张洁，1 人扮演王玲，1 人进行监督和评价。每个人都要轮演张洁和王玲。

3. 每个同学在演练过程中一定要严肃认真，言行符合规范。

4. 每个同学最好都能按照实训内容设计演练的脚本（包括情节和台词），并给本小组成员分派角色。

5. 老师可以临场发挥，比如增设模拟角色和任务；在同学们演练时，组织其他的同学对表演进行评论。

五、实训提示

（一）保存文件资料的分类

秘书应保存的文件资料大致可以分为两种：一种是秘书部门共用的；另一种是秘书个人专用的。

1. 属秘书部门共用的资料。

主要包括政府法律和公司内的各种规章制度、各种规定和标准、各种业务手册等。

2. 归秘书个人专用的资料。

主要包括上司指示的记录、上司的资料、秘书个人的资料等。

（二）确定保存期限的注意事项

1. 听取上司的意见。

对于那些没有永久保存意义但又不能看过之后立即销毁的文件，到底保存多久，一般都要听取上司的意见，上司说保存多久就保存多久。把上司说的保存期限用铅笔写在文件上或写在便笺上贴在文件上，时间一到就销毁。

2. 自己提出建议。

很多文件的保存期限上司也说不准，遇到这种情况，秘书可以根据自己的经验，提出保存期限的建议，让上司定夺。具体做法如下：

（1）给上司配两个文件夹，一个是红色的，标明是"待阅文件夹"；一个是绿色的，标明是"已阅文件夹"。对于那些应交给上司批阅的文件，在交给上司之前，秘书应在文件上用铅笔写清文件编号和保存期限，保存期限的长短依文件的重要程度而定。在确定文件编号与保存期限之后，将它们放入上司的"待阅文件夹"中。

（2）事先与上司约好，每过一段时间，上司把批阅过的文件放进"已阅文件夹"中。如果上司对文件标明的期限没做任何修改就返回来，那就表明他同意你的意见。如果上司不同意，他就会改动你标注的期限。秘书一开始就注明保存期限，就是为了得到上司的确认，减少文件的往返，提高工作效率。如果上司看完之后返回给你，你再决定

保存期限，那就浪费时间了。

（3）每过一段时间秘书就把上司看过的文件从"已阅文件夹"中取出来，按照自己之前写好的文件编号，将文件整理好，并在保存期限到来之后将材料销毁。由于没用的文件能及时处理，这样，秘书就对自己存放的文件胸中有数。

实训8：让上司急件急批

一、实训目标

掌握让上司对一些急件进行快速批阅的技巧。

二、实训背景

技术部主管拿着一份文件来找总经理秘书张洁求助，他说："张秘书，麻烦你尽快请总经理把这份文件批了，有急用。"张洁心里感到非常为难，因为她知道总经理正为和超凡公司谈判的事而冥思苦想，如果此时去请总经理批阅无疑会打扰总经理，可是如果现在不拿给总经理批阅误了事怎么办呢？张洁应该怎么做呢？

三、实训内容

根据实际情况演练让上司批阅急件的过程。

四、实训要求

1. 可选择在模拟的办公室或教室进行，最好能配备真实的电话。

2. 分组进行，可以4人一组，其中1人扮演张洁，1人扮演总经理，1人扮演技术部主管，1人进行监督和评价。每个人都要轮演张洁、技术部主管和总经理。

3. 每个同学在演练过程中一定要严肃认真，言行符合规范。

4. 每个同学最好都能按照实训内容设计演练的脚本（包括情节和台词），并给本小组成员分派角色。

5. 老师可以临场发挥，比如增设模拟角色和任务；在同学们演练时，组织其他的同学对表演进行评论。

五、实训提示

在需要上司紧急批阅急件时，秘书应注意以下问题：

1. 不管用什么方式让上司批件，一定要事先与上司约定好。

2. 一般在急件上贴张红色便笺，以向上司表明此为急件，需要紧急处理，并把它放到红色的"待阅文件夹"的最上面，以便让上司优先处理。

3. 即使上司未能快速批阅，作为秘书也不应有任何怨言，也许上司有他自己的想法。

实训9：整理名片

一、实训目标

掌握整理名片的一般方法。

二、实训背景

海潮公司王总经理工作繁忙，几乎每天都能收到好多名片。作为总经理秘书的张洁，由于经常陪同总经理出席各种会议和活动，也收到不少名片。于是，整理名片就是张洁经常要做的工作。

三、实训内容

按照实际情况演练为上司整理名片。

四、实训要求

1. 可选择在模拟的办公室或教室进行，最好能配备真实的电话和可上网的电脑。

2. 应准备各种款式、类型和不同内容的名片若干，也可由学生自己制作不同的名片。

3. 分组进行，可以 3 人一组，其中 1 人扮演张洁，1 人扮演总经理，1 人进行监督和评价。每个人都要轮演张洁和总经理。

4. 每个同学在演练过程中一定要严肃认真，言行符合规范。

5. 每个同学最好都能按照实训内容设计演练的脚本（包括情节和台词），并给本小组成员分派角色。

6. 老师可以临场发挥，比如增设模拟角色和任务；在同学们演练时，组织其他的同学对表演进行评论。

五、实训提示

（一）名片的保存范围

不管是上司还是秘书收到的名片，只要是与组织业务或办公室业务可能会有联系的人员的名片都应当保存。秘书负责保存的名片 50％以上可能是客户名片，但其他名片也需要保存。总体上，秘书负责保存的名片主要包括：上级领导的名片、公司所有员工的名片、重要客户的名片、订票公司的名片、旅行社的名片、咨询公司的名片、法律事务所的名片、报刊订阅联系人的名片、办公设备售后服务中心的名片、办公用品公司的名片、上司喜欢的餐饮公司的名片、市内星级酒店的名片、物流公司及快递公司的名片、的士司机的名片等。

（二）秘书在整理名片时的注意事项

1. 在收到名片后，可以在名片上随手记下可供日后参考的资料，使其充当客户信息的记事簿。这可供日后进行客户资料加工时参考。对于重要人物，如果名片上记不下，则可以另附卡片，与名片夹在一起保存。这样记录主要是为了对一个人或一个单位了解得更加深入。秘书可以根据组织的需要记录这些信息。

可在名片上或名片后记录的客户信息有：

（1）收到名片时的具体情况，包括收到名片的地点、时间，是否与对方亲自交换以及其他特殊情况等。如名片收到的日期为 2007 年 12 月 6 日，就可以记成"20071206"，如果可能，还要写上"与上司是××关系"等。

（2）交换名片者的个人资料，例如：性别、年龄、生日、外貌特征、籍贯、职位、职称、学历、经历、著作、专长、嗜好、特殊贡献、特殊荣誉等。如将客人的一些外貌特征等记在名片上面，这样就可以加深对客人的印象。

（3）与他人的相关资料，例如：家庭状况，或其与某单位的某人是朋友，与某人是师生，与某人是亲人或眷属等。

（4）交换名片者在交换名片后发生变化的情况，例如：所在单位、部门的变化，职务、学衔的升降，联络方式的改变，等等。

（5）一般往来记录，例如：你送了什么礼物，对方回赠什么礼物；什么时候请对方用餐，以及当时谈了什么主题。

（6）业务往来记录。这个项目对业务人员特别重要。秘书应记录拜访的次数、每次拜访的要点、成交项目、付款情况等，记录得愈详细，对客户信息的掌握就会愈准确。

对重要人士而言，收集上述信息是相当有用的，此时的名片已经超出了一般名片的基本意义，它就是一份由秘书自己建立的周详的公关资料。所以，一旦知道对方有任何变动或有任何新资料，应该立刻更改记录，因为公关运作是不容许有失误的。

2. 记录好必要的客户信息后，秘书就可以把名片归类存放起来了。名片的分类方法可根据行业类别、公司类别、部门类别、职位类别先分大类，然后依个人往来疏密程度、笔画多寡、汉语拼音或英文字母的顺序、职位高低等排列。还应将私人关系的名片和与工作有关的名片分开存放。

3. 分好类后，应将名片作为公司资料存放在名片册中。可以根据需要选用不同大小的名片盒、名片夹、名片册等。

4. 可以应用具有名片管理功能的软件对名片进行整理和管理，或者应用具有扫描与识别功能的电子工具如名片扫描仪等对名片进行整理和管理。

第四节　零用现金管理

由于用支票来支付小额费用难于实行，一些企业办公室中常设立一笔零用现金（或称作备用金），以支付本市交通费、邮资、接待用茶点费、停车费和添置少量的办公用品的费用。零用现金通常由企业领导和财务负责人批准后由秘书保管和支出，它是一笔周转使用的现金。它的数额根据企业的规模和平时小额支出的次数多少来确定。秘书取得现金后，应将现金锁在保险箱内，并负起保管和支付的责任。

实训 10：管理零用现金

一、实训目标

掌握管理零用现金的方法。

二、实训背景

为了增强行政管理效能，海潮公司最近为各部门经理都配备了一名经理助理，主要承担行政事务工作，总经理让秘书张洁给这些部门经理助理介绍一下零用现金的使用和管理方法。

三、实训内容

按照实际情况演练零用现金的使用和管理。

四、实训要求

1. 可选择在模拟的办公室或教室进行，最好能配备真实的账簿、凭单等，也可以让学生自己设计制作零用现金的账簿和凭单。

2. 分组进行，可以 4 人一组，其中 1 人扮演张洁，2 人扮演部门经理助理，1 人进行监督和评价。每个人都要轮演张洁和经理助理。

3. 每个同学在演练过程中一定要严肃认真，言行符合规范。

4. 每个同学最好都能按照实训内容设计演练的脚本（包括情节和台词），并给本小组成员分派角色。

5. 老师可以临场发挥，比如增设模拟角色和任务；在同学们演练时，组织其他的同学对表演进行评论。

五、实训提示

秘书在使用和管理零用现金时，应做到以下几点：

1. 必须建立一本零用现金账簿，清楚注明：收到现金的日期、收据编号、金额；支出现金的日期、用途；零用现金凭单编号、金额、余额等。有时还应在账目上进行分析，了解花销的情况和去向。

2. 内部工作人员需要领取零用现金时，应填写"零用现金凭单"（见表1—3），注明花销的项目和用途、金额、日期。

3. 秘书要认真核对零用现金凭单，经审批人签字后，方可将现金支付给需用者。

表1—3   零用现金凭单

编号	
项目和用途	金额
申请人签名	日期
审批人签名	日期
账页编号	支付日期

4. 秘书要认真核对领取者提交的发票等证据上的用途、内容、金额是否与零用现金凭单上填写的完全一致，然后将发票等证据附在零用现金凭单后面。

5. 每当支出一笔现金，秘书均须及时在零用现金账簿上记录。

6. 当支出的费用达到一定数额后或月末时，秘书再到财务部门报销并将现金返还到零用现金箱中进行周转。

第五节 差旅费报销

企业工作人员国内外出差的费用，经常由秘书办理或相关人员协助秘书办理。因此，秘书要事先做好准备，熟悉办理信用卡、旅行支票、快汇等方法。秘书有时还须代上司整理出差费用记录，并转交会计人员报销有关费用。

实训11：帮上司报销差旅费

一、实训目标

掌握报销差旅费的一般方法。

二、实训背景

王经理最近要到北京出差，出发前，王经理叫秘书张洁从财务科借出20 000元现金。回来后，王经理把支付现金的发票和600元结余现金以及所有的票据交给张洁，让她帮助办理报销手续。

三、实训内容

按照实际情况演练帮上司报销差旅费。

四、实训要求

1. 可选择在模拟的办公室或教室进行，最好能配备真实的账簿、凭单、发票等。

2. 分组进行，可以3人一组，其中1人扮演张洁，1人扮演上司，1人进行监督和评价。每个人都要轮演张洁和上司。

3. 每个同学在演练过程中一定要严肃认真，言行符合规范。

4. 每个同学最好都能按照实训内容设计演练的脚本（包括情节和台词），并给本小组成员分派角色。

5. 老师可以临场发挥，比如增设模拟角色和任务；在同学们演练时，组织其他的同学对表演进行评论。

五、实训提示

一般商务费用报销的工作步骤是：

1. 申请人提交费用申请报告或填写费用申请表，详细说明需要经费的人员、时间、用途和金额等情况，并亲自签字。

2. 申请报告或申请表必须经过组织确定的授权人审核同意，并签字批准。

3. 将获得批准的费用申请报告或费用申请表提交财务部门，领取支票或现金借款。也可以先由申请人垫付，完成商务工作。

4. 在进行商务工作时，无论是使用支票，还是使用现金，都要向对方索取相应的发票，其内容中填写的时间、项目、费用等应与使用者实际用途相符，并应盖有出具发票单位的财务章。

5. 如果实施商务工作，计划的费用不够，需要超出时，应提前向有关领导报告，在得到许可和批准后，超出的部分才可得到报销。

6. 商务工作结束后，申请者应将发票附在"出差报销单"后面，并亲自签字提交给财务部门，由财务部门把先前领取的现金数额和支出情况进行结算。如果是先由申请人垫付的，在提交票据和"报销凭单"后，方可返还现金。

第六节　办公用品的购置与管理

企业在运营中需要大量的办公用品、消耗品、小型办公室设备，一般由秘书负责日常办公用品的采购工作。办公用品的订购、接收、管理看似不复杂，但如果管理不好也会带来很多麻烦。进行库存控制是办公用品管理的重要方法。秘书必须认真管理办公室里的设备和各种用品，以保证工作的需要。

实训 12：办公用品的购置

一、实训目标

掌握购置办公用品的一般方法。

二、实训背景

海潮公司需要购置一批办公用品，清单如下：货架 1 个，储藏文件柜 1 个，打印纸 5 箱，打印墨盒 10 个，信封 500 个，横格笔记本 100 个，稿笺纸 200 本，铅笔、圆珠笔、签字笔各 120 支，大头针、曲别针各 50 盒，订书机 5 个，碎纸机 2 台，备忘录 100 个，锁 10 把。秘书张洁应该怎么做好这项工作？

三、实训内容

按照实际情况演练办公用品的购置过程。

四、实训要求

1. 可选择在模拟的办公室或教室进行，最好能配备真实的电脑。

2. 分组进行，可以 3 人一组，其中 1 人扮演张洁，1 人扮演供应商，1 人进行监督和评价。每个人都要轮演张洁和供应商。

3. 每个同学在演练过程中一定要严肃认真，言行符合规范。

4. 每个同学最好都能按照实训内容设计演练的脚本（包括情节和台词），并给本小组成员分派角色。

5. 老师可以临场发挥，比如增设模拟角色和任务；在同学们演练时，组织其他的同学对表演进行评论。

五、实训提示

秘书负责日常办公用品的采购工作时，要选择好供应商、订购方式，并组织好进货。

1. 选择供应商。

选择供应商时要在办公用品的价格、质量，交货方式和服务，以及安全性和可靠性等几方面进行比较。

2. 选择订购方式。

办公设备和易耗品的订购方式通常有以下几种：

（1）直接去商店购买公司所需要的办公用品，采用这种方式的前提是必须确认该商店能够提供你所需要的物品。

（2）电话订购。大多数的日常办公用品都可以通过电话从供应商处订购。

（3）传真订购。有些设备和办公易耗品的订购，需要给供应商发传真，详细列出所订购货物的名称、数量、类型、送货时间等细节。供应商会按照要求送货上门。

（4）网上订购。秘书可以通过访问互联网得到电子商务服务，即可以在网上商店订购所需的办公用品和耗材，以节省人力、提高效率。

不论采用哪种订购方式，秘书人员一定要保留一张购货订单，收到货物时，要将实物与订单一一核对，以防出错。

3. 组织进货。

在收到货物后，应准确办理进货手续，保证办公设备和办公用品准确无误的入库、

登记、检验、核对，衔接好办公设备和耗材采购、进货、发货和使用的中间环节。在接收货物时，一定要确保送来的货物与所订购的货物无论是数量上还是型号上都完全一致，做好记录。

第七节　时间管理

时间管理是指在同样的时间消耗的情况下，为提高时间利用率而进行的一系列控制工作。人们通过时间管理，可以做到科学、有效地安排和利用时间，创造更大的价值和提高工作的效率。秘书进行有效的时间管理是协助上司合理、有效地利用时间的需要，也是秘书提高自身工作效率的要求。因此，管理好时间不仅有利于上司的工作，也有利于秘书自己的工作。

实训 13：制作和管理工作日志

一、实训目标
掌握制作和管理工作日志的一般方法。

二、实训背景
海潮公司王总经理秘书张洁对工作非常负责，每个周五下午下班前她都要把总经理下周一的工作日志制作出来，并参照总经理的工作日志，结合自己的工作职责，把自己的工作日志也制作好。这个周五下午，张洁统计了一下，王总经理下周一有如下活动：

10:15～11:15　参加董事会（所有的经理都要参加）；

11:30～12:00　给参加员工培训课的新员工讲话；

12:00　与超凡公司的董事长张成及其夫人共进午餐；

14:00～15:00　前往海天公司拜会市场开发部经理赵东；

15:45　会见王朝公司的销售部经理杨天。

张洁应该怎么制作王总经理和她自己的工作日志呢？

三、实训内容
按照实际情况演练制作和管理工作日志的过程。

四、实训要求
1. 选择能满足全班学生实训的电脑机房，如条件有限可将全班分为若干小组，分组实训。要事先准备好打印机、打印纸。

2. 分组进行，可以3人一组，其中1人扮演张洁，1人扮演王总经理，1人进行监督和评价。每人都要轮演张洁和王总经理。

3. 每个同学在演练过程中一定要严肃认真，言行符合规范。

4. 每个同学最好都能按照实训内容设计演练的脚本（包括情节和台词），并给本小组成员分派角色。

5. 老师可以临场发挥，比如增设模拟角色和任务；在同学们演练时，组织其他的同学对表演进行评论。

五、实训提示

工作日志是将某一时间段中已经明确的工作任务清晰地记载和标明的表格。它可以提醒使用人和相关人按照时间表的进程活动，并有效管理时间，以保证按时完成任务。

工作日志应至少包括日期、时间、具体工作内容、备注等项。

（一）编制工作日志

1. 手工填写的工作日志。

对于手工填写的工作日志，秘书通常要准备两本，一本为上司使用，一本为自己使用。使用时的工作方法是：

（1）提前了解上司工作和活动的信息，然后将其填写在两份日志上，并于活动当日一早再次确定和补充。

（2）提前在自己的日志上清楚标出活动当日自己应完成的工作。

（3）输入或填写的信息要清楚、方便阅读，保持日志整洁，最好先用铅笔填写，确认后，再用水笔正式标明，还可以使用不同色彩。

（4）输入或填写的信息要完整，标明各项活动的时间、地点、参加人姓名、联络方式等必要信息。

（5）输入或填写的信息要准确，活动当日出现情况变化时，应立即更新日志，并告知上司出现的变化。

（6）在上司日志变化的同时，应更改自己的日志，并做好变更的善后工作。

（7）在自己的日志上要清楚标出为上司的有关活动所做的准备，并逐项予以落实。

（8）协助或提醒上司执行日志计划，在需要时帮助上司排除干扰。

2. 电子工作日志。

计算机程序可以提供日历、日志和计划的功能，并应用于联网的计算机中。有条件的秘书可以使用计算机电子日志来管理时间，方法是：通过 Microsoft Outlook 程序可以打开个人文件夹，上面有今日的时间、本月和下月日历，只要输入工作任务即可。输入的方法和内容与手工填写日志基本相同。使用电子工作日志比手工填写日志更方便，可以迅速修改和更新日志内容，且不留痕迹。

（二）管理工作日志

秘书的一项重要责任就是节省上司的时间，保证上司高效率地工作。工作日志就是秘书协助上司通过与各方协商，对自己和上司的一天活动作出合理安排，并予以实施的辅助工具。无论手工填写日志还是使用电子工作日志，填写的信息内容应相同。

1. 上司的日志内容。

（1）上司在单位内部参加的会议、活动情况，要清楚记录时间、地点、内容。

（2）上司在单位内部接待的来访者，要清楚记录来访者的姓名、单位详情，以及约会时间。

（3）上司在单位外部参加的会议、活动、约会等情况，要清楚记录时间、地点、对方的联络办法等。

（4）上司个人的安排，如去医院看病等。记录此项内容可以保证秘书不会在这段时间安排其他事宜。

（5）上司私人的信息，如亲属的生日。记录此项内容可以提醒上司购买生日卡或礼物。

2．秘书的日志内容。除包含上司的日志内容外，还包括以下几方面内容：

（1）上司的各项活动需要秘书协助准备的事宜，例如，为上司要参加的××会议准备发言稿、拟订会议议程、订机票；为上司要参加的××会谈草拟合同和订餐等。

（2）上司交办自己的工作，例如，为签字仪式联系地点、媒体等准备工作。

（3）自己职责中应做的工作，例如，撰写半年工作总结，参加值班等。

秘书的工作日志示例如表1—4所示。

表1—4　　　　　　　工作日志　2007年4月16日　星期一

时　间	工　作　内　容
9：00	部门会议，16层1602室，带相关文件夹和下发的会议日程表
10：00	
11：00	确认王经理与超凡公司销售部经理的午餐
12：00	午餐前，将3位应聘人的资料分别送王经理、杨副经理、人事经理批阅
13：00	确认面试房间1606室，摆桌椅，准备面试评估表
14：00	安排应聘人王远面试
14：30	安排应聘人张颖面试
15：30	安排应聘人赵明面试
16：30	面试小组讨论
17：00	检查、准备王经理17日报告的讲话稿、相关资料和电脑投影幻灯片

3．管理上司的工作日志的注意事项。

（1）秘书应确保上司日志信息的保密，只给上司授权的人查阅。

（2）要保持两本工作日志信息一致和准确。若上司有了新安排，应立即补充，并且每天要进行检查和更新。

（3）秘书应熟悉上司的工作习惯和约会时间的长短，以便安排约会的时间符合要求。

（4）秘书应熟悉上司用餐和休息的时间，以便安排约会避开上司的休息时间。

（三）工作日志的变化与调整

有时会因预想不到的事或对方的原因而必须改变日程安排，但如果是我方原因变更安排，会造成一些有形或无形的影响，甚至会影响企业的信誉和双方的信赖关系。因此，应尽量想办法将日程安排的变更限制在最小的范围。

1．一般的变更包括：

（1）原定结束时间延长。

（2）追加紧急的或新添的项目。

（3）项目的时间调整、变更。

（4）项目终止或取消。

2．针对上述情况，秘书应注意：

（1）安排的活动之间要留有10分钟左右的间隔或适当的空隙，以备活动时间的拖延或发生临时的、紧急的情况。

（2）进行项目的时间调整、变更时，仍然遵循先重急后轻缓的原则，并将变更的情况报告给上司，慎重处理。

（3）确定变更后，应立即做好有关善后工作，如通知对方、说明理由等，以防止误解。

（4）再次检查工作日志是否已经将变更后的信息记录上，不要漏记和忘记修改。

实训 14：制定工作计划

一、实训目标

掌握制定工作计划的一般方法。

二、实训背景

海潮公司定于 6 月 16 日召开生产会议，时间为 2 天，参会人员预计 45 人，需要使用公司大会议室。会上要给每人发放一套会议文件，包括产品介绍、价格表和宣传材料等，并要准备一些小点心及饮料。生产部经理要求秘书张洁制定一份从 6 月开始的会议筹备计划表。

三、实训内容

按照实际情况演练制定工作计划的过程。

四、实训要求

1. 选择能满足全班学生进行实训的电脑机房。要事先准备好打印机、打印纸。

2. 分组进行，可以 3 人一组，其中 1 人扮演张洁，1 人扮演生产部经理，1 人进行监督和评价。每人都要轮演张洁和生产部经理。

3. 每个同学在演练过程中一定要严肃认真，言行符合规范。

4. 每个同学最好都能按照实训内容设计演练的脚本（包括情节和台词），并给本小组成员分派角色。

5. 老师可以临场发挥，比如增设模拟角色和任务；在同学们演练时，组织其他的同学对表演进行评论。

五、实训提示

（一）制定工作计划的方法

计划不仅是实现目标的起点，而且应贯穿于实施的整个过程中。在制定工作计划时，不但要科学地安排时间，还要考虑其他一些因素，以保证制定的工作计划能顺利实施，达到目标。通常将制定的工作计划用绘制表格的方法显现出来，使计划更为清晰。制定工作计划表的方法是：

1. 根据组织确定的工作目标和期限要求，一项项列出本团队要完成的所有任务。可以使用专门制作好的任务表格，将要做的工作内容列出，也可以将工作任务逐项写下。

2. 区别重要的任务和紧急的任务，通常按 ABCD 法则，先做重而急的任务，再做重而不急的任务，后做急而不重的工作，最后做不急不重的工作，安排好工作的优先次序。

3. 按照工作的轻重缓急的顺序用数字编号标记出任务完成时间的先后顺序，对需要花时间的工作留出充足的时间。

4. 列出完成每一项任务所需的资源和相关信息。

5. 明确完成每一项任务的各个阶段指标和估算的时间。

6. 指明每一项任务的负责部门或承担人以及负责人。

7. 从最终完成的时间期限向前推算各阶段工作应何时完成，确定后，逐项将其填入工作计划表中。

8. 明确工作进展的情况，以及出现的问题向谁报告、何时报告，以确保计划的顺利实施。

9. 明确质量如何监督和管理。

（二）工作计划的内容与要求

工作计划是用于管理时间和工作任务的文件，经常用在接受某一项目或团队某一阶段工作任务之前制定，并用其进行管理。工作计划可以写成文字材料，也可以用表格表示。

工作计划或计划表与工作日志虽然都从起始时间、阶段时间和最终期限上对任务做了要求，但是工作计划或计划表还必须指明所管理的项目或团队工作的其他一些重要方面，包括：

1. 每一项任务的具体目标，如编制一套会议资料。

2. 每一项任务的数量要求和质量要求，如编制的会议资料内容的审核、用纸要求等。

3. 每一项任务所需的资源，如所需的费用。

4. 每一项任务所分配的负责部门或承担人以及负责人。

5. 在计划的文件中还写明如何监督工作进展和质量。

（三）制定工作计划的程序

估量机会→确定目标→确定计划工作的前提条件→拟订可行方案→评价备选方案→选择方案→拟订分计划→编制预算。

1. 估量机会。对机会的估量，要在实际的计划工作开始之前就着手进行，它是计划工作的一个真正起点。其内容包括：对未来可能出现的变化和预示的机会进行初步分析，形成判断；根据自己的长处和短处搞清自己所处的地位；了解自己利用机会的能力；列举主要的不肯定因素，分析其发生的可能性和影响程度；在反复斟酌的基础上，下定决心，扬长避短。

2. 确定目标。在确定目标时，要说明基本的方针和要达到的目标，说明制定战略、政策、规则、程序、规划和预算的任务，并指出工作的重点。

3. 确定计划工作的前提条件。计划工作的前提条件就是计划工作的假设条件。负责计划工作的人员对计划前提了解得越细、越透彻，并能始终如一地运用它，则计划工作也将做得越协调。

按照组织的内外环境，可以将计划工作的前提条件分为外部前提条件和内部前提条件；按可控程序，可以将计划工作的前提条件分为不可控的、部分可控的和可控的三种前提条件。外部前提条件多为不可控的和部分可控的，而内部前提条件大多是可控的。不可控的前提条件越多，不肯定性越大，就越需要通过预测工作确定其发生的概率和影响程度的大小。

4. 拟订可行方案。调查、设想并拟订可供选择的行动方案，需要发挥创造性。但是，方案也不是越多越好。即使我们可以采用数学方法和借助电子计算机的手段，但还是要对候选方案的数量加以限制，以便把主要精力集中在对少数最有希望的方案的分析方面。

5. 评价备选方案。评价实质上是一种价值判断。确定目标和确定计划前提条件的工作质量直接影响到方案的评价。它一方面取决于评价者所采用的标准；另一方面取决于评价者对各个标准所赋予的权数。在评价方法方面，可以采用运筹学中较为成熟的矩阵评价法、层次分析法，在条件许可的情况下可采用多目标评价方法。

6. 选择方案。选择方案是很关键的一步，也是决策的实质性阶段——抉择阶段。可能遇到的情况是：有时会发现同时有两个可取的方案。在这种情况下，必须确定首先采取哪个方案，而将另一个方案也进行细化和完善，并作为后备方案。

7. 拟订分计划。总计划要靠分计划来保证，分计划是总计划的基础。

8. 编制预算。计划工作的最后一步是把计划转化为预算，使之数字化。预算实质上是资源的分配计划。预算工作做好了，可以成为汇总和综合平衡各类计划的一种工具，也可以成为衡量计划完成进度的重要标准。

（四）制定与实施工作计划中应注意的问题

1. 制定计划要实事求是，不要设立不切实际的工作目标。

2. 善于授权，明确分工。不要卷入他人的任务中而完不成自己的工作。

3. 定期检查所需的资源是否有保证，不至于出现供应不足而影响进度。

4. 及时与同事沟通工作进展和出现的问题，让大家都知道工作进度和达标情况。

5. 在实施计划过程中，应进行监控，发现问题，要及时应变。

工作计划表示例如表1—5所示。

表1—5　　　　　　　　销售会议准备工作计划表　6月30日

筹备工作期限要求：7月19日前完成 制表人：张洁 注意：达到进度，完成工作后，请打钩					
第一周 7月1日～7月5日 任务/责任人/完成时间	工作进度	第二周 7月8日～7月12日 任务/责任人/完成时间	工作进度	第三周 7月15日～7月19日 任务/责任人/完成时间	工作进度
草拟会议文件（产品介绍、价格表、宣传材料） 销售部　王玲 7月1日　星期一		印制资料各60份（宣传品用重磅纸），拟订会议通知 秘书　张洁 7月8日　星期一		落实会议所需设备（投影仪、黑板、音响），落实大会议室 秘书　张洁 7月15日　星期一	
与销售部讨论会议文件的内容 王玲及销售人员 7月3日　星期三		确认参会人员名单，打印会议通知 办公室　李红 7月9日　星期二		整理会议文件袋和宣传材料 销售部　王玲 7月16日　星期二	
最后修改会议文件并送交主管审核签发 销售部　王玲 7月4日　星期四		取回会议文件，发放会议通知 秘书　张洁 7月11日　星期四		购买饮料点心，做好后勤准备，布置会场 办公室　李红 7月17日　星期三	

注：有关费用详见销售会议预算。

第八节　完成上司临时交办事项

上司临时交办事项是指上司临时交代秘书办理的具体事宜。秘书办理上司交办事项，对减轻上司工作负担，提高上司工作效率，解除上司后顾之忧，保证上司集中精力抓大事，具有重要的意义。因此，秘书人员应当掌握上司交办事项的有关知识，努力完成上司交办的各种事项。

实训15：帮上司完成督查工作

一、实训目标

掌握督查工作的一般程序和方法。

二、实训背景

最近，海潮公司出台了一个新政策。这天，总经理交给秘书张洁一项任务，他让张洁和几个部门经理分别到全国各地分公司督查，看看各分公司是否真正领略了新政策的含义，是否在采取措施执行新政策，还要了解一下各分公司对新政策的看法。张洁被派往海南分公司，正好海南分公司的经理是张洁的同学李玲。张洁一来到海南，就开始了全面督查工作。张洁觉得自己是总经理的秘书，又是总经理派下来做督查的，所以一方面非常注意自己的"双重角色"身份；另一方面严格按照督查工作的程序和方法开展工作。同时她既注意与分公司的上上下下搞好关系，又注意在督查中铁面无私。海南之行结束后，张洁回到总公司，马上开始了督查的后续整理工作。回来后的第二天，一份真实、翔实的督查报告摆放在了总经理的办公桌上。总经理对张洁的这次督查工作非常满意。

三、实训内容

按照实际情况演练完成督查工作的过程。

四、实训要求

1. 可选择在模拟的办公室或教室进行，最好能配备真实的电脑。

2. 分组进行，可以7人一组，其中1人扮演张洁，1人扮演总经理，1人扮演海南分公司经理李玲，3人扮演海南分公司员工，1人进行监督和评价。每个人都要轮演张洁、总经理和李玲。

3. 每个同学在演练过程中一定要严肃认真，言行符合规范。

4. 每个同学最好都能按照实训内容设计演练的脚本（包括情节和台词），并给本小组成员分派角色。

5. 老师可以临场发挥，比如增设模拟角色和任务；在同学们演练时，组织其他的同学对表演进行评论。

五、实训提示

（一）上司临时交办事项的范围

上司交办事项的范围非常广泛，而且不同的上司使用秘书的方式不同，交办的事项也不可能一样，很难给它划定一个确切的范围。我们只能针对一般情况，指出上司交办事项的大致范围。

1. 文书工作事项。

如上司让秘书查阅文件、递送文件、承办文件、传达文件、清退文件等。

2. 会务工作事项。

如上司让秘书通知开会、收集议题、准备会议室、参加记录、整理会议纪要、会后催办等。

3. 信访工作事项。

如上司让秘书代写回信、接待来访者、安排来访者食宿、代买车票等。

4. 信息工作事项。

如上司让秘书收集某一信息、核实某一信息、报送某一信息、传达某一信息、发布某一信息等。

5. 调研工作事项。

如上司让秘书临时做一个市场调查、了解一个情况、查阅一个资料、统计一个数据等。

6. 督查工作事项。

如上司让秘书通过电话、信函或上门等多种途径，督促和检查上司某一批示的落实情况、某项决策的执行情况、某项任务的完成情况、某项工作的进展情况，并向上司及时报告。

7. 联络工作事项。

如上司让秘书通过各种途径与有关部门和人员取得联系，并且建立密切的关系，为开展工作奠定良好的基础。

8. 协调工作事项。

如上司让秘书代为召开协调会议，或从中穿针引线，协商解决某个问题，特别是那些涉及几个部门，以及容易发生推诿、扯皮等的事项。

9. 接待工作事项。

如上司让秘书去接站，安排客人食宿，陪同参观游览，组织宴请活动，购买返程车、船、机票及送行等。

10. 其他交办事项。

（二）督查的方法和程序

督查，从本义上讲，是督促、检查、监督的意思，是在办事、办文中的一项经常性的工作；从秘书工作的角度讲，是协助上司进行工作，为上司进行科学管理服务，即把看到、听到、查到并经过核实的一些无人过问或被忽视的重大问题，按照上司的批示，交有关部门检查办理，并催促落实。督查是促进组织的各项方针政策落到实处，解决实际问题，为了解情况提供决策依据，促进工作正常运转的重要环节。督查既是决策执行的重要环节，又是秘书的一项重要任务。

1. 督查工作的方法。

（1）书面督查。书面督查一般有两种形式：一是下发文件，将已经集中立项的督查内容印发给有关单位，明确主办单位和协办单位的责任，明确办理的要求与时限；二是下发督查通知单（可以是督查卡片、督查函或便条），要求承办单位进行办理，并按要求的时限反馈办理情况。书面督查一般适用于常规性的工作，并且事项比较多，时间比较集中，涉及的单位也比较多。书面督查的内容比较重要，形式比较规范，权威性比较强。

（2）电话督查。电话督查即用电话说明督查事项，通报上司批示要求，核实处理内容，提出上报期限等。这种方法主要用于情况比较紧急而内容比较简单的督查事项。在进行电话督查时，督查秘书要做好通话记录，把接电话人的姓名、通话时间、答复记下，以便备查、催办和销办。

（3）专项督查。对上司批示或交办的重要事项，一般应列入专项督查。对于此类督查事项，秘书一定要跟踪催办，及时掌握办理情况。有的要直接去了解情况，指导办理，面对面地进行督查。要按照要求和规定的时限上报办理结果。特殊情况需要延长办理时间的，须提前请示或报告。

（4）会议督查。用会议形式进行督查的，一般有两种情况：一是涉及督查的事项比较多，这样把相关单位的人员集中起来，听取办理情况的汇报，集中进行指导，统一提出要求；二是督查的事项情况比较复杂，涉及的单位也比较多，有的还牵扯部门利益，这样把主办单位和相关单位的负责人召集在一起，听取汇报，分析原因，沟通协调，调整利益关系，明确主办单位和相关单位的责任，分别提出要求，以利于问题的解决。

（5）调研督查。调研督查是推动决策落实的重要手段之一，是高层次的督查工作。主要是围绕企业的中心工作开展调研，围绕决策实施的运行过程开展调研，围绕促进决策贯彻落实的机制和体制问题开展调研。

2. 督查工作的程序。

交办→立项→转办→承办→催办→检查→办结→办结回告→审核→立卷→归档。

（1）交办。上司向有关督查人员授权交办。交办的方式有：批示交办、口头交办、文书和文件式的交办、会议交办；集体交办、个别交办；向督查部门交办、向督查人员个人交办；公开交办、单独交办。

（2）立项。立项是对查办内容进行筛选的过程。一个公司尤其是大型公司发生的问题很多，不必对所有的事情都查办，原则上要查处那些事情比较重大、性质比较严重、久拖不决或无人过问的问题。有关单位已经注意的问题，一般不提出查处。

立项的基本要求是坚持可操作性原则。所谓可操作性原则，就是要把握领导的意图，把比较抽象的任务变为具体明确的指标，使查办项目看得见、抓得住。具体包括两个方面的内容：

一是量化指标。即把领导那些大而全的决定、决议、会议报告，进行归纳论证，列出条目，逐项研究细化指标。这样可以突出重点，避免"眉毛胡子一把抓"。

二是定标定责。就是把细化出的具体指标分解落实到有关部门和部门负责人头上，使有关单位、有关领导一开始就有压力。有明确的工作目标，也避免相互推诿扯皮。

查办立项要弄清查办的内容、目的、单位，并填写查办单（见表1—6）。立项后，一定要认真查办，回复领导。

表1—6 查办单

领导者决定事项主题	决定事项摘要	主办单位或个人	查办情况

（3）转办。并不是每件交办事项都由督查人员亲自办理，很大一部分是转交各有关职能部门、单位或下属人员具体办理。在这种情况下，督查人员的职责是负责催办、督查与检查，有的还需下去协助，协助承办单位或承办人员办理落实。凡属转办的事项一般应有正式的转办通知单，并注明交办的事项、交办的意见要求，以及办结回告的时限等。

（4）承办。有些交办事项是由上司指导督查人员亲自承办的，又称为"自办"。这类事项多系上司个别口头交办、单独交办的，往往带有一定的保密性质。或者是上司个人的某些需要办理的一般事项。由于上司工作太忙，顾不过来，或者是不宜出面等，就委托某个督查人员去直接协助办理。有的是因为保密关系，无须他人知晓，而单独交某个督查人员去办理。督查人员在直接承办这类交办事项时，除了包含有领导与被领导之间上下级关系因素外，更多的是带来同事之间相互支持帮助的感情色彩。督查人员在承办这类交办事项时，一要积极认真去办；二要按上司要求去办；三要按有关规定政策去办，切不可给上司帮"倒忙"；四要遵守办事纪律，尊重上司的感情和信任，不应让他人知道的绝不可外传，办完了只给交办上司回报即可。

（5）催办。催办是对那些上司交办后又转交他人、他单位承办的事项而言的。催办的方式有发正式催办通知单、电话催办、口头催办、下到承办单位当面催办等。催办事项应在转交办之后的一段时间，即按办理时限要求办结之前进行，或已到办结时限未报办结回告的，要及时催办。

（6）检查。督查人员对转交办事项，要深入下去，对承办单位、承办人办理的情况，办理的结果和实际效果进行检查。检查时，不仅要听取承办人员的口头汇报和文字回告，还要查看实际效果。督查人员对转交办事项的督促检查，在时间上一是在承办单位或承办人办理过程中进行，二是在办理完毕之后进行。前者是检查其办理的行动、进展状况，后者是检查评估其办理结果和实际效果。

（7）办结。办结是指上司交办事项办理完毕。凡办结的事项必须向交办上司报告办毕的结果，呈报办结汇报。

（8）办结回告。承办单位或承办人在办理上司交办事项完毕后，应向交办上司回报反馈办理结果的报告。办结回告的方式有书面的，也有口头的，应视交办上司的要求而定。

办结回告的内容一般有：上司交办的时间，交办的问题或事项内容，办理的过程以及办理过程所采取的方法与措施，办理的结果与实际效果，办理过程中和办理完毕后存在的问题，今后或下一步改进的建议、意见或措施等。办结回告一定要真实地报告办理结果，切不可弄虚作假，也不能回避存在的问题和矛盾，还要对存在的矛盾和问题提出

积极的建议和意见。

（9）审核。审核是对办结回告进行审查评估。如果是转交承办，那么督查人员应先行初步审核，并签署意见，然后再呈送交办的上司审核。

对承办者呈报办结回告的审核，一是要认真审核其办结回告的内容；二是听取承办者口头汇报的情况；三是下去查看办结的实际效果；四是对办结的结果做出评估；五是对存在的问题提出改进的意见和建议。

（10）立卷。办结回告经交办上司审核认可之后，将上司交办事项的原则和办结回告按有关规定、规范装订在一起，装入有关卷宗，以保证领导交办事项从交办到办理完毕过程的全貌及有关资料的完整性。

（11）归档。立卷完毕，按有关规定及时存入档案或移交有关档案室或档案馆，以便备查。

实训心得体会

第二章

接打电话

在现代社会，电话已经成为不可或缺的通讯交往手段。打电话是不见面的交往方式，打电话效果的好坏，直接影响交往的成败。在秘书的日常工作中，电话更是起着举足轻重的作用。因此，秘书在接打电话时一定要按规矩办事。

第一节　基本礼仪

秘书在接打电话的过程中，一定要掌握基本礼仪、基本要求以及接打电话的注意事项，才能把这项工作做好。

实训1：接打电话的基本礼仪

一、实训目标

掌握接打电话的基本礼仪。

二、实训背景

张洁是海潮公司新聘的总经理办公室文员，具体负责电话接打、文件处理和档案管理。这天一大早，总经理安排张洁通知各部门经理周四的例会取消。过了一会儿，总经理又来电话，告诉张洁，凡是找他的电话，一律不要转给他，他有重要事务要处理。九点半左右，张洁接了三个电话，一个是董事长的电话，一个是投诉电话，还有一个是总经理太太的电话。

三、实训内容

按照接打电话的基本礼仪拨打、接听各种电话。

四、实训要求

1. 可选择在模拟的办公室或教室进行，最好能配置真实的电话机。

2. 分组进行，可以4人一组，其中1人扮演张洁，1人扮演总经理，1人扮演打电话的人，1人进行监督和评价。每个人都要轮演张洁、总经理和打电话来的客人。

3. 每个同学在演练过程中一定要严肃认真，言行符合规范。

4. 每个同学最好都能按照实训内容设计演练的脚本（包括情节和台词），并给本小组成员分派角色。

5. 老师可以临场发挥，比如增设模拟角色和任务；在同学们演练时，组织其他的同学对表演进行评论。

五、实训提示

接打电话要遵守四个基本要求：第一，态度礼貌、友好。要尽量使用礼貌用语，及时向对方问候。第二，声音积极、自然。要微笑着接打电话，语速、音量要适中。第三，通话简洁、高效。一般通话应尽量控制在 3 分钟之内。第四，熟悉业务。接打电话时要熟悉业务，以便能够在最短时间内解决问题或找到解决问题的方法。

接打电话的基本礼仪包括以下几点：

1. 注意口齿清楚，而且不忘附和。

2. 不要随便岔开对方所说的话题，但也不要有什么问题就直截了当地问对方；一定要在听对方讲完之后，再开始发表自己的意见。

3. 自己说话时，如果说得太长，就要不时停顿一会，听听对方的反应，总之要替对方多考虑；不要只顾着自己说话，也要给对方提问的机会。

4. 不管什么人打电话过来，都要认真接听。即使客户的投诉电话打到你这里，也应以冷静且尊重对方的态度与人家交谈。

5. 一般来说，谁拨电话谁先挂机。但是，如果对方比自己的地位高，那就应该等对方挂机后再放下电话。

6. 注意自称。

第二节　接电话的技巧

在秘书的日常工作中，接电话看似简单，但其中也有一定的方法、步骤和技巧。只有掌握了接电话的技巧，秘书才算真正会接电话，才能更好地为领导做好服务工作。

实训 2：接电话的步骤

一、实训目标

掌握接电话的步骤。

二、实训背景

这天上午张洁接了四个电话，一个是客户咨询电话，一个是推销电话，一个是找总经理的电话，一个是投诉电话。

三、实训内容

按照接电话的规范步骤来接听电话。

四、实训要求

1. 可选择在模拟的办公室或教室进行，最好能配置真实的电话机。

2．分组进行，可以 3 人一组，其中 1 人扮演张洁，1 人扮演拨打电话的人，1 人进行监督和评价。每个人都要轮演张洁和打电话来的客人。

3．每个同学在演练过程中一定要严肃认真，言行符合规范。

4．每个同学最好都能按照实训内容设计演练的脚本（包括情节和台词），并给本小组成员分派角色。

5．老师可以临场发挥，比如增设模拟角色和任务；在同学们演练时，组织其他的同学对表演进行评论。

五、实训提示

接电话的步骤主要包括以下几个方面：

1．电话铃响三声之内应拿起话筒，即"铃响不过三"。若只响一声甚至一声都没有响完马上就接，对方心理多半没有准备，而且电话也可能还没有接通。在响两声到三声的时候接起来是最合适的。如果电话已响了四五声才拿起来，就算接迟了，此时秘书应该说的第一句话就是："对不起，让您久等了！"

2．在规定时间内接起电话后，应说第一句话是问候语——"你好"或"早上好"、"下午好"，然后"自报家门"。对外部来电应报单位名称，如"××公司"；对内部来电则直接说"××部"。这样的应答暗示给对方的意思就是"我们欢迎你"，而且还能使对方马上知道自己的拨号是否正确。

3．在对方说话时，要给予反馈信号，适时回应，如"是的"、"好，我明白了"、"对不起，我没听清，您能再说一遍吗"等。

4．如果对方电话掉线，应把电话机挂上等待。在这种情况下，主动拨打电话的一方应该重拨。

此外，接电话时，应语速适中，吐字清晰，语调积极、热情。向对方通报单位名称的时候，尾音要上扬，而不要下沉或模糊不清。即使在即将下班时声音也不能显出疲劳。

实训 3：上司或同事不在时的电话应对

一、实训目标

掌握上司或同事不在时的电话应对以及做电话记录的一般方法。

二、实训背景

这天上午张洁接到一个电话，是找总经理的。可是总经理外出办事，忘了带手机。张洁赶紧做好处理。

三、实训内容

按照实际情况演练上司或同事不在时的电话应对并做好各种形式的电话记录。

四、实训要求

1．可选择在模拟的办公室或教室进行，最好能配置真实的电话机。

2．分组进行，可以 3 人一组，其中 1 人扮演张洁，1 人扮演拨打电话的人，1 人进行监督和评价。每个人都要轮演张洁和打电话来的客人。

3．每个同学在演练过程中一定要严肃认真，言行符合规范。

4. 每个同学最好都能按照实训内容设计演练的脚本（包括情节和台词），并给本小组成员分派角色。

5. 老师可以临场发挥，比如增设模拟角色和任务；在同学们演练时，组织其他的同学对表演进行评论。

五、实训提示

上司或同事不在时，秘书接听电话要注意以下两方面：

1. 可以笼统地说"对不起，××现在不在"，或者"他出差了"。不必说得很具体，以防无意中泄露秘密。

2. 负责地为上司或同事转达电话。这需要填写电话记录单。填好记录单后，应把它背面朝上放在上司或同事的办公桌上，要有替别人保密的意识。

电话记录单的设计，应突出以下几个要素，即何单位的何人何时为何事给何人来电话，如何处理。电话记录单如表2—1所示。

表2—1 电话记录单（来电） 第 号

来 电 者		受话者	
对方单位			
电话内容			
紧急程度	□紧急　　□正常		
处理意见			
记录人		记录时间	

实训 4：处理同时打来的几个电话

一、实训目标

掌握处理同时打来几个电话的一般方法。

二、实训背景

这天上午张洁正在接听客户的一个咨询电话，正在这时，办公室的另一部电话响了。张洁应该怎么办呢？

三、实训内容

按照实际情况演练处理同时打来的几个电话。

四、实训要求

1. 可选择在模拟的办公室或教室进行，最好能配置真实的电话机。

2. 分组进行，可以 4 人一组，其中 1 人扮演张洁，2 人扮演拨打电话的人，1 人进行监督和评价。每个人都要轮演张洁和打电话来的客人。

3. 每个同学在演练过程中一定要严肃认真，言行符合规范。

4. 每个同学最好都能按照实训内容设计演练的脚本（包括情节和台词），并给本小组成员分派角色。

5. 老师可以临场发挥，比如增设模拟角色和任务；在同学们演练时，组织其他的同学对表演进行评论。

五、实训提示

处理同时打来的几个电话要掌握以下几个要领：

1. 请正在交谈的一方稍等，告诉他有电话打进来，需要马上处理。

2. 迅速接听另一部电话，快速处理完，赶快回到第一个电话上。

3. 如果第二个电话一时不能处理完，也不属于紧急内容，则应该告诉他还有一个电话没有结束，建议一会儿再给他回电话，然后马上回到第一个电话上。如果第二个电话是紧急的事情，则要马上向第一个来电者道歉，建议他先挂上电话稍等或快速处理完第一个电话。无论怎样，回到第一个电话时，都要向来电者致歉。

实训 5：上司正在开会时的来电处理

一、实训目标

掌握上司正在开会时处理来电的一般方法。

二、实训背景

今天上午公司召开部门经理会议，由总经理主持会议。上午十点多，张洁接到公司的一个大客户来的电话，说有急事要找总经理，不然将出现不可估计的后果。

三、实训内容

按实际情况演练上司正在开会时对各种来电的处理。

四、实训要求

1. 可选择在模拟的办公室或教室进行，最好能配置真实的电话机。

2. 分组进行，可以 4 人一组，其中 1 人扮演张洁，1 人扮演拨打电话的客户，1 人扮演总经理，1 人进行监督和评价。每个人都要轮演张洁和打电话来的客人。

3. 每个同学在演练过程中一定要严肃认真，言行符合规范。

4. 每个同学最好都能按照实训内容设计演练的脚本（包括情节和台词），并给本小组成员分派角色。

5. 老师可以临场发挥，比如增设模拟角色和任务；在同学们演练时，组织其他的同学对表演进行评论。

五、实训提示

当上司正在开会时，秘书接听电话应注意以下几点：

1. 坚持原则。

如果客人来电话找上司，只要不是很急的事，就不要让上司来接电话，等散会之后再说。

2. 不能简单拒绝对方。

秘书要选择适当的理由拒绝对方，以免引起误解。如果这样回答对方："某总正在参加董事会，估计会议要到 5 点钟才结束。回头我们再给您去个电话，您看可以吗？"就有可能让对方产生误解。

3. 事情重大的话应请示上司。

在这个时候，最佳的回答应该是这样："实在对不起，某总正在开会，您有急事找他吗？"若对方说有急事，秘书应通过适当方式去向上司汇报，听取他的指示。秘书可以借送材料或倒茶的时机，把事先写好的纸条悄悄放到上司面前，由上司决定应该如何处理。如果上司认为事情不急，不愿意去接电话，那么，秘书可以这样回答对方："实

在对不起，这会儿不知某总上哪儿去了，回头见着某总，我们就给您去个电话，您看这样可以吗？"这样对方就能谅解了。

实训6：上司不在办公室

一、实训目标

掌握上司不在办公室时处理来电的一般方法。

二、实训背景

这天上午，张洁正在为总经理准备下周会议的讲话稿时，接到一个电话，是总经理一个多年的好友打来的。张洁告诉他总经理出去了。下午张洁接到总经理的电话，告诉她以后接电话时应注意自己的态度。

三、实训内容

按照实际情况演练上司不在办公室时对各种来电的处理。

四、实训要求

1. 可选择在模拟的办公室或教室进行，最好能配置真实的电话机。

2. 分组进行，可以4人一组，其中1人扮演张洁，1人扮演拨打电话的客户，1人扮演总经理，1人进行监督和评价。每个人都要轮演张洁和打电话来的客人。

3. 每个同学在演练过程中一定要严肃认真，言行符合规范。

4. 每个同学最好都能按照实训内容设计演练的脚本（包括情节和台词），并给本小组成员分派角色。

5. 老师可以临场发挥，比如增设模拟角色和任务；在同学们演练时，组织其他的同学对表演进行评论。

五、实训提示

当上司不在办公室，秘书接电话时，需要注意以下几点：

1. 向对方抱歉地说上司不在。

2. 没必要说出上司不在的理由和上司的去处。

3. 让对方了解自己的职责，主动承担转达的责任。询问对方能否等上司回来后再给对方打电话，如果可以还要询问对方的联系方式。

4. 如果是上司的熟人、朋友或亲属打来的电话，要注意措辞，可以说"总经理现在出去了"等，让对方决定怎么做。

5. 代替上司听取重要的事情时，将对方的意思（包括电话号码）复述一遍并记录下来。

实训7：接听陌生人的电话

一、实训目标

掌握接听各类陌生人的电话的方法。

二、实训背景

这天下午，张洁接到一个奇怪的电话。来电人自称是总经理多年未见的一个朋友，有急事要找总经理。张洁询问对方的姓名、身份，对方概不回答，并且很生气，要张洁告诉他总经理的手机号。

三、实训内容

按照实际情况演练处理各类陌生人打来的电话。

四、实训要求

1. 可选择在模拟的办公室或教室进行，最好能配置真实的电话机。

2. 分组进行，可以 3 人一组，其中 1 人扮演张洁，1 人扮演打电话来的陌生人，1 人进行监督和评价。每个人都要轮演张洁和打电话来的陌生人。

3. 每个同学在演练过程中一定要严肃认真，言行符合规范。

4. 每个同学最好都能按照实训内容设计演练的脚本（包括情节和台词），并给本小组成员分派角色。

5. 老师可以临场发挥，比如增设模拟角色和任务；在同学们演练时，组织其他的同学对表演进行评论。

五、实训提示

秘书接听陌生人的电话时，要注意以下几方面：

1. 不随便说"在"或"不在"。

碰到陌生人打来的电话，作为秘书不能随便告诉对方上司"在"或"不在"的信息。因为在没有弄清对方的身份和目的之前，这样回答对方，随时都有可能给自己惹出麻烦来。

2. 尽量诱导对方说出自己的姓名和意图。

当对方问"某总在公司吗"之后，你不要直接回答对方，而应这样反问对方："请问您是……"，尽量诱导对方说出自己的姓名和意图。

3. 请示上司。

你应在弄清了对方的身份和目的之后再说："请您稍等一下，我去看看某总是否在办公室。"然后搁下话筒，去向上司请示如何答复。如果上司不在办公室，就打上司的手机与他联系。当然，如果事情不是很急，你可以等上司回来后再请示如何答复对方。

实训 8：接听打错的电话

一、实训目标

掌握接听各类打错的电话的方法。

二、实训背景

海潮公司秘书张洁刚一上班电话铃就响了，她拿起电话说："您好！海潮公司。"对方说："请找张经理。""请问您找哪个张经理啊？"……原来是打错电话了。

三、实训内容

按照实际情况演练处理各类打错的电话。

四、实训要求

1. 可选择在模拟的办公室或教室进行，最好能配置真实的电话机。

2. 分组进行，可以 3 人一组，其中 1 人扮演张洁，1 人扮演打电话的人，1 人进行

监督和评价。每个人都要轮演张洁和打电话来的客人。

3. 每个同学在演练过程中一定要严肃认真，言行符合规范。

4. 每个同学最好都能按照实训内容设计演练的脚本（包括情节和台词），并给本小组成员分派角色。

5. 老师可以临场发挥，比如增设模拟角色和任务；在同学们演练时，组织其他的同学对表演进行评论。

五、实训提示

接到打错的电话时，应该说："这是××公司，电话是××××××，您是不是打错了？"而不应该说"您打错了"就"啪"的一声挂上电话。

第三节　打电话的技巧

在日常工作中，秘书打电话同接听电话一样，也需要一定的方法、步骤和技巧。秘书人员只有事先做好准备，在合适的时候拨打电话，并控制好通话时间，才是真正的会打电话，才可能提高工作效率。

实训9：拨打电话的基本方法

一、实训目标

掌握拨打电话的基本方法。

二、实训背景

星期一向来都是比较忙碌的。这天一大早，秘书张洁就忙着打电话。她要通知各部门经理周四下午召开一个临时会议；要通知公司的大客户李总经理周五和总总经理的会晤取消；还要帮总经理预订一张本周六去北京的飞机票。

三、实训内容

按照实际情况演练拨打电话的基本方法。

四、实训要求

1. 可选择在模拟的办公室或教室进行，最好能配置真实的电话机。

2. 分组进行，可以5人一组，其中1人扮演张洁，3人扮演各种身份的接话人，1人进行监督和评价。每个人都要轮演张洁和接听电话的人。

3. 每个同学在演练过程中一定要严肃认真，言行符合规范。

4. 每个同学最好都能按照实训内容设计演练的脚本（包括情节和台词），并给本小组成员分派角色。

5. 老师可以临场发挥，比如增设模拟角色和任务；在同学们演练时，组织其他的同学对表演进行评论。

五、实训提示

秘书拨打电话时，要注意以下几方面：

1. 提高效率。

最好把一天之中需要拨打的电话集中在一起，选择适当的时段拨出。

2. 适时拨出。

非紧急电话，一般不要选择上班后半小时、下班前半小时及午餐时间打出。

3. 写下要点。

内容比较复杂的电话，应该先把要点记在纸上，以免通话时遗漏。

4. 控制时间。

尽量把一次通话时间控制在 3 分钟之内。如果由于内容较多，预计将超出 3 分钟，则应该先与对方商量："可能会占用您比较长的时间，您现在方便吗？"

5. 自报家门。

电话接通以后，应该马上清晰地报上自己的姓名和单位，即使是熟人也要如此。不要让对方猜测来电话者到底是谁。

6. 以问候开始，以感谢结束。

因为占用了对方的时间，所以要在通话结束前向对方表示感谢："占用了您的宝贵时间了，对不起！非常感谢您对我们的理解和支持！""谢谢您支持我们的工作！"

7. 对录音电话的应对方法。

要像对接听人一样，以问候始，以感谢终。简要说明事情，留下自己的姓名和电话号码。

实训 10：为上司电话预约

一、实训目标

掌握为上司电话预约的要点。

二、实训背景

海潮公司和超凡公司就某项业务达成了初步的意向。总经理打算约超凡公司的王总经理作进一步的商谈。这天一上班，总经理交代秘书张洁，让她尽快电话预约此次会谈。

三、实训内容

按照实际情况演练为上司电话预约客户。

四、实训要求

1. 可选择在模拟的办公室或教室进行，最好能配置真实的电话机。

2. 分组进行，可以 3 人一组，其中 1 人扮演张洁，1 人扮演客户，1 人进行监督和评价。每个人都要轮演张洁和客户。

3. 每个同学在演练过程中一定要严肃认真，言行符合规范。

4. 每个同学最好都能按照实训内容设计演练的脚本（包括情节和台词），并给本小组成员分派角色。

5. 老师可以临场发挥，比如增设模拟角色和任务；在同学们演练时，组织其他的同学对表演进行评论。

五、实训提示

秘书在为上司电话预约时应注意以下几点：

1. 配合上司的时间表。

在以下这些时候不要为上司安排约会：

（1）上司快要下班的时候。

（2）上司出差刚回来。

（3）节假日过后上司刚刚上班。

（4）上司连续召开重要会议或活动之后。

（5）上司的身体状况不是太好的时候。

（6）上司进入下一项预定工作的时间已不足 10 分钟时。

2. 分辨轻重缓急。

3. 酌留弹性。

4. 处理好变更的约会。

确定好变更后，应立即做好有关善后工作。例如，确定下次约会的具体时间、地点，并通知对方、说明理由、主动道歉等。

实训 11：打电话要找的人不在时

一、实训目标

掌握打电话要找的人不在时的处理方法。

二、实训背景

海潮公司秘书张洁正在打电话，她要找超凡公司的总经理秘书小丽，可是电话接通后对方却告诉她小丽不在。她该怎么做呢？

三、实训内容

按照实际情况演练打电话要找的人不在时的处理。

四、实训要求

1. 可选择在模拟的办公室或教室进行，最好能配置真实的电话机。

2. 分组进行，可以 3 人一组，其中 1 人扮演张洁，1 人扮演接电话的人，1 人进行监督和评价。每个人都要轮演张洁和接电话的人。

3. 每个同学在演练过程中一定要严肃认真，言行符合规范。

4. 每个同学最好都能按照实训内容设计演练的脚本（包括情节和台词），并给本小组成员分派角色。

5. 老师可以临场发挥，比如增设模拟角色和任务；在同学们演练时，组织其他的同学对表演进行评论。

五、实训提示

秘书在电话拨通之后，若对方告之要找的人不在，这时要根据不同的情况做不同的处理。一般来说，如果事情不急，秘书可以等对方回来之后再打一次电话。如果事情很急，秘书可请接电话的人帮你转达。如果秘书想请接电话的人转达，就一定要弄清他的姓名（可能的话要弄清他的职务）之后再决定是否请他转达。转达时，应在征得对方同意的情况下，把需要转达的内容向对方说清楚，并请对方重复无误即可。

实训心得体会

第三章

接待客人

接待是秘书日常工作中常见而又非常重要的一项工作。秘书在接待客人时，不仅代表个人的形象，从某种意义上说，又代表整个公司的形象。因此，秘书应该做好日常接待、正确地确定接待规格、制定好接待计划，还应该做好涉外接待，并能处理好在接待中出现的各种问题。

第一节 接待前的准备工作

公司的前台、会客室、办公室是公司的窗口，必须给来访的客人一种好感。初次来访的客人，对公司的第一印象是来自于他首先看到的人和周围的环境的。因此秘书要坚持每天做好接待前的准备工作。

实训1：接待环境的布置

一、实训目标

掌握如何布置接待环境。

二、实训背景

张洁初到海潮公司做办公室秘书，办公室主任让她负责几个会客室的整理布置和前台接待工作。张洁通过请教资深秘书，将会客室整理布置得清洁、整齐、明亮、美观，得到了主任的认可。

三、实训内容

按照接待环境布置的基本要求进行实际演练。

四、实训要求

1. 可选择在模拟的办公室或教室进行，最好能配置真实的家具设施。

2. 分组进行，可以3人一组，其中1人扮演张洁，1人扮演张洁的同事，1人进行监督和评价。每个人都要轮演张洁和其同事。

3. 每个同学在演练过程中一定要严肃认真，言行符合规范。

4. 每个同学最好都能按照实训内容设计演练的脚本（包括情节和台词），并给本小组成员分派角色。

5. 老师可以临场发挥，比如增设模拟角色和任务；在同学们演练时，组织其他的同学对表演进行评论。

五、实训提示

接待环境的布置包括环境布置和办公用品准备。

（一）环境布置

接待环境应该清洁、整齐、明亮、美观，没有异味。接待环境包括前台、会客室、办公室、走廊、楼梯等处。

前台或会客室可摆放花束、绿色植物，表现出"欢迎您"的气氛，会使对方产生好感。

办公桌上的文件、文具、电话等物要各归其位、摆放整齐。不常用的东西和私人用品，应该放到抽屉里固定的地方，以便用时马上就能找到。

（二）办公用品准备

1. 前厅。应为客人准备座椅，让客人站着等候是不恭敬的。座椅样式应该线条简洁、色彩明快。还应配有茶几。

2. 会客室。桌椅应摆放整齐，桌面保持清洁，没有水渍、污渍。墙上可挂与环境协调的画。挂公司领导与国家领导人的合影，或某次成功的大型公关活动的照片，可以提高公司的可信度。桌上可放一些介绍公司情况的材料。另外，茶具、茶叶、饮料要准备齐全。接待一般客人可以用一次性纸杯，接待重要客人还是用正规茶具为好。会客室应有良好的照明及空调设备。要配备一部电话，复印机、传真机等即使不放在会客室，也不要离得太远。

客人走后，要及时清理会客室，清洗茶具、烟灰缸，换空气，然后关好门。否则，会使下一批客人感到不受重视。

实训 2：前台值班

一、实训目标

掌握秘书在前台值班时应做的工作。

二、实训背景

张洁初到海潮公司做办公室秘书，今天张洁负责前台接待。在没有客人来访的时候，张洁应该做些什么呢？

三、实训内容

按照前台值班工作的基本要求进行实际演练。

四、实训要求

1. 可选择在模拟的办公室或教室进行，最好能配置真实的家具设施。

2. 分组进行，可以 3 人一组，其中 1 人扮演张洁，1 人扮演张洁的同事，1 人进行监督和评价。每个人都要轮演张洁和其同事。

3. 每个同学在演练过程中一定要严肃认真，言行符合规范。

4. 每个同学最好都能按照实训内容设计演练的脚本（包括情节和台词），并给本小组成员分派角色。

5. 老师可以临场发挥，比如增设模拟角色和任务；在同学们演练时，组织其他的同学对表演进行评论。

五、实训提示

在前台值班时，当没有客人来访时，秘书应做好以下几项工作：

1. 布置接待室（详见本章实训 1 的实训提示）。

2. 了解上司的活动安排。

预先制一个表格，记下上司当天所有的约会安排及行踪。每天一上班，秘书就应该提醒上司当天有哪些安排，若有会见活动则需要提醒他会见时间、地点和对象。这样可以提醒上司不要忘了同客人约好的会面。如果有重要客人突然来访或有要紧事时要随时同上司联系。

3. 填写公司职员出入登记表（见表 3—1）。

表 3—1　　　　　　　　　　公司职员出入登记表

日　　期	员工姓名	所属部门	外出时间	返回时间	签　　名

预先设计一个表格，随时记下公司职员出入情况，以便客人来访时能在最短时间内确定被访人员是否在公司。

4. 填写客人预约登记簿（见表 3—2）。

前台秘书应该在每天下班之前与各部门秘书沟通，了解并确认第二天预约客人的情况。各部门秘书也应该主动把预约的人的名册及时送往前台，由前台秘书汇总登记。前台秘书应将当天已经预约好的来访者的姓名和来访时间、被约人的姓名以及所在部门都事先登记好，方便接待来访者。

表 3—2　　　　　　　　　　客人预约登记簿

日　　期	时　　间	人员/部门	来访者

第二节　接待的基本礼仪

在日常接待中，礼仪非常重要。秘书需要掌握一些最基本的接待礼仪，主要包括介绍、握手、交换名片等，才能做好接待工作。

实训 3：接待客人的基本礼仪

一、实训目标

掌握接待客人的基本礼仪。

二、实训背景

张洁在学校学的是文秘专业。今天是她毕业后上班的第一天，她的主要工作是接打电话和接待客人。上午她共接待了四位客人。

三、实训内容

按照实际情况演练接待客人的基本礼仪。

四、实训要求

1. 可选择模拟公司前台或教室等场所进行。

2. 分组进行，可以 6 人一组，其中 1 人扮演张洁，4 人扮演客人，1 人进行监督和评价。每人都要轮演张洁和客人。

3. 每个同学在演练过程中一定要严肃认真，言行符合规范。

4. 每个同学最好都能按照实训内容设计演练的脚本（包括情节和台词），并给本小组成员分派角色。

5. 老师可以临场发挥，比如增设模拟角色和任务；在同学们演练时，组织其他的同学对表演进行评论。

五、实训提示

秘书在接待客人时应该注意以下几点：

1. 无论接待什么样的客人，都要做到公平和礼貌，应按先来后到的原则接待每一个客人。

2. 无论接待什么样的客人，都要和颜悦色，千万不能皱眉头。

3. 接待客人时态度要郑重，但说话又要留有余地。

4. 对于有预约的客人要迅速转达他的要求，不让客人等候。

5. 为了避免出错，对于客人说的一些重要事项要确认一遍。

6. 尽快记住客人的相貌和姓名，了解他们与本公司的关系。

7. 要请客人填写接待登记簿（见表 3—3）。

表 3—3 接待登记簿

日 期	时 间	来访者姓名	访问对象	所属部门	签 名

8. 上司没确认要见的客人，就不要让他进去。

9. 有些没有预约来访的客人喜欢问上司在不在甚至上司的整个工作日程安排。在不了解对方身份和来意的情况下，不要直接回答上司在或不在，而是要尽可能地从对方那里了解一些有用的信息。

10. 陌生客人来访时，一定要注意听清有关他的姓名、所在公司等基本情况的介绍；根据情况的不同，对来客的意图和目的要打听清楚，但在打听的时候不能失礼。

实训 4：介绍的礼节

一、实训目标

掌握如何作自我介绍以及如何为他人作介绍。

二、实训背景

张洁是海潮公司王总经理秘书，一天，公司的一个重要合作伙伴超凡公司的李总经理带领其生产部经理和销售部经理到海潮公司拜会王总。张洁在双方见面时先作了自我介绍并为其他人一一作了介绍。

三、实训内容

按照介绍的礼仪要求进行实际演练。

四、实训要求

1. 可选择在模拟的办公室或教室进行，最好能配置真实的家具设施。

2. 分组进行，可以 8 人一组，其中 1 人扮演张洁，3 人扮演海潮公司领导，3 人扮演超凡公司人员，1 人进行监督和评价。每个人都要轮演张洁、王总和李总。

3. 每个同学在演练过程中一定要严肃认真，言行符合规范。

4. 每个同学最好都能按照实训内容设计演练的脚本（包括情节和台词），并给本小组成员分派角色。

5. 老师可以临场发挥，比如增设模拟角色和任务；在同学们演练时，组织其他的同学对表演进行评论。

五、实训提示

（一）自我介绍

对秘书来说，在某些场合作自我介绍是非常必要的。介绍的内容依场合而定，公务场合除介绍自己的姓名以外，还需要介绍自己的职务，比如："您好！我是海潮公司总经理秘书，我叫张洁。"

（二）为他人作介绍

首先确定被介绍的双方哪一方更应该被尊敬。对于更被尊敬的人，介绍人就要让他先了解对方的情况，即先把对方介绍给他。一般来说，应该先把职位低者、年轻人、男士、来访者介绍给职位高者、年长者、女士、主人。在工作中，不以性别，而以职位的高低、资历的深浅来决定介绍的次序。介绍的方式是这样的：介绍人先注视并称呼更被尊重的一方，伸出右手，手指自然并拢并抬至齐胸高指向被介绍者，说："张总经理，这位是盛大公司的王总经理；王总经理，这位就是我们公司的张总经理。"

在社交场合，国际通行的是"女士优先"的原则，即需要先把男士介绍给女士。

被介绍者的正确做法是：如果原本是坐着的，此时应该站起来，走上前去，在距离对方一臂左右的地方站好，注视对方，面带微笑，待介绍以后，握手或点头致意。

实训5：握手的礼仪

一、实训目标

掌握握手的礼仪。

二、实训背景

一次，张洁陪同王总经理接待超凡公司李总经理一行，张洁为双方作了介绍，并与对方一一握手。

三、实训内容

按照握手的礼仪要求进行实际演练。

四、实训要求

1. 可选择在模拟的办公室或教室进行，最好能配置真实的家具设施。

2. 分组进行，可以8人一组，其中1人扮演张洁，3人扮演本公司领导，3人扮演超凡公司人员，1人进行监督和评价。每个人都要轮演张洁、王总和李总。

3. 每个同学在演练过程中一定要严肃认真，言行符合规范。

4. 每个同学最好都能按照实训内容设计演练的脚本（包括情节和台词），并给本小组成员分派角色。

5. 老师可以临场发挥，比如增设模拟角色和任务；在同学们演练时，组织其他的同学对表演进行评论。

五、实训提示

（一）握手的次序

职位高者、年长者、主人、女性先伸手，表示出握手的意愿，而职位低者、年轻人、客人、男性则应该马上伸手相握。在这一次序中，握不握手的主动权在前者那里，没有握手习惯或者不想握手的人，可以欠欠身、点点头，或者鞠躬。有时后者表现得很热情，主动伸出手来，此时前者不要再矜持于自己的身份，赶快伸手相握，避免让对方尴尬。

（二）握手时的目光

握手时要注视对方的眼睛，以表示你的诚恳和自信。握手时眼睛东张西望，传达给别人的意思是心不在焉、轻视或内心慌乱。

（三）握手的方法

握手时要力度适中，握上两三秒钟就行。一般商务活动或社交场合中，没有必要握着对方的手大幅抖动，也不必握着手说个没完，除非是为了让记者拍下这一镜头。

多人见面时，注意不要交叉握手，也就是当两个人握手时，另外的人不要把胳膊架在其上急着去和别人握手。

握手时应该摘掉手套、墨镜。如果女士穿着礼服并戴着与之配套的手套，则可以例外。

实训6：交换名片

一、实训目标

掌握如何正确地交换名片。

二、实训背景

一次，张洁陪同王总经理接待超凡公司李总经理一行，张洁为双方作了介绍，双方互换名片。

三、实训内容

按照交换名片的礼仪要求进行实际演练。

四、实训要求

1. 可选择在模拟的办公室或教室进行，最好能配置真实的家具设施。

2. 分组进行，可以8人一组，其中1人扮演张洁，3人扮演本公司领导，3人扮演超凡公司人员，1人进行监督和评价。每个人都要轮演张洁、王总和李总。

3. 每个同学在演练过程中一定要严肃认真，言行符合规范。

4. 每个同学最好都能按照实训内容设计演练的脚本（包括情节和台词），并给本小组成员分派角色。

5. 老师可以临场发挥，比如增设模拟角色和任务；在同学们演练时，组织其他的同学对表演进行评论。

五、实训提示

（一）名片的内容

名片有公务名片和社交名片之分。

1. 公务名片。

公务名片的内容主要包括所在单位和部门、姓名、职务或职称、地址、电话等联络方式。名片上的字数不宜太多，头衔也不宜太多，名字在名片中应该是最大的几个字，这样便于对方一眼就看到你的姓名，并能迅速称呼你。头衔太多会给人一种炫耀的感觉。名片的颜色最好选择白色，显得朴素、大方。

公务名片上一般不印私人住宅的电话号码。当然，有人不在意在私人时间被人打扰，因此印上私人电话号码也无不可。但是当别人递上的名片上没印这一内容时，则表明了他对这一问题的态度，你就不该再问了。

2. 社交名片。

社交名片用于社交场合。让谈话对象知道你是谁、怎么称呼，这是社交名片最基本的作用。所以有人只在社交名片上面印自己的姓名，而无其他内容。如果还想让别人了解得更多，印什么都悉听尊便，没有一定之规。在外观上，社交名片可以选择不同规格的纸张，选择自己喜欢的颜色、图案、字体等，显示出个人喜好、品味。

随身携带的名片，应该放置于名片盒或名片夹中，不要直接放在衣袋里或钱包里，这样既不利于保存，也是对自己的不尊重。女性可以把名片夹放在手提包内，男性可放在西服上衣内侧口袋里或公文包内。

（二）交换名片的礼仪

1. 递名片的时机。

初次相识的人在作完自我介绍或被他人介绍之后，便可递上名片。告辞时递上也是常见的。早递名片便于对方更清楚地了解你，谈话时也好把握分寸。告辞之前递名片的意思是希望以后多联络，体现了积极的诚意。在谈话之中如果提及公司地址、联系方式等内容，也可以拿出名片交换。

2. 递名片的礼仪。

一般来说，应该是来访者、男性、身份低者先向被访者、女性、身份高者递名片，而后者应在接到名片后回赠对方自己的名片。递名片时应该站起来（在餐桌前就免了），以齐胸的高度递上。双手拿着名片上方，让名片上的字正面朝向对方，以便对方接过后就能马上看清楚。如果对方也同时拿出名片，来访者、男性、身份低者应该使自己的名片低于对方的名片，以示尊敬。如果对方不止一人，应该按职位从高到低或按位置从近至远递上。

3. 接名片的礼仪。

当别人站起来递过名片时，你应该马上站起来双手接过。接受对方的名片后，不可以立刻放到自己口袋里，而应首先表示谢意，然后再认真拜读一下，看清楚对方的姓名、身份。如果对姓名中的某个字认不准的话，应该恭敬地向对方请教："对不起，请问您的名字中这个字怎么读？""对不起，请问贵姓的读音是……"

拜读完名片后要郑重地把它放在桌子上，注意不要把文件压在上面。如果在会谈，可以把名片按对方的座次摆放在自己面前，这样做的好处是：在谈话中你可以不时看一眼名片，和人对上号，加深印象。如果在谈话中或下次见面时能准确地叫出对方的姓名，就能表现出你对他的尊重，赢得对方的好感。

如遇自己的名片正好用完，无法回赠对方时，可说明原因，表示歉意，并手写姓名、地址、联络方式送给对方。

（三）名片的保存与整理

事后保存时应将名片放在名片盒或名片夹中，既方便查找，也利于保存。

要像整理文件一样，按一定次序把名片归档。把名片放入客户档案里是最常用的一个办法。另外，还可以按姓名、业务范围、关系的性质（工作关系或私人关系）等你认为最方便的查找办法来整理。把名片上的某些信息按一定次序输入到电脑里进行管理则更方便。

第三节　日常接待要领

在日常接待中，秘书除了要掌握最基本的礼仪外，还要掌握正确迎接、招待客人和恭送客人的方法，并能够正确接待预约的、未预约的各种类型的客人。

实训 7：迎接、招待客人

一、实训目标

掌握迎接、招待客人的一般方法。

二、实训背景

一天，张洁正在整理下周开会的资料，总经理打电话让她到公司门口去迎接一位重要客户。张洁在公司门口迎到客人，然后陪客人坐电梯到公司所在的十六楼，并将客人带到会客室，为客人倒茶，请客人看公司的宣传材料。

三、实训内容

按照实际情况演练迎接、招待客人的基本方法。

四、实训要求

1. 可选择在模拟的办公室或教室进行，场景最好能按真实的接待室布置。

2. 分组进行，可以 4 人一组，其中 1 人扮演张洁，1 人扮演总经理，1 人扮演客人，1 人进行监督和评价。每人都要轮演张洁、总经理和客人。

3. 每个同学在演练过程中一定要严肃认真，言行符合规范。

4. 每个同学最好都能按照实训内容设计演练的脚本（包括情节和台词），并给本小组成员分派角色。

5. 老师可以临场发挥，比如增设模拟角色和任务；在同学们演练时，组织其他的同学对表演进行评论。

五、实训提示

（一）迎接客人做到"3S"

即见到客人的第一时间，要做到 Stand Up（站起来）、See（注视对方）、Smile（微笑）。然后伴以 15 度鞠躬，上身要以腰为轴前倾，不可驼背或探脖子。鞠躬的时候，眼睛要随着身体的前倾而向下看，不可翻着眼睛看客人。鞠躬的同时不要说话，鞠躬礼毕再向客人问候。

（二）问候客人

秘书可以这样说："您好，欢迎您的来访！""您好，我能为您做些什么？""您好，希望我能帮助您。"不应该说"你有什么事"，或仅仅说"你好"，然后等对方说话。

（三）引领客人的方法

1. 引领客人。

（1）要明确告诉客人将去什么地方、会见何人。如可以说："程经理正在等您，我带您去会客厅，在三楼，我们先乘电梯。"

（2）要走在客人左前侧 1 米～1.5 米，与客人步伐一致。在出门、转弯、上下楼梯时，都要用手指示或提醒，如可以说："请小心，楼梯比较滑。"

（3）应该边走边回头和客人聊几句，以消除客人的陌生感和紧张。如可以说："今天外边天气还好吧？""我们公司还好找吧？"

2. 进入会客室。

（1）进入会客室前应敲门，确认无人后再领客人进入。应事先安排好会客室，不要让客人站在门外等候。

（2）如会客室的门是向外开的，则秘书拉开门，请客人先进；如门是向里开的，则秘书推开门先进，用手扶住门，再请客人进。这叫做"内开门己先入，外开门客先入"。

（3）进门后要请客人坐上座，可明确示意："请坐在这里。"并告诉客人："××经理马上就来，请稍候。"主客座次安排如图 3—1 所示。

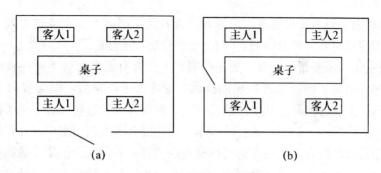

图 3—1 主客座次安排

注：图（a）——客人应面对门坐，主人背门而坐。

图（b）——进门后面对桌子，右手一边请客人坐，左手一边主人坐。

如果是在办公室里接待客人，以离门远、面对门的位置为上座。

（4）秘书应为客人端茶倒水。如等候时间较长，还应续茶，还可让客人看公司的小册子、期刊、报纸等。

（5）在上司与客人谈话时，秘书端茶进门时要轻轻敲门。上茶时要先给客人上，后给主人上，从职位最高者上起。

（四）请客人乘坐电梯的方法

乘坐电梯时，若有电梯工，客人先上先下；若无电梯工，秘书先上后下，并在客人进出时按住电梯"开门键"，以免客人被门夹住。

实训 8：恭送客人

一、实训目标

掌握恭送客人的一般方法。

二、实训背景

这天上午，张洁陪同张总经理接待了一个重要客户公司的一行三人，这三个客户是与张总经理预约好的。宾主双方进行了友好的会谈之后，张洁又陪同张总将客户送走。

三、实训内容

按照实际情况演练恭送客人的基本方法。

四、实训要求

1. 可选择在模拟的办公室或教室进行，场景最好能按真实的接待室布置。

2. 分组进行，可以 6 人一组，其中 1 人扮演张洁，1 人扮演张总，3 人扮演客人，1 人进行监督和评价。每人都要轮演张洁、张总和客人。

3. 每个同学在演练过程中一定要严肃认真，言行符合规范。

4. 每个同学最好都能按照实训内容设计演练的脚本（包括情节和台词），并给本小组成员分派角色。

5. 老师可以临场发挥，比如增设模拟角色和任务；在同学们演练时，组织其他的同学对表演进行评论。

五、实训提示

秘书在恭送来访客人时，应注意以下几个方面：

1. 前台秘书一般不负责送客，因为有接待者在陪同客人。在接过客人交回的名牌后，前台秘书应该向客人表示感谢："谢谢您的来访，请慢走。"

2. 办公室秘书需要帮助送客。要先提醒客人检查有无东西落下。一般将客人送到电梯前或楼梯口，要帮助客人按电梯的按钮，等客人上电梯后，微笑着向客人挥手告别，等电梯门关上后再离开。如果送到楼梯口，要等客人转过楼梯看不见了再回身。重要的客人要送到大门口，如果客人自己没车，可能要为客人叫出租车，并帮助客人打开车门，要请身份最高的客人坐在车的后排靠右的位置。关门后，仍要恭敬站好，向客人挥手告别。要等客人的车开出视野之后，再转身回来。如果刚关上门就转身离开，客人看到会觉得不舒服，以为自己不受欢迎。

3. 和上司一起送客时，无论行走站立，都要比上司稍后一两步，在需要开门或按电梯按钮时再赶上前去。

4. 送客之后，要马上整理好会客室，以便迎接下一位客人。

5. 在客人走后，不要和同事一起议论客人的短长。因为有时客人发觉落下东西后会马上返回来取，可能正好听到议论他，这对双方都是极为尴尬的事。也许合作之事因此作罢，此前所有的努力都付诸东流了。

实训9：接待预约的客人

一、实训目标
掌握接待预约的客人的一般方法。

二、实训背景
一天上午，张洁正在整理来访记录，来了两位和总经理预约好的客人，张洁赶忙热情接待客人并引领客人到总经理办公室。

三、实训内容
按照实际情况演练接待预约的客人的基本方法。

四、实训要求
1. 可选择在模拟的办公室或教室进行，场景最好能按真实的接待室布置。

2. 分组进行，可以5人一组，其中1人扮演张洁，2人扮演客人，1人扮演总经理，1人进行监督和评价。每人都要轮演张洁、总经理和客人。

3. 每个同学在演练过程中一定要严肃认真，言行符合规范。

4. 每个同学最好都能按照实训内容设计演练的脚本（包括情节和台词），并给本小组成员分派角色。

5. 老师可以临场发挥，比如增设模拟角色和任务；在同学们演练时，组织其他的同学对表演进行评论。

五、实训提示
按接待的准备程度来分，来访一般可分为预约来访和未预约来访。预约来访，是指事先约定好的来访。团体来访一般都是有约来访，个人来访也多是事先约定的。对于预约来访，秘书和相关接待人员要做好接待准备，按时接待，不可让客人久等。未预约来访，是指未曾事先约定的临时来访。由于种种原因来访者没能事先预约，有关人员没有准备，客人可能不能得到及时的会见。但是他们的事情不见得就不重要，所以秘书要进行妥善处理。

对于预约来访的客人，秘书在接待时应注意以下几个方面：

1. 在最初的问候之后，客人会作自我介绍，说出要见之人的姓名，秘书首先应确定是否有预约。最好是对方一报出单位姓名，秘书就已经清楚对方是不是预约的客人。这需要秘书经常提前查阅访客预约登记簿。

对已预约的客人，秘书应答："是××先生吗？××正在等您，我带您去会客室。请您填写来访登记表（见表3—4）。"这三句话中，第一句是为了确认对方身份；第二句是为了表明我方热情、诚恳的态度，并让对方明确所去地点；第三句是为了让对方明白自己应做的事情。

也可以用其他应对的话，但不离这几个要点。有时秘书需要当着客人的面查看记录才能确定对方是否已经预约，这时要向对方道歉；有时需要先通知被约见人，或被约见人要亲自出来迎接时，可先请客人坐在前厅的座椅上等候。

表3—4　　　　　　　　　　　　　　**来访登记表**

序号	来访时间	来访人姓名	来访人单位名称	来访目的	要求接见人	实际接见人	备注

2. 秘书应立即通报上司，没有上司的确切答复，不能擅自予以引见。

3. 得到上司肯定的答复后，秘书引领客人到会客室或上司的办公室。

4. 如果发生意外事情，上司暂时不能回来，可以这样解释："张先生恐怕几分钟前有事去了董事长办公室，我不清楚他什么时候能回来。我本来想告诉您，但您的秘书说您已经走了。您是愿意等呢，还是先回去，或者和其他人谈谈？"

实训10：给上司"挡驾"

一、实训目标

掌握给上司"挡驾"的一般方法。

二、实训背景

这天，海潮公司总经理秘书张洁正在起草文件，前台值班秘书来电话，说公司一个老客户来访，没什么大事，只是很久没来了，想找总经理聊聊，人正在会客室。可是今天总经理一上班就有交代，若没什么重要的事，他今天什么人也不见。张洁应如何做呢？

三、实训内容

按照实际情况演练替上司进行"挡驾"的基本方法。

四、实训要求

1. 可选择在模拟的办公室或教室进行，最好能配置真实的接待室。

2. 分组进行，可以 4 人一组，其中 1 人扮演张洁，1 人扮演客人，1 人扮演前台值班秘书，1 人进行监督和评价。每个人都要轮演张洁、前台值班秘书和客人。

3. 每个同学在演练过程中一定要严肃认真，言行符合规范。

4. 每个同学最好都能按照实训内容设计演练的脚本（包括情节和台词），并给本小组成员分派角色。

5. 老师可以临场发挥，比如增设模拟角色和任务；在同学们演练时，组织其他的同学对表演进行评论。

五、实训提示

秘书在为上司"挡驾"时要注意以下两点：

1. 除了个别极为特殊的情况外，上司在办公室时应该向上司请示，不要仅仅根据自己个人的判断，就将客人回绝掉，说上司不在。在那些被秘书"看不上眼"的客人身上，很可能就有上司所需要的信息。

2. 即使是在拒绝对方时，也应该注意礼节，说话要留有余地。由于代表的是上司，所以如果秘书举止得体，就会在无形中使客户增加对公司的好感。

实训 11：接待同时到访的客人

一、实训目标
掌握接待同时到访的客人的一般方法。

二、实训背景
一天上午，张洁在前台值班。一个客人走进来，问张洁王总经理在不在。张洁还没来得及回答，就看到公司的老客户超凡公司的李总带着秘书走进来。张洁知道李总是预约好与王总见面的。此时，张洁应该如何接待同时到访的两批客人呢？

三、实训内容
按照实际情况演练接待同时到访的客人的基本方法。

四、实训要求

1. 可选择在模拟的办公室或教室进行，最好能按真实的接待室布置。

2. 分组进行，可以 5 人一组，其中 1 人扮演张洁，1 人扮演客人，2 人扮演超凡公司李总及秘书，1 人进行监督和评价。每人都要轮演张洁和客人。

3. 每个同学在演练过程中一定要严肃认真，言行符合规范。

4. 每个同学最好都能按照实训内容设计演练的脚本（包括情节和台词），并给本小组成员分派角色。

5. 老师可以临场发挥，比如增设模拟角色和任务；在同学们演练时，组织其他的同学对表演进行评论。

五、实训提示

对于同时到访的客人，秘书在接待时应注意以下几个方面：

1. 坚持先来后到、一视同仁的原则。

2. 可在接待先到客人的同时，微笑着请后到的客人稍等。

3. 请先到的客人作登记，然后问候后到的客人。

4. 切忌以貌取人。

实训 12：接待不速之客

一、实训目标

掌握接待各种不速之客的一般方法。

二、实训背景

这天上午十点左右，公司秘书张洁正在前台值班，进来一位中年客人。他事先没有约定，一来就声称是经理的朋友，坚持要见经理。秘书请教他的大名，他却不愿通报姓名，也不愿说出求见理由，且不肯离去。张洁应该怎么处理？

三、实训内容

按照实际情况演练接待各种不速之客。

四、实训要求

1. 可选择在模拟的办公室或教室进行，最好能配置真实的电话机。

2. 分组进行，可以 3 人一组，其中 1 人扮演张洁，1 人扮演客人，1 人进行监督和评价。每个人都要轮演张洁和客人。

3. 每个同学在演练过程中一定要严肃认真，言行符合规范。

4. 每个同学最好都能按照实训内容设计演练的脚本（包括情节和台词），并给本小组成员分派角色。

5. 老师可以临场发挥，比如增设模拟角色和任务；在同学们演练时，组织其他的同学对表演进行评论。

五、实训提示

接待突然来访、没有预约的客人时，应注意以下几方面：

1. 首先问明对方来意，如果对方不愿意告诉你，你一定要让对方明白，这是工作的需要，而不是在刁难他。你可以告诉他："先生，我希望能尽快解决您的问题，但是您得告诉我您想要解决什么问题。""先生，了解您的来访目的是我的责任，这样我才能找到合适的人接待您。"

2. 如来访客人点名要与××会谈，就应当立即与当事人联系。但是，在联系好之前，不应给客人以肯定的答复，因为当事人有可能不在，也有可能不愿见这位客人。

3. 不要当着客人的面就给当事人打电话，免得当事人拒绝接见时不好找借口。要让客人与秘书保持一定的距离，使客人听不清秘书的通话。可请客人稍候，秘书进去与上司商量，然后根据当时情况迅速做出应对；或者请客人先坐下等候，再拨打电话与相关的人商量。

4. 对于需要拒绝的客人，可以这样说："对不起，××经理刚刚出去，今天不会回来。您是否愿意见×副经理？他也负责这个事情。""对不起，××经理出差了。您愿意告诉我您有什么事情吗？或许我能帮您另约一个时间。""对不起，××先生正在参加一个会议，不在公司。您可以留下姓名、电话，我负责转给他。"千万不要这样说："××正在接待一个重要客户，现在没有时间。"

5. 不管是什么样的客人，尽量不要让他在前台久留。

实训 13：接待上门投诉的客人

一、实训目标

掌握接待上门投诉的客人的一般方法。

二、实训背景

这天上午总经理秘书张洁正在前台值班，有人闯进来大声嚷着要见总经理。张洁上前询问，才知道这个客人是到公司对产品的质量进行投诉的。投诉者怒气冲天，情绪十分激动。这时张洁应如何接待？

三、实训内容

按照实际情况演练接待各种上门投诉的客人的基本方法。

四、实训要求

1. 可选择在模拟的前台或教室进行，最好能配置真实的电话机。

2. 分组进行，可以 3 人一组，其中 1 人扮演张洁，1 人扮演客人，1 人进行监督和评价。每个人都要轮演张洁和客人。

3. 每个同学在演练过程中一定要严肃认真，言行符合规范。

4. 每个同学最好都能按照实训内容设计演练的脚本（包括情节和台词），并给本小组成员分派角色。

5. 老师可以临场发挥，比如增设模拟角色和任务；在同学们演练时，组织其他的同学对表演进行评论。

五、实训提示

接待上门投诉的客户一般要注意以下几点：

1. 应把客人带到会客室，为客户创造一个良好的接待环境。

2. 尽量满足客人的情感需求。客人都有被赞赏、同情、尊重等各方面的情感需求，秘书应尽量去理解客户的这些情感需求。

3. 需要对本公司业务有充分的了解，以满足客户的专业需求。

实训 14：接待媒体记者

一、实训目标

掌握接待媒体记者的一般方法。

二、实训背景

这天上午总经理秘书张洁正在前台值班。一位记者来访，要见公司的王总经理，说是要采访有关公司未来发展方向的问题。而王总经理正好出去办事，这时张洁应如何接待？

三、实训内容

按照实际情况演练接待媒体记者的基本方法。

四、实训要求

1. 可选择在模拟的前台或教室进行，最好能配置真实的电话机。

2. 分组进行，可以 3 人一组，其中 1 人扮演张洁，1 人扮演记者，1 人进行监督和评价。每个人都要轮演张洁和记者。

3. 每个同学在演练过程中一定要严肃认真，言行符合规范。

4. 每个同学最好都能按照实训内容设计演练的脚本（包括情节和台词），并给本小组成员分派角色。

5. 老师可以临场发挥，比如增设模拟角色和任务；在同学们演练时，组织其他的同学对表演进行评论。

五、实训提示

接待媒体记者应注意以下几个方面：

1. 要热情配合，为其提供方便。

2. 对于所要报道的内容要慎重考虑，提供的信息要实在。

3. 没有把握的问题不擅自主张决定。

4. 要注意内外有别，保守公司秘密。

第四节 制定接待计划

秘书的接待可分为接待个人来访和接待团体来访。在接待来访团体时，秘书的第一项任务就是制定接待计划。秘书在制定接待计划时，首先要根据来访者的身份确定接待规格，同时还要做好日程安排、经费预算和工作人员的安排等工作。

实训 15：确定接待规格

一、实训目标

掌握根据来访者身份确定接待规格的基本方法。

二、实训背景

这天，海潮公司总经理办公室接到外资企业超凡公司的总经理办公室打来的电话，说他们公司一行 3 人将于 6 月 16 日抵达本地，专程到海潮公司商谈合作有关事宜。可就在 6 月 15 日上午，海潮公司总经理办公室接到市政府办公室的电话，要公司王总经理第二天参加一个全天召开的临时紧急会议。王总经理要他的秘书张洁做好接待安排，并马上把接待意见送他审批。

三、实训内容

按照实际情况演练确定接待规格的基本方法。

四、实训要求

1. 可选择在模拟的办公室或教室进行，最好能按真实的接待室布置。

2. 分组进行，可以 6 人一组，其中 1 人扮演张洁，3 人扮演客人，1 人扮演王总经理，1 人进行监督和评价。每人都要轮演张洁、王总和客人。

3. 每个同学在演练过程中一定要严肃认真，言行符合规范。

4. 每个同学最好都能按照实训内容设计演练的脚本（包括情节和台词），并给本小组成员分派角色。

5. 老师可以临场发挥，比如增设模拟角色和任务；在同学们演练时，组织其他的同学对表演进行评论。

五、实训提示

秘书必须能根据来访者的身份确定接待规格。接待规格是从主陪人的角度而言的。接待规格有三种，即高规格接待、对等接待和低规格接待。

秘书首先要了解客人的身份和来访目的，据此确定由谁来出面接待最合适。接待规格的最终决定权在上司那里，秘书仅提供参考意见。当接待规格定下来以后，秘书应当把我方主要陪同人员的姓名、身份以及日程安排告知对方，征求对方意见，得到对方认可。

影响到接待规格的还有如下一些因素：

1. 对方与我方的关系。当对方的来访事关重大或我方非常希望发展与对方的关系时，往往以高规格接待。

2. 一些突然的变化会影响到既定的接待规格。如上司生病或临时出差，只得让他人代替，致使接待规格降低。遇到这类情况，应该尽量提前向客人解释清楚，向客人道歉，以赢得理解。

3. 对以前接待过的客人，接待规格最好参照上一次的标准。

对来访主宾的身份情况应从职务、地位、履历等多方面进行了解，对重要的来访者，还可以从兴趣爱好等方面作深入了解，以便使接待规格恰到好处。对于不熟悉的来访者的情况应通过其上级或者其他途径核实准确。询问和核实可通过电话、传真、电子邮件等快捷方式进行。

实训 16：制定接待计划

一、实训目标

掌握制定接待计划的基本方法。

二、实训背景

海潮公司张总经理原定于 9 月 12 日接待外资企业超凡公司总经理约翰先生，双方商讨合作事宜。可就在 9 月 11 日下午，市政府办公室来电话，要他参加第二天召开的一个临时紧急会议。张总经理只得安排公司李副总经理接待约翰先生一行，并嘱咐秘书张洁办理相关事宜。张洁抓紧时间拟订出接待计划。

三、实训内容

按照实际情况演练制定接待计划的基本方法。

四、实训要求

1. 可选择在模拟的办公室或教室进行，最好能按真实的接待室布置。

2. 分组进行，可以 7 人一组，其中 1 人扮演张洁，3 人扮演客人，1 人扮演王总经理，1 人扮演李副总，1 人进行监督和评价。每人都要轮演张洁、王总、李副总和客人。

3. 每个同学在演练过程中一定要严肃认真，言行符合规范。

4. 每个同学最好都能按照实训内容设计演练的脚本（包括情节和台词），并给本小组成员分派角色。

5. 老师可以临场发挥，比如增设模拟角色和任务；在同学们演练时，组织其他的同学对表演进行评论。

五、实训提示

（一）接待计划的主要内容

1. 确定接待规格。

即确定本次接待应由哪位高层管理者出面（由谁主陪）、有哪些其他陪同者，以及住宿、用车、餐饮的规格等情况。

2. 日程安排。

包括来访的起止时间、每天的活动内容等。日程安排要具体，包括日期、时间、活动内容、地点、陪同人员等内容，一般以表格的形式列出。

3. 经费预算。

应根据接待规格、人员数量、活动内容作出接待费用的预算。接待经费包括：

（1）工作经费，包括租借会议室、打印资料等费用。

（2）住宿费。

（3）餐饮费。

（4）劳务费，包括讲课、演讲、加班等费用。

（5）交通费。

（6）参观、游览、娱乐费用。

（7）礼品费。

（8）宣传、公关费用。

（9）其他费用。

客人的住宿费、交通费等由客人一方支付时，就要把所需费用数目与日程安排表一起提前寄给对方。

4. 确定工作人员。

根据接待规格和活动内容确定工作人员的构成和数量。这些工作人员要做来访前的准备工作、来访期间的联络沟通及协调服务工作。重要的团体来访，秘书一个人是无法承担所有的准备工作的。在接待计划中，要确定各个接待环节的工作人员。为了使大家对自己的工作心中有数，让所有有关人员都准确地知道自己在此次接待活动中的任务，提前安排好自己的时间，保证接待工作顺利进行，可制定相应的表格，印发各有关人员。工作人员安排表如表 3—5 所示。

表 3—5 工作人员安排表

时　　间	地　　点	事　项	主要陪同人员	主要工作人员

（二）制定接待计划的程序

1．了解背景资料。

（1）了解来访目的。秘书必须准确了解来访团体的来访目的，这样作出的计划和准备工作才有针对性。一般秘书应该向上司或有关人员了解情况，取得准确信息。

（2）了解来访者的基本情况。为了使接待工作万无一失，秘书要事先了解来访者的基本情况，如所在单位的全称、业务范围、发展态势，来访者人数、姓名、性别、身份、民族（国籍）、宗教信仰；有时还要对主宾有更多的了解，如个人爱好、性格、特长等。了解得越多、越具体，准备工作就越有针对性，接待成功的把握就越大。这些内容很多可以直接向来访者一方了解。

2．草拟接待计划。

在与来访一方协商，并征得上司的同意后，秘书应草拟出详细的接待计划。前面已经讲过如何确定接待规格。接待规格决定了参加人员、日程安排及经费开支，包括：谁到机场、车站迎接、送别，谁全程陪同；宴请的规格、地点；住宿宾馆的等级、房间标准等。这些内容都要在计划中写清楚。制定的接待计划，应包括如下内容：

（1）主要陪同人员。

（2）主要工作人员（接待小组成员）。

（3）住宿地点、标准、房间数量。

（4）宴请地点、标准、人数。

（5）会见、会谈的地点、参与人员。

（6）参观游览地点、陪同人员。

根据具体情况，可以对内容添加或删减。

3．与本单位相关部门沟通情况。

接待计划涉及本单位的哪个部门，秘书就要事先与之商量、沟通，商定接待的时间、涉及内容、地点、人员等事项。

4．与来访者沟通情况。

日程安排初步定好后，要报给来访一方，看还有什么要修改的。一般要尊重来访一方的意见。对于实在难以办到的要求，要如实向对方解释清楚。

5．报请上司审批。

接待计划是由秘书草拟的，一定要经由上司审定批准才行。经双方认可并经上司批准的接待计划一般就不应该再改动了。

实训 17：迎送来访团体

一、实训目标

掌握迎送来访团体的基本方法。

二、实训背景

这天刚一上班，海潮公司的王总经理就要秘书张洁代他去机场迎接老客户超凡公司的李总经理一行 3 人。张洁顺利地接到李总一行人。第二天，张洁又陪同王总经理将客人送走。

三、实训内容

按照实际情况演练迎送来访团体的基本过程。

四、实训要求

1. 可选择在模拟的迎接场所进行。

2. 分组进行，可以 8 人一组，其中 1 人扮演张洁，3 人扮演李总及客人，1 人扮演王总经理，2 人扮演本公司其他领导，1 人进行监督和评价。每人都要轮演张洁、王总、李总和客人。

3. 每个同学在演练过程中一定要严肃认真，言行符合规范以及礼仪的要求。

4. 每个同学最好都能按照实训内容设计演练的脚本（包括情节和台词），并给本小组成员分派角色。

5. 老师可以临场发挥，比如增设模拟角色和任务；在同学们演练时，组织其他的同学对表演进行评论。

五、实训提示

（一）团体见面礼节常识

一般在机场或车站迎接来访团体时，主人一方应该先自我介绍。因为主人知道要接待的是谁，而客人一方往往不清楚来迎接者为何人。介绍时，应由主人方的秘书或主陪人来为客人介绍自己方面的人，从主人方身份最高者开始依次介绍；然后客人一方的秘书或主宾把自己一方的人介绍给主人。

见到客人后，主人一方应该主动伸手握手，向客人表示欢迎。主人一方的司机或秘书应该马上接过客人的行李放在车上，当然，客人随身携带的皮包除外。

（二）迎接来访团体的方法

如果与来访者从未见过面，就需要事先制作一面牌子，上书来访者的单位名称，字迹要工整、大方，能让人从远处看清。如果需要，可准备花束，一定得是鲜花。

安排迎接人员有两种方法：

1. 主陪人在宾馆等候，派副职或办公室主任带人到机场、车站迎接。这样可以为主陪人节省很多等候的时间，也并无不恭敬的意思。

2. 主陪人亲自到机场或车站迎接，这是对来访者表示出非常的重视。

（三）送别来访团体的方法

如果来访团体离开的时间是在上午，那么在前一天晚上，如果主人一方全体陪同人员要到客人下榻的宾馆去话别，时间不需很长，控制在半个小时之内为好。有礼物要送的话，也是在此时送上最好。因为客人还来得及把礼物放在行李里面。如果临上机场再送礼，客人就只能把它提在手里了，很不方便。如果客人离开的时间是在下午或晚上，也可以在当天上午到宾馆话别。此时应该告诉客人送行的人员、车辆及时间方面的安排，让客人心里有数。主陪人如果工作忙，可以请副职代替到机场送行。

（四）用车的礼节常识

应该根据来访团体的人数和接待规格来确定用车。接待规格高、人数较少的用小轿车。人数多的团体可用大轿车，也可以大小轿车都用，小轿车接主宾，其他人乘坐大轿车。

1. 乘小轿车的礼节。

驾驶者的身份不同，决定了车上座位的高低。要根据乘车者的身份安排座次。

（1）驾驶者是主人。

1）双排五座轿车的最上座应该是司机旁边的那个，即副驾驶座。其他依次为后排右座，后排左座，后排中座。主宾应该坐在前排副驾驶座上，与身份相当的主人并排而坐，也表示了对于主人的尊重。

2）三排七座轿车上的其余六个座位中，上座也是副驾驶座，其他依次为后排右座、后排左座、后排中座、中排右座、中排左座。

（2）驾驶者是专职司机。在这种情况下，最好的位置就不是副驾驶座了。实际上这个座位安全系数最低，一般为秘书、翻译、警卫等人坐，所以此座又称随员座。

1）双排五座的轿车上座次依次为后排右座、后排左座、后排中座、前排副驾驶座。

2）三排七座的轿车上座次依次为后排右座、后排左座、后排中座、中排右座、中排左座、前排副驾驶座。

2. 乘车的次序。

本着尊者先行的原则，应该让主宾先上车，接待一方的秘书等随行人员为他拉开车门，等他坐好后，并等其余人也都上了车，秘书才能最后上车。

下车时，如果车外无人帮助开车门，则秘书先下车为主宾拉开车门。如果有门童、警卫帮助开门，则可让主宾先下。

实训 18：接待来访者就餐

一、实训目标

掌握接待来访者就餐的基本方法。

二、实训背景

超凡公司的李总经理一行3人到海潮公司商谈合作事宜。秘书张洁陪同王总经理热情接待李总一行，并于当天中午请李总到大中华酒店就餐。

三、实训内容

按照实际情况演练接待来访者就餐的过程。

四、实训要求

1. 可选择在模拟的办公室或教室进行，最好能按真实的接待室、餐厅布置，如条件有限，可模拟进行。

2. 分组进行，可以8人一组，其中1人扮演张洁，3人扮演李总及客人，1人扮演王总经理，2人扮演本公司其他领导，1人进行监督和评价。每人都要轮演张洁、王总、李总和客人。

3. 每个同学在演练过程中一定要严肃认真，言行符合规范以及礼仪的要求。

4. 每个同学最好都能按照实训内容设计演练的脚本（包括情节和台词），并给本小组成员分派角色。

5. 老师可以临场发挥，比如增设模拟角色和任务；在同学们演练时，组织其他的同学对表演进行评论。

五、实训提示

1. 要掌握就餐的礼节，如使用餐具的礼节、席间礼节和敬酒的礼节等。

2. 接待来访者就餐应注意以下事项：

（1）了解来访团体的情况，如：客人中有否信仰伊斯兰教的，饮食方面是否有特别忌讳的，客人的身份、性别、年龄以及是否带家属等。

（2）在接待规格确定下来以后，根据公司的规定确定餐饮标准。

（3）预订餐厅时，要事先确定用餐的时间和地点、就餐的人员，以及就餐的桌次、座次、菜单。

3. 将上述事宜草拟成文后要给客人发过去，征求客人意见。如果客人提出意见，只要不违反公司规定，就要尽量满足，调整方案。但在调整前后，秘书都要向上司汇报，征求上司的意见。

第五节　涉外接待

随着经济全球化以及我国加入世贸组织后对外贸易等外事往来的增多，涉外活动日益增加。作为一名商务人员，秘书应该了解并遵循一定的涉外商务礼仪和规范，做好涉外接待，包括确定涉外礼宾次序、安排涉外迎送仪式等。

实训19：确定涉外礼宾次序

一、实训目标

掌握涉外接待中礼宾的次序。

二、实训背景

海潮公司承办了一个大型招商会。会议邀请了数个国家的投资公司前来参加，同时还有不少中国本土的公司也表示了参加的意愿。会议的接待工作十分繁重。公司董事会非常重视这次招商会，专门成立了大会筹备小组，由总经理秘书张洁担任秘书处秘书长。为了显示各国、各公司一律平等，并且为了鼓励大家积极参与，张洁征询了一些同事的意见，决定按照参加者决定到访的时间来排列礼宾次序。结果出了问题，因为国内的公司接到邀请函的时间比国外公司要早，反馈也快。这样在礼宾次序上，国内公司就基本排在了前面。这实际上对国外公司来说是一种不平等。王总经理知道了这件事，马上调整了做法，以代表团团长的身份来确定礼宾次序，及时弥补了这个严重的失误，使这次招商会圆满结束。会议结束后，张洁反思：应该如何确定礼宾次序呢？

三、实训内容

按照实际情况演练确定涉外接待中礼宾的次序。

四、实训要求

1. 可选择在模拟的会议室进行，最好能按真实的会议室布置。

2. 分组进行，可以10人一组，其中1人扮演张洁，1人扮演王总经理，3人扮演国内客户，4人扮演国外客户，1人进行监督和评价。每人都要轮演张洁、王总和客户。

3．每个同学在演练过程中一定要严肃认真，言行符合规范。

4．每个同学最好都能按照实训内容设计演练的脚本（包括情节和台词），并给本小组成员分派角色。

5．老师可以临场发挥，比如增设模拟角色和任务；在同学们演练时，组织其他的同学对表演进行评论。

五、实训提示

（一）礼宾次序常见的排列方法

1．依照来宾所在国家或地区的名称的拉丁字母的先后次序来排列。在举行大型的国际会议或体育比赛时，通常可以采用此种排列方法。

2．依照来宾的具体身份与职务的高低来排列其次序。在正式的政务、商务、科技、学术、军事交往中，均可采用此种方法。若外国来宾系组团前来，则应按照团长的具体地位来排列其先后次序。

3．依照来宾抵达现场的具体时间早晚来排列其先后次序。如当各国大使同时参加派驻国的某项活动时，一般均以其到达的具体时间的早晚来排定其礼宾序列。在非正式的涉外活动中，亦可采用此种排列方法。

4．依照来宾告知东道主自己决定到访的具体时间的先后来排列其次序。举办较大规模的国际性的招商会、展示会、博览会时，大都可以采用这一排列方法。

5．不排列。所谓不排列，其实也是一种特殊的排列方法。当上述几种方法难以应用之时，便可采用这种排列方法。

（二）礼宾次序确定步骤

1．确定礼宾次序方案。

在商务活动中，一次接待两个以上的外国代表团就需要确定礼宾次序。因为这涉及在会议发言时谁先谁后、宴请时谁坐在主人右边那个最好的位置等敏感问题。

在实践中，上面介绍的五种排列方法可以交叉采用。一般的习惯是：首先按照来宾的身份、职务的高低排列；身份相同者，再按国家、地区名称的拉丁字母顺序排列；名称的第一个字母相同者，再按某种时间顺序排列。

2．提前通知有关各方。

不论采用何种排列方法，均应事先与外国来宾进行沟通协商。一般在发邀请函的时候就应注明礼宾顺序的排列方法，这样就会减少以后的摩擦。如果某个国家的代表团希望能排列在前面，就需要研究这次活动的礼宾次序，或委派身份高者任代表团团长或争取早一些抵达。

3．按礼宾次序排列座次、名次、出场次序。

（1）按礼宾次序排列座次。按礼宾次序排列在前面的代表团在开会时要坐在前排；在宴请时，团长坐在主人右侧的座位上。

（2）按礼宾次序排列名次。会议发言时，发言人名次按此排列；各国国旗的排列也是如此。挂在主席台上的各国国旗依礼宾次序从右向左排列，东道主国旗排在最左边。

（3）按礼宾次序排列出场次序。像大型体育比赛一样，谁先出场得按一定的顺序，按礼宾次序出场就不会引起矛盾。

实训 20：安排涉外迎送仪式

一、实训目标

掌握涉外接待中的迎送仪式。

二、实训背景

一个重要的国外合作公司将于 6 月 12 日到海潮公司参观考察，王总经理要他的秘书张洁负责此次接待考察团的工作。张洁非常认真地做好了各项准备工作。到了 6 月 12 日，张洁带领相关人员早早赶到机场等着客人的到来。由于对方是第一次来海潮公司考察，双方互不相识，张洁应该事先准备好一块牌子，写好来访公司的名称。可是由于没有经验，张洁忽略了这件事。到了机场大家才想起来，谁也没有带合适的纸。此时客人所乘的飞机已经抵达，机上乘客有的已经出关了。情急之下，张洁想到了广播室。她马上跑到机场广播室请求帮助，通过广播通知客人他们所处的位置。这样主客双方才接上了头。

三、实训内容

按照涉外迎送仪式进行实际演练。

四、实训要求

1. 可选择在模拟的办公室或会议室进行，也可在室外进行。

2. 分组进行，可以 9 人一组，其中 1 人扮演张洁，2 人扮演张洁同事，1 人扮演王总经理，4 人扮演国外客户，1 人进行监督和评价。每人都要轮演张洁、王总和客户。

3. 每个同学在演练过程中一定要严肃认真，言行符合规范。

4. 每个同学最好都能按照实训内容设计演练的脚本（包括情节和台词），并给本小组成员分派角色。

5. 老师可以临场发挥，比如增设模拟角色和任务；在同学们演练时，组织其他的同学对表演进行评论。

五、实训提示

在涉外商务交往中，一项重要而又经常的工作就是在国内迎接或送别外国的商务人员。通过这种迎送活动可以表达东道主的诚意，展现主人的形象，使双方建立友好的商务关系。要使涉外接待工作出色圆满，就要处处注意礼仪规范。

（一）涉外迎送仪式的要求

1. 发出邀请。

在正式对外方发出邀请前，必须先明确邀请的规格，以便兼顾来宾的具体身份与来访的目的。在一般情况下讲究规格对等。规格对等的含义是在涉外邀请时，我方出面进行邀请的人士的职务、地位、身份应当大体上与被邀请者的职务、地位、身份相当。

通常由东道国先发出邀请，这既是礼节，也是一项必要的手续。邀请一般采用书面形式，被邀请者在接到邀请函后，应及时给予答复，并据此办理有关的手续。邀请函除表示欢迎之意外，也表明被邀请者的身份、访问性质以及访问的日期与时间等内容。有时，为表示客气，也可请被邀请者在他认为"方便的时候"来访，或将时间留待以后"另行商定"。实际上，访问也不一定都是由东道国一方首先提出，在有些情况下，是双方协商的结果。有的访问安排是由有关的协议事先约定；有的是当面口头邀请在先，然后再补送书面邀请函件；有的是通过外交途径商定访问事宜；也有的是来访者有访问的愿望，主动向东道国作出某种表示，经双方磋商同意，然后再作正式安排；还有一种是以"回访"方式进行的。

2. 做好准备工作。

在外宾抵达前应充分做好以下几方面的准备工作：

（1）搞清楚来访外宾或代表团的基本情况。例如，来访外宾的总人数，是否包括主宾的配偶，来访人员的职务、性别、礼宾次序等情况。这些均可请对方事先提供。此外，较高层次的商务访问随行一般还有记者等同行。以上这些都应事先了解清楚，以便做好相应的接待准备。

（2）外宾的饮食爱好、宗教禁忌以及是否有其他特殊的生活习惯等也可事先向对方探询，必要时还可向对方索要来访者的血型资料。

（3）拟订来宾访问日程。应向对方了解清楚抵离的日期和时间、交通工具和路线、对参观访问的具体愿望等。访问日程一般由东道国提出，日程草案拟订后，可先将主要内容告知对方，以便听取对方意见，并使对方有所准备。

（4）安排食宿。在商务活动中，很多公司在一些国家的大城市都有固定的住宿宾馆，不需接待方安排，这就比较省事。如果不是这样，就要根据对方的身份或要求进行食宿安排。

3. 善始善终。

在外宾抵达时，由适当的人员前往机场、车站迎接，表示欢迎，并妥善安排各项礼仪程序和活动。这是外宾进入国门后的第一项正式活动，各国对此都十分重视。在外宾结束访问离开时，则要给予热情欢送，使访问得以圆满结束。在外宾进行访问期间，还可能到国内各个城市参观访问，也都要有迎有送。所以，迎送不仅仅是一般的迎来送往，而是对外交往中一项重要的礼仪活动。

4. 着装要求。

参加迎送仪式的所有人员，着装要郑重其事，要穿着正装。

（二）涉外迎送仪式的工作程序

1. 确定迎候人员。

本着身份对等的原则，参加涉外迎送仪式的要有与主宾身份相当的主人以及随从人员，还要有翻译。

2. 准备迎宾的物品。

如果双方互不相识，则需要准备一块牌子，上书来访团体的名称或主宾的名字，要用对方能看得懂的文字，并书写工整。如果决定献花，一定要用鲜花，但不可以用黄白两色的菊花或百合花。献花人应为年轻的女性。要按照来访团体的人数和主宾的身份决定接客人的车辆。

3. 见面讲究礼节。

双方见面以后，主人一方的秘书先把自己这方的主要人员介绍给主宾，然后由主宾或他的秘书把客人一方的主要成员介绍给东道主。双方握手互致敬意。有的国家来宾习惯先行拥抱礼、合十礼、鞠躬礼等，我方均应作出相应表示，不可表现出勉强。一般献花人献上鲜花后，主人马上引领客人上车。秘书要注意关照客人的行李，并提醒客人检查行李，不要有遗忘。

如果出现客人的行李丢失问题，秘书或其他随从人员应该留下来向航空公司方面交涉，而让客人先行。

4. 送行前的拜访。

在拜访前秘书应该打电话给对方的秘书，告知将去拜访的时间和主要人员的身份，提醒其做好准备。虽然这个环节在作计划时已经列上，但是提醒和确认也是必要的。

5. 安排送行仪式。

客人如果是乘坐飞机，特别是国际航班，一定要至少提前3个小时出发，因为路上可能遇到交通拥堵，而且办理登机手续和安全检查都需要不少时间。所以送行人员一定不能迟到。

主陪人可以在客人下榻的宾馆与客人道别，而由副职代替到机场或车站送行。当然，主陪人如果一直把客人送到机场或车站，则是非常重视双方的关系的表现。

同外宾告别后，要等他们走出视线之外送行人员再离开。

实训心得体会

第四章

信息工作

信息工作历来就是非常重要的，信息是公司领导决策的依据。在一定程度上，秘书工作就等于接收、变换、传输信息的工作。秘书人员信息工作做得如何，关系着上司决策管理活动的效率。因此，信息工作在秘书辅助上司活动的过程中有着举足轻重的地位。秘书要为上司决策和管理提供高效、优质的信息服务。

第一节　信息的收集

信息的收集是因实际利用的需要而通过各种渠道和方式获取信息的过程，这是信息工作的首要环节。秘书人员可以通过检索工具、搜索引擎、调查、购买等多种方式和渠道来获取信息材料。

实训1：利用问卷法进行市场调研

一、实训目标

掌握使用问卷调查收集信息的方法，能够利用问卷法有效收集信息。

二、实训背景

海潮公司为了开拓新的市场，拟开发一种节能环保型净水设备。公司为此专门召开办公会议，讨论开发节能环保型净水设备的优势及可行性。从节省能源和环保的角度看，这种净水设备是很有优势的，但产品应用的可行性和市场前景如何，还须根据有效的市场信息进行综合分析和科学预测，才能作出正确决策。秘书张洁就马上着手进行调查，收集相关信息。她首先使用的是问卷调查法。

三、实训内容

围绕节能环保型净水设备开发的可行性，设计一份调查问卷，向消费者收集各种家用净水设备的使用意见，并进行统计、分析。

四、实训要求

1. 具备设计调查问卷的设备和场所，如计算机网络、图书馆。

2. 安排好时间，要有充足的时间让学生进行信息收集。除课内实训外，还应该安排一天的课外时间，让学生走出校门发放和回收问卷。

3. 指导老师应提出明确要求，规定学生在一定时间内完成任务。

4. 分组进行，5 个人一个小组。小组内的学生分工合作，设计好调查问卷；发放和回收问卷；对收集到的信息统计、分析。各小组推出一名代表在班上发言，将本小组的运用问卷调查的整个过程以及调查结果向全班同学汇报。

五、实训提示

问卷调查也叫书面调查，就是由收集者向被收集对象提供问卷（精心设计的问题及表格）并请其对问卷中的问题作答而收集信息的一种调查方法。卷面应是根据调查的目的和要求设计而成的调查表。调查表应发给被调查者，并要求其认真以文字或符号自行填写，然后进行集中统计、分析。

问卷调查的优点是调查面广，可以同时进行，而且所费人力、物力、时间较少，周期较短，调查的标准化程度高，收集的信息客观、真实，也便于定量处理和分析。不足之处在于调查双方不见面，回答的问题可能失真，而且问卷的回收以及问卷的质量难以保证。

问卷的设计是一项复杂而且很有学问的工作。要根据不同的需要、不同的内容进行问卷设计。问卷所提的问题既要全面、深入，又要可行。问题数量要合适，要便于调查结果的统计和处理，否则，问卷调查的结果会很不理想，甚至徒劳无功。

（一）问卷的结构

1. 卷首语。

它是问卷调查的自我介绍信。卷首语的内容应该包括：调查的目的、意义和主要内容，选择被调查者的途径和方法，被调查者的希望和要求，对填写问卷的要求、方法和注意事项等的说明，回复问卷的方式和时间，调查的匿名和保密原则，以及调查者的名称等。为了能引起被调查者的重视和兴趣，争取他们的合作和支持，卷首语的语气要谦虚、诚恳、平易近人，文字要简明、通俗、有可读性。卷首语一般放在问卷第一页的上面，也可单独作为一封信放在问卷的前面。

2. 问题和回答方式。

它是问卷的主要组成部分，包括调查询问的问题、回答问题的方式以及对回答方式的指导和说明等。

问卷中要询问的问题，大体上可分为四类：一是背景性的问题，主要是被调查者个人的基本情况，它们是对问卷进行分析研究的重要依据；二是客观性问题，是指已经发生和正在发生的各种事实和行为；三是主观性问题，是指人们的思想、感情、态度、愿望等一切主要世界观状况方面的问题；四是检验性问题，即为检验回答是否真实、准确而设计的问题，这类问题一般安排在问卷的不同位置，通过互相检验来判断回答的真实性和准确性。四类问题中，背景性问题是任何问卷都不可缺少的。因为，背景情况是对被调查者进行分类和对不同类型被调查者进行对比研究的重要依据。

设置问题的方式有两种，即开放式和封闭式。

（1）开放式问题就是调查者不提供任何可供选择的答案，由被调查者自由答题，这类问题能充分、自然地反映调查对象的观点、态度，因而所获得的材料比较丰富、生

动，但统计和处理所获得的信息的难度较大。开放式问题可分为填空式和回答式。

（2）封闭式问题就是问题的后面同时提供调查者设计的几种不同的答案，这些答案既可能相互排斥，也可能彼此共存，可以让调查对象根据自己的实际情况在答案中选择。它是一种快速、有效的调查问卷，便于统计、分析，但提供选择答案本身限制了问题回答的范围和方式，这类问卷所获得的信息的价值很大程度上取决于问卷设计自身的科学性、全面性的程度。

封闭式问题又可分为三种：

第一种是是否式，即把问题的可能性答案列出两种相矛盾的情况，请被调查人从中选择"是"或"否"、"同意"或"不同意"。

第二种是选择式，即每个问题后列出多个答案，请被调查人从答案中选择自己认为最合适的一个或几个答案并作上记号。

第三种是评判式，即后面列有许多个答案，请被调查人依据其重要性评判等级。评判式又称为排列式，即用数字表示排列的顺序。

3. 编码。

就是把问卷中询问的问题和被调查者的回答，全部转变为 A，B，C……或 a，b，c……等代号和数字。

4. 其他资料。

包括问卷名称、被访问者的地址或单位（可以是编号）、访问员的姓名、访问开始的时间和结束的时间、访问完成情况、审核员的姓名和审核意见等。

有的自填式问卷还有一个结束语。结束语可以是简短的几句话，用来向被调查者的合作表示真诚感谢；也可稍长一点，用来征询一下对问卷设计和问卷调查的看法。

（二）问卷设计需要注意的问题

1. 问卷中所提的问题，应围绕研究目的来编制，力求简单、明了、含义准确。不要出现双关语，避免片面和暗示性的语言。

2. 问题不要超过被调查者的知识、能力范围。

3. 问题排列要有一定的逻辑次序，层次分明。问卷的目的、内容、数据、卷面安排、标准答案等都要认真地推敲和设计。

4. 调查表上应为人填写答案留有足够的空间，并有填写调查单位的名称、填表人的姓名和填表年月日的栏目。

5. 问卷形式可以是封闭式和开放式相结合，问题数量要适度，一般应控制在 30 个问题以内，最好在 20 分钟内能答完。

6. 为使调查结果更为客观、真实，问卷最好采用匿名回答的方式。

7. 设计问卷的内容要符合实际情况。一般来说，问卷设计前要摸底，对组内全体成员进行使用问卷调查的培训，并在小范围内进行测试，反复修改设计的问卷，以期与实际情况相符合，并便于对结果进行处理。

（三）问卷法的步骤

1. 设计问卷。

2. 试用和修改。

问卷设计出来后，可进行小规模试用，从中发现问题，进行修改，以保证收集到高质量信息。

3. 选定问卷调查方式。

问卷制好后要确定调查形式。问卷调查的形式有：

（1）报刊问卷，即在报纸和刊物上公布问卷。

（2）邮政问卷，即通过邮局把问卷寄出，对方回答完后按指定地址寄回。

（3）发送问卷，即把问卷直接分发，对方立即填写，调查者直接回收问卷。

4. 对信息进行统计分析。

（四）市场调研的步骤

1. 确定市场调研的必要性。

2. 定义问题。

3. 确定调研目标。

4. 确定调研设计方案。

5. 确定信息的类型和来源。

6. 确定要收集的资料。

7. 问卷设计。

8. 确定抽样方案及样本容量。

9. 收集资料。

10. 资料分析。

11. 撰写最终调研报告并演示。

实训 2：运用多种方法收集信息

一、实训目标

掌握信息收集的方法、渠道及要求，能够采用有效的方法收集各类信息。

二、实训背景

海潮公司为了开拓新的市场，拟开发一种节能环保型净水设备。公司为此专门召开办公会议，讨论开发节能环保型净水设备的优势及可行性。从节省能源和环保的角度看，这种净水设备是很有优势的，但产品应用的可行性和市场前景如何，还须根据有效的市场信息进行综合分析和科学预测，才能作出正确决策。秘书张洁马上着手收集相关信息。

三、实训内容

为围绕节能环保型净水设备开发的可行性收集有关信息，做以下几方面工作：

1. 在网上收集有关节能环保型净水设备发展前景的信息，并标出信息来源网址。

2. 设计一份调查问卷，向消费者收集各种家用净水设备的使用意见，并进行统计分析。

3. 向有关部门咨询，了解各类净水设备的使用成本；同时向本公司技术开发部了解净水设备的使用成本。

4. 到商场实地调查，收集各类净水设备的销售价格，向商家了解各类净水设备的

销量和消费群体，说明信息来源。

四、实训要求

1. 具备信息收集的设备和场所，如计算机网络、图书馆、校外实训基地。

2. 安排好时间，要有充足的时间让学生进行信息收集。除课内实训外，还应该安排1周~2周的课外时间，让学生从不同渠道收集信息。

3. 条件许可时，也可利用学生到校外实训基地见习的机会进行信息收集实训。

4. 指导老师应事先设计信息收集的项目情景，明确收集信息项目的主题，说明收集信息的目的，提出明确要求，规定学生在一定时间内完成信息收集任务。

5. 分组进行，5个人一个小组。小组内的学生分工合作，将收集到的信息材料集中起来，注明信息来源；设计好调查问卷；写出行业调查报告和信息收集的总结，并做成PPT；各小组推出一名代表在班上发言，将本小组的调查报告及总结向全班同学汇报。

五、实训提示

（一）收集信息的基本方法

1. 观察法。

秘书通过到现场，借助听觉、视觉或录音机、照相机、摄像机记录客观事物，获取信息。观察要全面、深入、细致。

2. 阅读法。

秘书可以通过阅读书报、杂志等，从中获得信息。

3. 询问法。

秘书可以通过提问请对方作答来获取信息。询问的方式有面对面询问、书面询问、电话询问。

4. 问卷法。

秘书可以精心设计问卷并请被问对象对问卷中的问题作答。

5. 网络法。

秘书可以通过计算机通信网络收集信息。网络所提供的信息服务有电子邮件服务、远程登录服务、文件传送服务、信息查询服务、信息研讨和公布服务等。

6. 交换法。

秘书可以将自己拥有的信息材料与其他单位的信息材料进行交换，特别是与业务相关、往来频繁的企业建立稳定的信息交换网络，在信息上互通有无。

7. 购置法。

购置法指通过购买与收集信息目标有关的数据、报刊、专利文献等来收集信息。购买的形式包括订购、现购、邮购等。

（二）信息收集的渠道

1. 深入市场、实地调查。

秘书可以深入市场，通过实地调查，直接收集第一手资料，这样可挖掘出更深层次、更高质量的信息资料。

2. 大众传播媒介。

广播、电视、报纸、期刊及其他文献载体，是现代社会获取信息的重要途径。

3．图书馆。

图书馆是高级信息资源所在地。秘书可到企业内部图书室、公共图书馆或大学的图书馆查阅，以收集更全面的信息。

4．数据库。

利用计算机网络，可以进入存储大量信息的联机数据库以获取信息。

5．供应商和客户。

从供应商处可以获取产品信息、广告材料和特定服务的信息；从客户处可以获取市场信息、服务的反馈信息。

6．贸易交流会。

利用各种贸易交流会，如展销会、交易会、洽谈会以及学术交流会，可以进行调研，并在相互交流中获取信息资料。

7．信息机构。

秘书可以委托信息机构定向收集相关信息，从而掌握贸易主动权，减少贸易风险。

8．业务相关部门。

同有关的海关、银行、工商、税务、商检、保险、统计等部门的业务往来中，可以不失时机地了解相关法规、条例，掌握新情况、新动态、新信息。

（三）收集信息时的注意事项

1．要收集各种形态的信息，包括文字、声像等形态的信息。

2．应建立通讯联系索引卡，记载业务往来的单位、个人或客户信息，便于及时进行业务联系。

3．信息收集要有超前性。超前的信息对制定有效的对策有重要意义。要抢先捕捉信息，迅速加工传递，使信息工作发挥应有的作用。

实训3：帮新上司熟悉行业情况

一、实训目标

了解收集行业信息的一般内容。

二、实训背景

海潮公司最近进行人事调整，原来人事部的副经理王经理现担任销售部经理。由于过去不从事业务工作，王经理对公司的业务及公司所在行业的发展状况都不太熟悉，所以，他让秘书张洁帮他收集公司所在行业的详细情况。

三、实训内容

按照实际情况演练收集行业基本情况。

四、实训要求

1．选择能满足全班学生实训的电脑机房，如条件有限可将全班分为若干小组，分组实训。

2．分组进行，公司行业背景可由指导教师设定若干或由每组学生自行设定，可以3人一组，其中1人扮演张洁，1人扮演上司，1人进行监督和评价。每人都要轮演张洁和上司。

3. 每个同学在演练过程中一定要严肃认真，言行符合规范。

4. 每个同学最好都能按照实训内容设计演练的脚本（包括情节和台词），并给本小组成员分派角色。

5. 老师可以临场发挥，比如增设模拟角色和任务；在同学们演练时，组织其他的同学对表演进行评论。

五、实训提示

行业信息主要包括以下内容：

1. 本行业位于前 10 名的企业名单以及本公司在行业中所处的位置。

2. 本行业主要产品及型号，以及产品的售价。

3. 本行业主要厂商的基本情况，如年销售额、员工人数、主要品种、竞争优势等。

4. 本行业国外竞争对手的基本情况。

第二节　信息的整理

办公室每天都会产生、形成各种信息，日久天长，信息材料就会堆积如山。秘书应对收集的信息材料进行整理，只有具有价值的信息材料才需要保存起来，没有保存价值的信息就要及时处理掉。秘书对信息的整理就是对原始信息进行分类、筛选、核实，使其成为有价值信息的过程。

实训 4：信息的筛选

一、实训目标

掌握信息筛选的一般方法。

二、实训背景

秘书张洁平时非常注意信息的收集和保存，凡是工作活动中接触到的各种信息材料都收集起来。她不仅注重信息的收集，更注重信息的筛选，即将各种不同的信息材料进行筛选、甄别、分类和整理。一天，总经理要一份市场调查报告，张洁在最短时间内就完成了任务。

三、实训内容

按照实际情况演练对收集的信息进行筛选。

四、实训要求

1. 可选择在模拟办公室或教室等场所进行。

2. 指导教师要事先设定若干主题，或由学生自行设定主题，然后由学生分组围绕某一主题进行信息的收集，将收集到的信息打印成书面材料。

3. 分组进行，可以 3 人一组，其中 1 人扮演张洁，1 人扮演上司，1 人进行监督和评价。每人都要轮演张洁和上司。

4. 每个同学在演练过程中一定要严肃认真，言行符合规范。

5. 每个同学最好都能按照实训内容设计演练的脚本（包括情节和台词），并给本小

组成员分派角色。

6．老师可以临场发挥，比如增设模拟角色和任务；在同学们演练时，组织其他的同学对表演进行评论。

五、实训提示

在信息筛选的过程中，要注意以下几个方面：

1．看来源。

不同来源的信息，重要性不尽相同。上级形成的信息带有全局性、综合性和权威性，而平级和下级形成的信息主要起参考作用。秘书要从多种信息来源中把握重点单位、部门和人员的信息。

2．看标题。

信息的标题一般可以反映信息的内容和价值。秘书要认真分析标题，把握信息的主题，并根据信息的标题确定信息价值的大小。

3．看正文。

秘书可以通过浏览正文，了解其主要内容，并初步确定是全部选用，还是部分选用，甚至不用。此过程为初选。初选后，对拟用信息再认真阅读，判断其是否确有价值。如果可用，再看有无内容不准确、不完整和表述不清楚的问题。

4．决定取舍。

秘书应对信息进行严格的选择，从中挑出能满足需求的信息，以及对工作具有借鉴作用、参考作用的信息，然后舍去虽真实但无用的信息。信息的取舍，一是要突出主题思想；二是要注意典型性；三是要富有新意；四是要具有特点。

决定取舍时常常会遇到几份信息反映同一类问题的情况。对此，可采用两种方法：一是综合几份信息的重点、特点，形成一份信息材料；二是择优录用，选择宏观的，淘汰微观的，或是选用典型的，淘汰一般的。

在进行信息的筛选时，还要注意对经过筛选的信息作分别处理。对选中的信息，分轻重缓急进行信息的加工处理；对暂时不用但可以备查的信息，进行暂存；对不用的信息，按有关规定进行暂存、移交或销毁。

实训 5：信息的整理

一、实训目标

掌握信息整理的一般方法。

二、实训背景

海潮公司办公室秘书张洁负责信息的管理工作。公司在生产、经营活动中不断产生着各种各样的信息资料。刚开始的时候，张洁把这些资料都一股脑地堆放在专门的文件柜里。随着公司经营规模的扩大，信息资料越来越多，文件柜也被塞得拥挤不堪。这些资料数量多、内容丰富、载体形式多样，是公司日后工作活动的主要参考依据。面对这些逐渐增多的信息，张洁应该怎么整理呢？

三、实训内容

1．将收集到的信息进行筛选，从中选出对公司业务具有借鉴价值和参考作用的信息。

2. 对信息进行分类整理，使信息条理化，以方便查找利用。

3. 选择一条有疑问或者较重要的信息，对信息进行校核。

4. 选择一条有价值的信息，整理成一篇 500 字的信息稿。

四、实训要求

1. 本项目可选择在模拟办公室或教室等场所进行。要事先准备好办公桌、文件夹、文件盒、标签等用具。

2. 指导教师要事先设定若干主题，由学生分组围绕某一主题进行信息的收集，将收集到的信息打印成书面材料。

3. 分组进行，可以 3 人一组，其中 1 人扮演张洁，1 人扮演上同事，1 人进行监督和评价。每人都要轮演张洁和上司。

4. 每个同学在演练过程中一定要严肃认真，言行符合规范。

5. 每个同学最好都能按照实训内容设计演练的脚本（包括情节和台词），并给本小组成员分派角色。

6. 老师可以临场发挥，比如增设模拟角色和任务；在同学们演练时，组织其他的同学对表演进行评论。

五、实训提示

（一）信息分类的方法

1. 字母分类法。按作者姓名、单位名称、信息标题等的首字母顺序分类。

2. 地区分类法。按信息产生或涉及的地区特征，对信息进行分类。

3. 主题分类法。按信息内容进行分类，将信息最主要的主题名称作为分类的首要因素依据，次要的主题作为第二因素依据，依此类推。

4. 数字分类法。将信息按种类编号，然后按数字分类，并用索引卡标出数字所代表的类别。

5. 时间分类法。按信息形成的年度、季度、阶段的先后顺序分类。

（二）信息校核的方法

1. 溯源法。对信息所涉及的有关问题进行审核查对。

2. 比较法。对反映某一事实的各方面信息进行比较。

3. 核对法。依据直接的、最新的权威性材料进行对照分析，发现并纠正信息中的某些差错。

4. 逻辑法。对信息所表达的事实和叙述方法进行逻辑分析，以辨别真伪。

5. 调查法。通过现场调查来验证信息的真实性和准确性。

6. 数理统计法。对原始信息中的数据和定性分析，运用数理方法进行计算鉴定。

第三节　信息的传递

信息传递是通过传输媒介或载体，把信息从信息发生源传递到信息接收源的过程，是秘书将已经整理好的信息，通过各种传播媒体和不同途径提供给接收者使用的过程。秘书应该明确信息的传递方向，并能够运用适当的信息传递方式，按照信息传递的要求及时、准确、有效地传递信息。

实训6：信息的传递

一、实训目标

掌握信息传递的方法，了解信息传递的途径和方式，并能够迅速、准确地传递信息。

二、实训背景

海潮公司的产品远销国内外市场。有一次，秘书张洁收到驻海外机构发来的一批最新信息，她认真地查阅这批信息，并将重要信息及时传递给总经理及有关部门负责人。公司领导立即召开会议讨论应对策略，作出果断决策，使公司获得了可观的效益。

三、实训内容

1. 模拟演示用语言传递的方式将信息传递给公司总经理。

2. 将实训背景中的信息加工整理成一则信息报告，用文字传递的方式传递给公司总经理。

3. 演示将信息稿通过电子邮件发给公司各部门。

4. 说明信息传递中应注意的事项。

四、实训要求

1. 选择能满足全班学生实训的电脑机房。要事先准备好电话、打印机、打印纸、网络设备。

2. 指导教师要事先设定若干主题，由学生分组围绕某一主题进行信息的收集，将收集到的信息打印成书面材料。

3. 分组进行，可以5人一组，其中1人扮演张洁，1人扮演总经理，2人扮演部门负责人，1人进行监督和评价。每人都要轮演张洁、总经理和部门负责人。

4. 每个同学在演练过程中一定要严肃认真，言行符合规范。

5. 每个同学最好都能按照实训内容设计演练的脚本（包括情节和台词），并给本小组成员分派角色。

6. 老师可以临场发挥，比如增设模拟角色和任务；在同学们演练时，组织其他的同学对表演进行评论。

五、实训提示

（一）信息传递的程序

1. 确定传递信息的内容。

确定哪些内容是必须进行传递的，过滤出不需要的信息内容。

2. 选择并确定传递信息的形式。

传递信息的形式主要包括信件、备忘录、报告、通知、新闻稿、企业内部刊物、传阅单、新闻发布会、声明、邮件。

3. 确定传递信息的方法。

传递信息一般有四种方法，即语言传递、文字传递、电讯传递、可视化辅助物传递。

4. 进行信息传递。

将用一定形式表现的信息，按照所选择的信息传递方法，及时、准确地传递给信息接收者。

5. 确认信息传递质量。

对于传递出去的信息，应该确保接收者能够收到。秘书可以通过反馈或检查来了解接收者的反应和接收效果。

（二）传递信息应注意的事项

1. 区别对象，按需传递信息。

高层决策者需要综合性和预测性的信息；基层管理者需要具体的业务信息。秘书要针对不同对象的不同需求，因人、因事而异，进行信息传递，以提高信息的利用率。

2. 做好例行信息的传递工作。

信息工作是秘书工作的重要组成部分，信息的上传下达都要经过秘书。为此，秘书应当做到：每天将当天的邮件、信函及时转交；及时汇报前一天交办事项的执行情况；定期编写内部资料，发布有关信息。

3. 加强非例行信息的传递工作。

决策者急需某些信息时，秘书要及时收集有关信息进行传递。

4. 收到的信息中发现重要情况要立即传递。

下列信息属重要情况：本公司所用生产原料的国际价格即将上涨；公司发行的股票突然被人大量买进；由本公司独占的产品市场，突然有某境外公司企图涉足的迹象；等等。一旦收到这类信息，秘书必须尽快向决策者或有关部门传递。

第四节　信息的存储

信息存储是指用科学的管理方法，将已利用或尚未利用而又有使用价值的信息，通过建立信息库的方式加以存储，以备将来使用。秘书人员平时要做好信息的储存工作，为信息的开发和利用打好基础。

实训 7：信息的存储

一、实训目标

掌握信息存储的方法，了解信息存储的各个环节，能用各种工具和设备系统存储信息。

二、实训背景

张洁在海潮公司任办公室秘书。她在整理公司以往保存的信息时，发现公司以往对信息资料是有一份保存一份，并且没有任何顺序地码在文件柜里，查找起来很不方便。

于是，她马上着手整理，将信息资料进行了有序存储。

三、实训内容

1. 请将事先准备好的信息资料分类存储。

2. 将信息资料进行手工存储。

3. 将信息资料进行计算机存储。

4. 将信息资料进行电子化存储。

四、实训要求

1. 选择能满足全班学生实训的电脑机房和模拟办公室。办公室要准备登记册、索引卡、文件盒、文件夹、文件架、文件柜等。还要准备好打印机、打印纸、刻录机和光盘。

2. 指导教师要事先设定若干主题，由学生分组围绕某一主题进行信息的收集，将收集到的信息打印成书面材料。

3. 分组进行，可以4人一组，其中1人扮演张洁，2人扮演同事，1人进行监督和评价。每人都要轮演张洁和同事。

4. 每个同学在演练过程中一定要严肃认真，言行符合规范。

5. 每个同学最好都能按照实训内容设计演练的脚本（包括情节和台词），并给本小组成员分派角色。

6. 老师可以临场发挥，比如增设模拟角色和任务；在同学们演练时，组织其他的同学对表演进行评论。

五、实训提示

信息存储的程序是：登记→编码→排列→保存→保管。

1. 登记。

登记是建立信息的完整记录，可以系统地反映信息存储情况。

2. 编码。

登记存储的信息要进行科学的编码。信息的编码由字母或数字组成基本数码，再由基本数码结合成组合数据。信息编码的方法有顺序编码法和分组编码法。

3. 排列。

对经过编码的信息要进行有序化的存放排列。常用的排列方法有时序排列法、来源排列法、内容排列法、字顺排列法。

4. 保存。

保存方法主要有手工存储、计算机存储、电子化存储、缩微胶片存储。

5. 保管。

有序化保存的信息要进行科学保管。要做到防火、防潮、防高温、防虫害，防失密、泄密、盗窃，还要定期或不定期进行清点，及时剔除失去保存价值的信息，及时存储更新，不断扩充新的信息，并建立查阅、保管制度，以实施科学保管。

第五节　信息的开发和利用

信息开发是对信息进行全面挖掘、综合分析、概括提炼，以获得高层次信息的过

程。信息利用是将获取、处理的信息应用于实际工作，使信息的价值得以实现的过程。信息的开发和利用是信息工作的最终目的，秘书一定要做好这项工作。

实训8：信息的开发

一、实训目标

了解信息开发的类型，熟悉信息开发的主要形式，掌握信息开发的工作程序。能根据特定需要，确定信息开发的主题，并围绕主题进行信息的开发。

二、实训背景

海潮公司总经理秘书张洁平时非常注重信息的开发。她经常从各种渠道获取信息，如翻阅各种国内外经济报刊，从报刊上收集市场信息进行剪贴，并汇集成册，供自己和公司使用。通过对剪报内容的分析，她掌握了国内外市场消费者需求的变化情况和发展趋势，为公司领导把握市场行情、进行市场开拓决策提供了有力的依据。

三、实训内容

学生分组成立模拟公司，自行设定公司业务及经营特点，并对国内外市场上需求量较大的商品的信息进行一次信息开发、二次信息开发、三次信息开发。

四、实训要求

1. 选择能满足全班学生实训的电脑机房。

2. 学生可围绕某一主题通过到图书馆、阅览室查阅资料，以及网络搜索等方式进行信息的收集。

3. 分组进行，可以4人一组，其中1人扮演张洁，2人扮演同事，1人进行监督和评价。每人都要轮演张洁和同事。

4. 每个同学在演练过程中一定要严肃认真，言行符合规范。

5. 每个同学最好都能按照实训内容设计演练的脚本（包括情节和台词），并给本小组成员分派角色。

6. 实训结束需上交以下成果：

(1) 根据主题进行一次信息开发所获取的剪报和文摘；

(2) 经过二次信息开发所得出的信息目录、重要内容摘录；

(3) 经过三次信息开发所形成的信息简讯或调研报告。

五、实训提示

1. 信息开发的主要形式。

包括剪报、索引、目录、文摘、信息资料册、简讯、调查报告。

2. 信息开发的方法。

包括汇集法、归纳法、纵深法、连横法、浓缩法、转换法、图表法。其中，图表法是将有一定规律的数字制成图表的方法。

3. 信息开发的要求：

(1) 注重调查研究，力争通过实地调查获取第一手信息。

(2) 通过各种渠道，全面、及时地获取信息。

(3) 运用信息开发技巧，充分利用信息网络开发信息。

（4）加强对信息的综合分析、提炼概括，努力开发出有预测性、利用价值大、可信度高的信息。

实训心得体会

第五章

上司的日程安排

　　现代企业领导人的一个最大特点就是工作比较忙碌。领导如何能在千头万绪中抓住工作的中心和重点并提高工作效率呢？较好的办法就是制作出日程安排和工作计划，使工作有序进行。否则，领导就很容易在工作中出现种种疏漏和失误。

　　作为上司的助手，秘书必须为上司管理好他最珍贵的时间。因此，为上司安排工作日程是秘书一项很重要的工作。

第一节　制定上司的工作日程表

　　上司的工作日程表是一定时间内对上司工作的一个大概的安排。上司的工作日程安排表分为年度预定日程表、月内预定日程表、一周工作日程表以及当天工作日程表。秘书在为上司制定日程表时要以提高效率为原则，在时间上要留有余地，要注意内外兼顾，还要注意为上司的活动安排保密。

实训1：制定不同形式的上司工作日程表

一、实训目标

掌握制定年度、月内、周内以及当日上司工作日程表的具体方法。

二、实训背景

公司总经理办公室决定元旦上班之后，由小燕给公司王总经理做专职秘书，以替代即将出国留学的小李。一般这个时候，公司都要制定下一年度的工作计划。在制定年度工作计划的同时，还要制定月内工作计划、周工作计划以及当日工作计划。小燕作为公司王总经理的专职秘书，她应该怎么做呢？

三、实训内容

按照实际情况演练制作四种工作日程表。

四、实训要求

1. 根据实际情况设计工作环境进行演练，并按照要求完成相应的实训任务。

2. 设计相应日程表格，然后将文字和表格录入计算机，并按照规定的排版格式进行排版。

3. 任务完成后，学生必须参加实训成果汇报。汇报后，先由学生之间互评，接着由教师进行点评，最后教师根据学生实训任务完成情况，并结合学生成果汇报时的表现综合评分。

五、实训提示

（一）年度预定日程表

年度预定日程表一般是在上一年年底制定。这个表一般不要做得太细，只要能把年度内一些固定的重大活动，如董事会、全国经销商大会等重要活动记在这个表内就行。

（二）月内预定日程表

月内预定日程表的内容主要是根据年度预定日程表而定。秘书应在上面注明上司出差、开会等重大事项。此表每个月连续制定，一般当月的日程表在上一个月的月底之前完成。

（三）一周工作日程表

应将上司一周之内的主要活动，如开会、外出拜访客户、听取汇报等记在一周工作日程表内，这是上司一周之内具体工作安排的基本依据。此表一般是在上一周的星期五完成。表做完之后，要送给上司审阅，请上司确认。

（四）当天工作日程表

此表是根据每周工作日程表制定出来的。秘书应把当天工作的一些注意事项记在上面，交给上司，以提醒他不要忘了约会等一些重要工作。此表必须在头一天就让上司确认。当天早晨上班后，应复印一份让上司再次确认。对于经常外出的上司，还要复印一份让他随身携带，并把重要客户的电话号码等一些注意事项记在上面。考虑到下班后的一些预定日程，应将此表时间标定范围定到晚上 8 点钟左右。

第二节　不同形式的工作日程表

上司的工作日程表，在公司内部不同部门之间的知晓范围不一样。作为一名称职的秘书，应该根据上司的要求和公司的相关规定，为上司制定不同形式的工作日程表。

实训 2：制作不同形式的工作日程表

一、实训目标

掌握将上司的工作日程表制成不同的形式的方法。

二、实训背景

由于王总经理的专职秘书小李出国留学，已做了三年秘书工作的小燕被安排做王总经理的专职秘书。由一般秘书转为专职秘书，小燕要学做的第一件事就是学习为上司制作工作日程表。王总经理下周主要有以下几项活动：周一召开分公司和部门经理会议，研究公司裁员和调资情况；周二、周三到浦口分公司视察工作，并听取分公司经理的工作汇报；周四在总公司约见客户。小燕应该怎么制作工作日程表呢？

三、实训内容

按照实际情况演练制作不同形式的工作日程表。

四、实训要求

1. 根据实际情况设计工作环境进行演练，并按照要求完成相应的实训任务。

2. 设计相应工作日程表格，然后将文字和表格录入计算机，并按照规定的排版格式进行排版。

3. 任务完成后，学生必须参加实训成果汇报。汇报后，先由学生之间互评，接着由教师进行点评，最后教师根据学生实训任务完成情况，并结合学生成果汇报时的表现综合评分。

五、实训提示

上司的工作日程表按不同形式制作好并打印出来后，要根据工作需要把不同形式的日程表分送给上司及相关大员。要给上司本人一份，给秘书部门负责人或其他综合部门负责人一份，另外还应给有关部门和汽车司机几份。给有关部门和司机的日程表，内容不能太详细。比如，上司某月某日出差，某月某日与大客户赵总见面，等等，这样详细的信息只有在秘书自己和上司本人手中的日程表中才允许列出，因为日程表送得越多，泄密的可能性就越大。因此，在制作日程表时要使用一些表示特定工作内容的符号（例如：会议——●，访问——○，来访——〔 〕），这些符号所代表的内容在单位内要统一，不仅负责制作日程表的秘书要明白，而且其他秘书也能看得懂。

实训 3：为上司制定出差日程表

一、实训目标

掌握为上司制定出差日程表的一般方法。

二、实训背景

小燕的上司刘总负责公司的产品开发。下个星期三他要去深圳参加一个新产品的国家标准讨论会，开完会后还要到成都参观公司的一个配套协作单位，出差时间为一星期。陪同刘总一起去的还有开发部的小王。

三、实训内容

按照实际情况演练为上司制定出差日程表。

四、实训要求

1. 根据实际情况设计上司出差所需处理的事务，并按照要求完成相应的实训任务。

2. 设计相应日程表格，然后将文字和表格录入计算机，并按照规定的排版格式进行排版。

3. 任务完成后，学生必须参加实训成果汇报。汇报后，先由学生之间互评，接着由教师进行点评，最后教师根据学生实训任务完成情况，并结合学生成果汇报时的表现综合评分。

五、实训提示

上司的出差日程表与在公司的日程表没有什么本质的区别，只是其内容比公司的日程表制定得更详细些，特别是在时间的安排上应更详细、准确。

第三节 日程表的管理

管理上司的工作日程表是秘书日常工作中的一项非常重要而且有一定难度的工作。秘书在制作上司日程表时不能懒于确认，日程表制作好后要经上司确认，秘书无权私自更改上司的日程；在时间安排上要留有充分的余地；上司不在时不能擅自接受预约；在安排日程时，会涉及上司的私人安排，秘书要注意保密，不能泄露上司的隐私。

实训 4：调整工作日程表

一、实训目标

掌握调整上司工作日程表的方法。

二、实训背景

老总这几天日程安排得满满的，今天上午十点与天津的客户谈判，今天下午三点到市环保局向汪局长介绍公司节能新产品；明天上午九点半在长城饭店与美国 QEC 公司的代表谈合作；明天下午两点公司开司务会……刚才，美国 QEC 公司的人给老总的秘书于雪打来电话，说由于特殊原因，他们必须于明天中午乘飞机回国，所以，希望能将谈判时间改在今天下午，否则，会谈将无限期推迟。

三、实训内容

按照实际情况演练调整上司的工作日程表。

四、实训要求

1. 根据实训背景进行实际演练，并按照要求完成相应的实训任务。

2. 设计相应的日程表格，然后将文字和表格录入计算机，并按照规定的排版格式进行排版。

3. 任务完成后，学生必须参加实训成果汇报。汇报后，先由学生之间互评，接着由教师进行点评，最后教师根据学生实训任务完成情况，并结合学生成果汇报时的表现综合评分。

五、实训提示

如果确实有必要调整上司的工作日程，那么，秘书要根据具体情况，随机应变，采取以下相应的措施：

1. 如果原定的工作日程变了，那么，秘书就要及时修改自己手中的那份日程表。日程表修改之后，交给上司审核，如果他同意，就将他那份日程表更改过来，然后迅速通知有关部门作相应的调整。

2. 如果是在年度或月度这种时间范围比较长的预定期间内出现新的情况，秘书应根据这种突发事件对其他事件的影响，及时提醒上司注意；如果实在不能避免，要及时与对方和有关部门联系，并对日程表进行修改，然后请上司审核确认。

3. 如果对日程安排所作调整涉及对会场、旅馆、交通工具等的安排，应与有关方面联系。

4. 如果领导听取某部门汇报的时间延长，影响后面的工作安排，秘书就要用便笺等告诉上司，听取上司的指示。

5. 接到客户方更改预定的请求时，要和上司商量后再调整日程，修改预定表。如果是自己一方希望更改预约，在向对方说明情况且道歉之后，应告知对方上司所希望的会谈时间。

6. 当上司与客户预约的事情和其他预约有冲突时，不要因为是上司亲自决定的，就随意排优先顺序，改变原来的预定。这种情况下，应将和原来的预定发生了冲突一事告知上司，请求指示。

实训 5：提醒上司

一、实训目标

掌握在上司忘记日程安排的情况下提醒上司的技巧。

二、实训背景

按原定的日程安排，今天上午老总从九点半到十点半与恒鑫公司老总见面，从十点四十五开始与大地公司老总见面，并一起吃午饭。十点四十分，大地公司老总到了，秘书于雪领他们到会客室后，来到老总的办公室，正要通报大地公司老总已到一事，却发现老总与恒鑫公司老总谈兴正浓。

三、实训内容

按照实际情况演练提醒上司的各种方式。

四、实训要求

1. 先把班级学生分成若干小组，每个小组有 3 名学生。1 名学生扮演上司，另外 2 名学生分别扮演秘书。根据实训背景进行实际演练，练习在上司忘记日程安排的情况下提醒上司的技巧。

2. 任务完成后，学生必须参加实训成果汇报。汇报后，先由学生之间互评，接着由教师进行点评，最后教师根据学生实训任务完成情况，并结合学生成果汇报时的表现综合评分。

五、实训提示

在"提醒"上司时，应注意以下两点：

1. 说话尽量自然一点，避免用命令式口气"提醒"。比如，上司约好中午与客户见面，秘书就要在上午以询问的口吻提醒上司说："今天您要出去吧？"如果这一天有会，秘书就要这么提醒一下："今天您要开会吧？"当然，也可以将要提醒上司的事写在便笺上，然后将便笺放到"待阅文件夹"中。即使上司没有忘记，但被人提醒一下，也可以加深印象。这样一来，日程表就能按部就班地实施。

2. 尽职尽责。作为秘书，你就是上司的助手，在提醒上司时不要担心他说你唠叨，因为这是你分内的工作。当然，你也要尽量使自己的"提醒"显得自然一些。久而久之，就会让上司觉得你这个助手是名副其实的。

实训心得体会

第六章

会务工作

在现代企业管理中，企业领导人常常以召开会议的形式来解决生存和发展中的问题，因此，开会是公司领导人的一项非常重要的工作。同样，会务工作是职业秘书日常工作中的一个重要组成部分。秘书只有了解会议工作相关知识，掌握会前准备、会中服务和会后扫尾三个方面的知识和技能，才能做好会务工作。

第一节 会前准备

一次会议的成功与否，与会前的准备工作有很大关系。可以说，准备工作是否充分能直接影响到会议效果的好坏。

会前准备工作主要包括以下一些要素和环节：拟订会议的议题→确定会议名称→选择会议场所→拟订会议议程和日程→确定参会者名单、制发会议通知→安排会议食宿→准备会议资料、会议用具→会议经费预算→会场布置及会场布局→检查设备。

实训1：起草带回执的会议通知

一、实训目标

掌握会议通知的一般写作方法。

二、实训背景

由于公司产品滞销，销售业绩大幅度滑坡，公司决定 12 月 13 日—15 日在南京钟山宾馆召开客户联谊会，听取客户对公司产品的意见和建议，并确定次年产品订购情况。总经理秘书张洁马上起草会议通知。

三、实训内容

按照实际情况，拟写一份带回执的会议通知。

四、实训要求

1. 会议通知要求格式正确、规范，要素齐全。

2. 根据实训背景，结合带回执通知的基本要素格式等进行实际演练，并按照要求完成相应的实训任务。

3. 设计带回执的通知，然后将文字和表格录入计算机，并按照规定的排版格式进行排版。

4. 任务完成后，学生必须参加实训成果汇报。汇报后，先由学生之间互评，接着由教师进行点评，最后教师根据学生实训任务完成情况，并结合学生成果汇报时的表现综合评分。

五、实训提示

（一）确定参加会议的人员名单

秘书确定了出席会议的人员名单后，最好同时还附上这些人员的基本情况（包括职务、年龄等）送给上司审核，上司也许会做一些增减。

（二）起草会议通知

确定参会人员名单之后，就要起草会议通知（或请柬）。会议通知的后面最好附上回执。在会议通知上，要注明开会的地点、时间和会务联系人的电话号码，以便参会者在出现飞机、火车误点等特殊情况下能及时联系。会议通知应提前两个星期发出，以便让参会者有把会议回执寄回来的时间。会议回执为会议筹备工作提供了许多便利。

带回执的会议通知一般要包括以下内容：

1. 会议名称。

2. 开会的起止日期和时间。

3. 开会地点，如有需要可附上地图等。

4. 会议的主要内容。

5. 筹备会议的负责人的姓名和联络方式。

6. 明确的是否出席会议的答复期限。

下发会议通知后，要确认参会者是否收到通知。对于那些特别重要的参会者，一定要用电话确认。

带回执的会议通知示例如下：

会议通知

尊敬的客户：

　　为了进一步加强与贵公司的合作关系，听取客户对我公司产品和售后服务的意见和建议，我公司定于××年×月×日上午 9：00 点至下午 5：00 在和家宾馆召开客户联谊会，敬请回复及光临。

　　附：会议日程及路线图。

××公司

××××年×月×日

回　执

请于×月×日前将此回执寄至××公司××部小钟收，邮编：×××××
×，电话：×××××××××。

　　□我公司参加此次会议，参加人数：＿＿＿＿＿＿＿

　　□我公司不参加此次会议

××公司

××××年×月×日

实训 2：拟订会议日程

一、实训目标

掌握拟订会议日程的方法。

二、实训背景

由于公司产品滞销，销售业绩大幅度滑坡，公司决定 12 月 13 日—15 日在南京钟山宾馆召开客户联谊会，听取客户对公司产品的意见和建议，并确定次年产品订购情况。总经理秘书张洁立即拟订了一份会议日程并交给总经理审核。

三、实训内容

按照实际情况拟订一份会议日程。

四、实训要求

1. 会议日程要求格式正确、规范，要素齐全。

2. 根据实训背景，结合会议日程基本要素格式等进行实际演练，并按照要求完成相应的实训任务。

3. 设计、拟订会议日程，然后将文字和表格录入计算机，并按照规定的排版格式进行排版。

4. 任务完成后，学生必须参加实训成果汇报。汇报后，先由学生之间互评，接着由教师进行点评，最后教师根据学生实训任务完成情况，并结合学生成果汇报时的表现综合评分。

五、实训提示

会议日程指把会议活动落实到单位时间。在拟订会议日程时，应掌握以下几个方面：

1. 编排会议日程的原则。

(1) 精简、高效、科学、合理；

(2) 做到松弛有度，劳逸结合，符合人体的生理和心理规律。

2. 会议日程的要素。

(1) 会议活动日程多以表格形式出现；

(2) 会议活动的要素包括时间、地点、内容、参加人、负责人等栏目。

3. 应注意的问题。

(1) 秘书人员只能根据实际情况草拟会议日程，草拟以后应报请主管上司审查，审查通过后可以正式印发；

(2) 在草拟会议日程时，秘书人员要有谦虚的态度，多向办公室其他同事请教。

××公司新产品销售展示会日程如表 6—1 所示。

表 6—1　　　　　　　　××公司新产品销售展示会日程

时间：2007 年 8 月 8 日 地点：员工餐厅和公司会议厅活动内容		参加人员：销售主管和所有工作人员 目的：使员工对公司新产品有所了解		
时间	活动内容	地点	参加人员	备注

	8:30	报到	员工餐厅门厅	所有员工	
上午	9:00	销售主管作介绍	员工餐厅门厅	所有员工	
	9:50	休息	公司会议厅	所有员工	
	10:00	新产品展示——技术总监主讲和演示	公司会议厅	所有员工	
	11:00	销售活动录像	员工餐厅三层	自由参加	
	12:00	自助午餐	员工餐厅二层	所有员工	
下午	1:30	员工自由观看和动手操作新产品	员工餐厅三层	所有员工	
	2:30	销售部人员讲解广告宣传单	公司会议厅	所有员工	
	3:30	分小组讨论	餐厅三层	自由参加	
	4:30	散会			

实训 3：会址的选择

一、实训目标

掌握选择会址的一般方法，了解选择会址的注意事项。

二、实训背景

由于公司产品滞销，销售业绩大幅度滑坡，公司决定 12 月 13 日—15 日召开客户联谊会，听取客户对公司产品的意见和建议，并确定次年产品订购情况。总经理要求秘书张洁选择一个比较适宜此次会议的会议场所。

三、实训内容

按照实际情况演练选择会议场所的过程。

四、实训要求

1. 对会议地点进行甄选。

2. 根据实训背景，结合会址选择的注意事项，进行实际演练，并按照要求完成相应的实训任务。

3. 任务完成后，学生必须参加实训成果汇报。汇报后，先由学生之间互评，接着由教师进行点评，最后教师根据学生实训任务完成情况，并结合学生成果汇报时的表现综合评分。

五、实训提示

选择会址要考虑以下几个因素：

1. 确认租借的日期和时间，还要确认在开会当日是否可以使用。

2. 交通是否便利。

3. 会场大小要与会议的规模、主题相符。

4. 场地要有良好的设备配置。

5. 应尽量避开闹市区，使场地不受外界干扰。

6. 应考虑到有无停车场。

7. 场地租借费用是否合理，是否超出预算范围。

8. 会场周围有没有配套的餐饮和娱乐设施。

租借会场的协议一旦签订，秘书就要经常与会场的管理者保持联系。特别是在开会的前一天，一定要实地落实会场的准备情况。

实训4：会前和与会人员联系

一、实训目标

掌握会前和与会人员联系的方法和技巧。

二、实训背景

由于公司产品滞销，销售业绩大幅度滑坡，公司决定12月13日—15日召开客户联谊会，听取客户对公司产品的意见和建议，并确定次年产品订购情况。会议共发出了500封会议通知，但会期将至，收到的回执却不到200份。总经理要求秘书张洁通过各种方式和与会人员联系，并进一步确认开会的人数，以便更好地安排会议。

三、实训内容

按照实际情况演练利用各种方式在会前和与会人员联系的过程。

四、实训要求

1. 选择恰当的方法与客户进行联系和沟通。

2. 根据实训背景进行实际演练，并按照要求完成相应的实训任务。

3. 任务完成后，学生必须参加实训成果汇报。汇报后，先由学生之间互评，接着由教师进行点评，最后教师根据学生实训任务完成情况，并结合学生成果汇报时的表现综合评分。

五、实训提示

一般情况下，会前和与会人员联系有以下两种方法：

1. 电话联系。通过电话询问客户有没有收到会议通知。如果收到了，应确认客户能不能来参加会议；如果参加会议几个人参加；等等。如果客户没有收到通知，那么，首先应把会议的主要内容告知对方，或者将会议通知发一份传真给对方，再问对方能不能参加会议。

2. 电子邮件联系。如果知道对方的电子邮箱，可以将会议通知发给对方一份，同时询问对方能不能参加会议，以及几个人参加会议等情况。

不管采用何种方式、方法和客户沟通，都要注意说话的语气，以免给对方留下不好的印象。

实训5：安排会议议题

一、实训目标

掌握安排会议议题的方法。

二、实训背景

某公司召开客户联谊会，行政秘书小钟在起草大会开幕式议程时列出了"请兄弟公司主管生产的王副总讲话"这一议题。大会负责人在审稿时决定把这一项内容放在闭幕式进行，于是把它删去了。后来，公司副总经理陈红在审定时，又把这一议题恢复了。大会负责人并不知道这一变化，所以在开幕式之前没有事先让王副总准备，使双方都十分尴尬。后来事情虽然得到补救，但大会负责人还是受到了陈副总的批评。事后，小钟反思，这种情况到底应该如何处理呢？

三、实训内容

按照实际情况演练如何安排会议议题。

四、实训要求

1. 掌握安排会议议题的方法。

2. 根据实训背景，结合会议议题安排的方法，实际演练，并按照要求完成相应的实训任务。

3. 设计、安排会议议题，然后将议题内容录入计算机，并按照规定的排版格式进行排版。

4. 任务完成后，学生必须参加实训成果汇报。汇报后，先由学生之间互评，接着由教师进行点评，最后教师根据学生实训任务完成情况，并结合学生成果汇报时的表现综合评分。

五、实训提示

会议讨论的问题、决策的对象，就是议题。大中型会议的议题由会议领导机关和领导确定。日常会议的议题，有的由分管某项工作的领导提出，有的由下级机关或者根据领导指示准备议题，然后将收集到的议题进行筛选，加以修改、讨论、充实，并报请有关领导审查后，按周、月或季度统筹安排。

安排会议议题应注意以下几个问题：一是下一级会议可以解决的或者分管领导可审批解决的问题，一般不要安排上级会议讨论；二是业务会议同党、团、工、青、妇等会议讨论的议题要有所区别；三是提交会议讨论的议题，一般要有简要的文字材料，并在开会前几天经领导审批后，发给有关人员阅读，准备意见；四是临时提出的一般议题不宜仓促安排，以保证会议质量；五是一次会议的议题不能安排过多或过少，要测算每个议题大致所需时间，合理分配，一般安排一个主要议题和一两个小议题为宜；六是尽可能地将同类性质的议题提交一次会议讨论；七是应准备一些后备议题，以便在会议进展顺利、时间充裕的情况下供会议讨论。

实训6：会场布置和会场布局

一、实训目标

掌握会场布置和布局的方式、方法。

二、实训背景

公司即将召开客户联谊会，开会之前，总经理肖涛让秘书夏炎对会场进行布置和整理，以便会议正常进行。如果你是秘书夏炎，你应该如何去布置会场？

三、实训内容

按照实际情况演练布置会场和选择会场布局的过程。

四、实训要求

1. 掌握会场布置和布局的方式、方法。

2. 将班级学生分成若干小组，每组 3 人～4 人，根据实训背景，结合会场布局、布置的方法，进行实际演练，并按照要求完成相应的实训任务。

3. 将会场布局、布置情况制作成图表，然后录入计算机，并按照规定的排版格式进行排版。

4. 任务完成后，学生必须参加实训成果汇报。汇报后，先由学生之间互评，接着由教师进行点评，最后教师根据学生实训任务完成情况，并结合学生成果汇报时的表现综合评分。

五、实训提示

（一）会场布置

会场布置主要包括会场内主席台的布置、会场内座位的布置、会场的装饰等。会场布置的基本要求是庄重、美观、舒适，体现出会议的主题和气氛，同时还要考虑会议的性质、规格、规模等因素。

主席台的布置，一要讲究对称，二要讲究简洁。会场的装饰应讲究艺术性。根据会议的需要，应做好主席台的装饰、会场背景的装饰和色调的选择。布置庆典大会会场要热烈、隆重；布置报告会会场要庄重、美观；布置研讨会会场要庄重、舒适；布置座谈会会场要轻松、和缓。

如果会场（高级宾馆内的会议室等）是租借他人的，在开会之前，秘书一定要亲自去检查一下会场，看会场的管理人员的态度如何、会场的布置和设备怎样，对一些关键的地方还要作详细的记录。

有些会议的参会人数虽然不多，但会议的内容很重要，所以会场不能显得太小。到底租借什么样的会场合适，要根据会议的内容、参会的人数及需要什么设备（如是否需要投影仪）等因素来确定。

（二）会场布局

秘书要根据会场的大小和会议的目的，选择适宜的桌椅及摆放方式。桌椅的摆放方式有以下几种：

1. 圆桌形。

这种摆放方式的优点是让所有的参会者能彼此看到对方的脸，大家能在自由的氛围中交流、沟通，它适合于讨论形式的会议。如果没有圆桌，四方的桌子也可以。参加这种会议的人数最好不要超过 20 人。

2. "口"字形。

如果参加会议的人数较多时，可以将桌子拼成"口"字形，有时还可以将桌子拼成"E"字形。

3. "C"字形或"V"字形。

这种布局方式一般适用于介绍新产品或新技术的会议，有关人员要利用投影仪等进行讲解、说明。将桌子拼成"C"字形或"V"字形，可以让与会人员共同观看演示。

4. 教室形。

这种布局方式一般适用于像股东大会这类参会人数较多的会议，可以让与会者听取有关人员传达相关信息。

如果是公司内部的定期例会，参加人员基本上是固定的，那么就没有必要准备签到名册，也无须安排座位。只有在有公司以外的人员参加会议时，秘书才需要预先准备签到名册和安排座次。

实训 7：会前检查

一、实训目标

掌握会前检查的内容、方法和要求。

二、实训背景

由于公司产品滞销，销售业绩大幅度滑坡，公司决定 12 月 13 日—15 日在南京钟山宾馆召开客户联谊会，听取客户对公司产品的意见和建议，并确定次年产品订购情况。总经理交代秘书张洁，要做好会前的检查工作，以便会议正常进行。

三、实训内容

按照实际情况演练会前检查的过程。

四、实训要求

1. 练习如何做好会前检查工作。

2. 先把班级学生分成若干小组，每个小组有 2 名学生。1 名学生扮演上司，1 人扮演秘书。根据实训背景，进行实际演练，并按照要求完成相应的实训任务。

3. 任务完成后，学生必须参加实训成果汇报。汇报后，先由学生之间互评，接着由教师进行点评，最后教师根据学生实训任务完成情况，并结合学生成果汇报时的表现综合评分。

五、实训提示

参会者一般是提前 15 分钟签到并进入会场。在参会者进入会场之前，秘书一定要再检查一下室内温度、通风换气设备、照明采光设备、扩音设备、桌子、椅子、窗帘等。如果会议中间还要用投影仪的话，那么，事先还要给它留出一定的空地。秘书在对会场进行最后一次检查时，应注意以下几个问题：

1. 检查空调设备，必要时做好开机准备，一般要在会议前两小时开机预热或预冷。

2. 检查好灯光、扩音设备。

3. 检查黑板或白板，确保已擦干净，并准备好粉笔、指示棒、板擦等。

4. 如有第一次来参会的人或外来人参加会议，就要摆放好姓名牌，并注意上面的文字大小应适当，清楚易认。

5. 在每人座位前摆放纸笔。

现在许多会议是安排在宾馆或饭店内的会议室举行，所以，秘书一定要在宾馆或饭店大门口放一块示意板，通常上面应写："××会议在×层×号召开"。如果可能的话，最好还安排几名工作人员到门口迎接参加会议的代表，等代表到达后把他们领到会场，这样更能显示出会议主人的周到和热情。

第二节　会中服务

如果说会前准备是基础的话，那么会中服务就是关键。会前一系列的准备工作都已经就绪，但如果秘书在会中服务得不好或者是做得不到位，也同样会影响会议预期效果。

会中服务主要由以下环节和要素组成：接站工作→报到、签到工作→做会议记录→收集会议信息→搞好对外宣传→编制会议简报→传接电话→送饮料→做好会议的值班工作与保密工作→医疗卫生服务→照相服务。

实训 8：做会议记录

一、实训目标

掌握做会议记录的一般方法和要求。

二、实训背景

由于公司产品滞销，销售业绩大幅度滑坡，公司决定 12 月 13 日—15 日在南京钟山宾馆召开客户联谊会，听取客户对公司产品的意见和建议，并确定次年产品订购情况。总经理安排给秘书小燕的主要工作就是做会议记录。

三、实训内容

按照实际情况演练做会议记录。

四、实训要求

1. 了解做会议记录的方法和要点。

2. 先把班级学生分成若干小组，每个小组有 3 名～4 名学生。1 名学生扮演上司，另外几名学生分别扮演秘书。根据实训背景，进行实际演练，并按照要求完成相应的实训任务。

3. 将会议记录进行整理，然后将其录入计算机，并按照规范的会议记录的格式进行排版。

4. 任务完成后，学生必须参加实训成果汇报。汇报后，先由学生之间互评，接着由教师进行点评，最后教师根据学生实训任务完成情况，并结合学生成果汇报时的表现综合评分。

五、实训提示

（一）做会议记录的方法和会议记录的内容

做会议记录常用的方法有详细记录和摘要记录两种。采用哪一种记录方法，要根据会议的性质和内容来定。不管用哪种方法，会议记录应包括以下内容：

1. 会议的组织情况，包括会议的名称、开会的时间、开会的地点、出缺席和列席人员、主持人的姓名、记录人的姓名，有些会议还要写清楚会议的起止时间（年、月、日）。

2. 会议的内容，包括发言人的姓名、发言的内容（包括讨论的内容、提出的建议、通过的决议等）。

（二）做会议记录时的注意事项

在做会议记录时，应注意以下几点：

1. 会议记录的重点应放在记录讨论的观点、决议、决定上。

2. 即使要求详细记录，也不是有言必录，对于一些与会议主题无关的发言可以不记。

3. 如果当时漏记了内容，可事先做出记号，然后对照录音磁带修改。

 小链接

××公司客户联谊会会议记录

时间：××××年×月×日×时

地点：××

参加人员：××（主持人姓名）、××、××、××、××、××（记录人姓名）

主持人：××（职务或职称）

记录人：××（职务或职称）

主要内容及发言情况：

1. 发言。

××：×××××××××××。

××：×××××××××××××。

2. 决议。

（1）××××××××××。

（2）×××××××××××××。

3. 会议于×时×分结束。

主持人：×××（签名）

记录人：×××（签名）

实训 9：制作会议简报

一、实训目标

掌握制作会议简报的一般方法和要求。

二、实训背景

由于公司产品滞销，销售业绩大幅度滑坡，公司决定 12 月 13 日—15 日在南京钟山宾馆召开客户联谊会，听取客户对公司产品的意见和建议，并确定次年产品订购情况。总经理让秘书小燕负责此次会议期间会议简报的制作。

三、实训内容

按照实际情况演练制作会议简报。

四、实训要求

1. 掌握制作会议简报的方法和要求。

2. 先把班级学生分成若干小组，每个小组有 2 名～3 名学生。1 名学生扮演上司，另外几名学生分别扮演秘书。根据实训背景，进行实际演练，并按照要求完成相应的实训内容。

3. 将设计、制作好的会议简报录入计算机，并按照规范的简报的格式进行排版、打印，最后交上司审核。

4. 任务完成后，学生必须参加实训成果汇报。汇报后，先由学生之间互评，接着由教师进行点评，最后教师根据学生实训任务完成情况，并结合学生成果汇报时的表现综合评分。

五、实训提示

会议简报一般由会议秘书处或主持单位编写，用来交流会议进展情况，以及记载会上领导的重要讲话或与会代表讨论研究的决策性的问题。会议简报随会议进程而出版，随会议结束而终止，它密切配合会议的内容，出版速度很快。

会议简报的结构为：报头＋报核＋报尾。会议简报格式示例如下：

会议简报格式示例

密级	
××会议简报 第××期	
×××××××编	××××年×月×日
按语：××× ××。	
×××××（标题）	
导语：×××××××××××××××××××××××。	
主体：××× ××××。	
结尾：×××××××××××××××××××××××××××××××××。	
送：×××、×××	共印××份

1. 报头。

报头设在第一页的上方，约占三分之一的版面，下边用横线与正文分开。报头部分包括简报名称、秘密等级、期号、编印单位和印发日期。

2. 报核。

报核包括按语、标题、导语、主体和结尾。

3. 报尾。

报尾在简报最后一页下部，用横线与报核分开。

实训 10：会议期间的值班和安全保卫工作

一、实训目标

掌握如何做好会议期间的值班和安全保卫工作。

二、实训背景

由于公司产品滞销，销售业绩大幅度滑坡，公司决定 12 月 13 日—15 日在南京钟山宾馆召开客户联谊会，听取客户对公司产品的意见和建议，并确定次年产品订购情况。公司总经理让秘书小燕做好会议期间的值班和安全保卫工作。

三、实训内容

按照实际情况演练如何做好会议期间的值班和安全保卫工作。

四、实训要求

1. 了解做好会议期间的值班和安全保卫工作的方法和技巧。

2. 根据实训背景和实际情况进行演练，并按照要求完成相应的实训任务。

3. 任务完成后，学生必须参加实训成果汇报。汇报后，先由学生之间互评，接着由教师进行点评，最后教师根据学生实训任务完成情况，并结合学生成果汇报时的表现综合评分。

五、实训提示

（一）做好会议的值班工作

一些大中型会议，会场都配有专门的服务人员，但秘书应当督导和协助服务人员做好以下工作：

1. 与会人员入场时的验证与收票工作；

2. 保持会场内的秩序，维护场内设备；

3. 为会场内人员提供开水、饮料以及其他服务；

4. 关注会场内各种设备的使用情况。

（二）做好会场内安全保卫工作

会场内安全保卫工作主要包括：

1. 防止与会议无关的人随便进入会场；

2. 关注会场内的设备运行情况，消除火灾隐患，防止意外事故的发生；

3. 保证会场内人员的安全与健康，发现与会者有身体不适或突发疾病的，要及时请保健医生或送往附近医院；

4. 做好会议的保密工作。

实训 11：会中突发事件处理（一）

一、实训目标

掌握处理会中突发事件的方法。

二、实训背景

公司决定 12 月 13 日—15 日在南京钟山宾馆召开客户联谊会，听取客户对公司产品的意见和建议，并确定次年产品订购情况。14 日上午，会议正在进行，突然两个客户拿着公司的产品在会场外大吵大闹，说公司产品是假冒伪劣产品，要求公司给一个说法。出现这种意外情况后，负责客服的王副总经理要求秘书赶快去处理这件事情。

三、实训内容

按照实际情况演练处理突发事件的过程。

四、实训要求

1. 将班级学生分成若干小组，每组 4 人，1 人扮演王副总经理，1 人扮演秘书，2 人扮演客户。根据实训背景和实际情况进行演练，并按照要求完成相应的实训任务。

2. 任务完成后，学生必须参加实训成果汇报。汇报后，先由学生之间互评，接着由教师进行点评，最后教师根据学生实训任务完成情况，并结合学生成果汇报时的表现综合评分。

五、实训提示

遇到本实训背景出现的情况，秘书必须把握两点：一是不能让客户影响会议的正常进行；二是不能让客户感觉到失望。既要给客户一个满意的答复，又要让会议正常进行。

实训12：会中突发事件处理（二）

一、实训目标

掌握处理会中突发事件的方法。

二、实训背景

公司决定 12 月 13 日—15 日在南京钟山宾馆召开客户联谊会，听取客户对公司产品的意见和建议，并确定次年产品订购情况。14 日上午，会议正在进行，突然会场一片混乱，秘书小燕赶紧到现场了解情况，原来，参加会议的兄弟公司的销售副总晕倒了。出现这种意外情况后，负责客服的王副总经理要求秘书小燕赶快去处理这件事情。

三、实训内容

按照实际情况演练处理突发事件的过程。

四、实训要求

1. 将班级学生分成若干小组，每组 3 人，1 人扮演王副总经理，1 人扮演秘书小燕，1 人扮演兄弟公司的销售副总。根据实训背景和实际情况进行演练，并按照要求完成相应的实训任务。

2. 任务完成后，学生必须参加实训成果汇报。汇报后，先由学生之间互评，接着由教师进行点评，最后教师根据学生实训任务完成情况，并结合学生成果汇报时的表现综合评分。

五、实训提示

遇到本实训背景出现的情况，秘书必须把握两点：一是不能因个别客户生病影响会议的正常进行；二是要保证病人的人身安全。具体做法是：秘书应先通知会场的医务人员到现场急救，如果情况比较严重，要立即联系急救中心，还要通知对方单位或者家属。

第三节　会后扫尾

会后扫尾工作主要包括引导与会人员安全、有序地离开会场，清理会场，安排车辆，交还与会代表物品，整理会议室，归还会场用品，撰写会议纪要，做好会议总结，整理会议文件，会议经费结算，送感谢信等工作。

作为职业秘书，应该重视会后的扫尾工作，认真做好总结工作，为下次会议的召开积累经验。

实训 13：整理会议文件

一、实训目标

掌握整理会议文件的一般方法和要求。

二、实训背景

由于公司产品滞销，销售业绩大幅度滑坡，公司决定 12 月 13 日—15 日在南京钟山宾馆召开客户联谊会，听取客户对公司产品的意见和建议，并确定次年产品订购情况。三天的会议形成了很多会议文件和资料。这些文件和资料中，有的对于公司的发展和改进服务方法有一定的作用，有的文件和资料没有利用和保存价值。面对这一状况，公司决定对会议文件进行整理。于是总经理办公室秘书马上开始着手整理会议文件。

三、实训内容

按照实际情况演练整理会议文件的过程。

四、实训要求

1. 对会议文件进行整埋。

2. 先把班级学生分成若干小组，每个小组有 3 名～4 名学生。根据实训背景，进行实际演练，并按照要求完成相应的实训任务。

3. 任务完成后，学生必须参加实训成果汇报。汇报后，先由学生之间互评，接着由教师进行点评，最后教师根据学生实训任务完成情况，并结合学生成果汇报时的表现综合评分。

五、实训提示

日常工作性会议的文件，大部分于开会前已经收集起来，会后只需将会议记录或会议纪要归入卷内，并按会议讨论议题顺序进行整理即可。卷内文件的排列顺序一般为：会议通知、会议议题、会议记录（会议纪要）及有关文件。有的文件可能被多次修改，立卷时应将原稿放在前面，然后将一稿、二稿依次排列其后。

（一）文件收集范围

会议文件包括决定、议案、提案、会议记录、会议纪要等。一些重要的会议文件资料还要立卷归档，因此，会议结束后要依据会议文件的内在联系加以整理，分门别类地组成一个或一套案卷，归入档案。

（二）录音、录像资料整理

整理录音、录像资料的工作，就是根据所录语言的中心思想，删除不必要的语言，补充和修改没有录进去的内容，使整理稿成为中心明确、条理清楚、文从字顺、内容连贯的书面材料。

录音整理主要是针对那些发言没有文稿或发言与文稿差距较大的情况。对于那些照本宣科所作的录音，只把录音磁带存好就行。

实训 14：撰写会议纪要

一、实训目标

掌握撰写会议纪要的一般方法和要求。

二、实训背景

由于公司产品滞销，销售业绩大幅度滑坡，公司决定 12 月 13 日—15 日在南京钟山宾馆召开客户联谊会，听取客户对公司产品的意见和建议，并确定次年产品订购情况。在召开会议期间，秘书的主要工作就是做会议记录，并且根据会议进展情况，制发会议简报，会后及时进行会议总结，撰写会议纪要。

三、实训内容

按照实际情况演练撰写会议纪要。

四、实训要求

1. 练习撰写会议纪要。

2. 先把班级学生分成若干小组，每个小组有 3 名～4 名学生。1 名学生扮演上司，另外几名学生分别扮演秘书。根据实训背景，进行实际演练，并按照要求完成相应的实训任务。

3. 将设计、制作好的会议纪要录入计算机，并按照规范的会议纪要的格式进行排版。

4. 任务完成后，学生必须参加实训成果汇报。汇报后，先由学生之间互评，接着由教师进行点评，最后教师根据学生实训任务完成情况，并结合学生成果汇报时的表现综合评分。

五、实训提示

会议纪要是根据会议的主旨，用准确而精练的语言综合记述会议要点的书面材料。它是在会议记录的基础上，分析、综合、提炼而成，并用来概括反映会议精神和会议成果的文件。做会议记录的秘书，一般要负责撰写会议纪要。撰写会议纪要的时间不能拖得太长，它应当简明扼要、观点鲜明、事实清楚，不必发表议论和交代情况。并非所有会议都要产生会议纪要。

（一）会议纪要的类型

1. 例行会议纪要，如经理办公会议纪要、厂长办公会议纪要。这种类型的会议纪要是将会议形成的决议下发，或让上级了解会议的精神，因此要求简明扼要。

2. 工作会议纪要，是指各机关、部门或地区就重大工作问题召开专门会议，交流情况，统一认识，研究政策措施之后，需要整理出的会议纪要。这种类型的会议纪要需要上报下发，或请求上级批转。

（二）会议纪要的内容

1. 会议情况简述。包括召开会议的根据、目的、时间、地点，参加会议的人员，会议讨论的问题以及会议的成果。

2. 对会议主要精神的阐发。这是会议纪要的主体部分。

（三）撰写会议纪要的注意事项

1. 记实。即实事求是，忠于会议实际。为此，会议纪要必须以会议记录为依据。对与会者的发言可以进行概括、归纳、提炼，但绝不能增添与篡改内容。

2. 记要。即抓住要点，对会议的中心议题和围绕议题所做的决定进行集中概括，去粗取精，集中归纳最有说服力的典型事例，引用最精彩的情节和语言，使全文突出重点。

3. 要有条理，层次清楚，使人一目了然。

实训 15：进行会议总结

一、实训目标

掌握会议总结的写作方法。

二、实训背景

由于公司产品滞销，销售业绩大幅度滑坡，公司决定 12 月 13 日—15 日在南京钟山宾馆召开客户联谊会，听取客户对公司产品的意见和建议，并确定次年产品订购情况。会中客户提出了很多有建设性的意见和建议，对于公司日后发展有很大帮助。王总经理要求办公室秘书小燕将会议进行总结，并将总结发至公司各部门学习。

三、实训内容

按照实际情况演练撰写会议总结。

四、实训要求

1. 掌握会议总结的写作方法。

2. 将完成的会议总结录入计算机，并按规范的格式进行排版、打印。打印时一律采用 A4 纸，正反打印。打印后，根据事先设定的部门数量进行复印。

3. 任务完成后，学生必须参加实训成果汇报。汇报后，先由学生之间互评，接着由教师进行点评，最后教师根据学生实训任务完成情况，并结合学生成果汇报时的表现综合评分。

五、实训提示

（一）会议总结的格式

大体上分为标题、正文、落款三项。

1. 标题。一般有三种模式，即陈述式、论断式、概括式。

2. 正文。这是会议总结的核心部分，由前言、主体、结尾三部分组成。

3. 落款。主要包括具名与日期。单位的具名要放在标题中或标题下方。

（二）撰写会议总结应注意的事项

1. 情况清。要求总结要点面结合，突出重点；交代环境和背景；详略得当，容易明白的少写，说明经验的多写。

2. 经验新。要总结出一些新鲜、管用的经验，使本单位、本部门能够"超越自我"，更进一步。

3. 不溢美，不护短。语言要力求准确、朴实，避免浮华。

第四节 参加外单位会议

除了公司内部会议，公司外部还有许多会议，如政府部门、客户、行业协会等组织和部门举办的各种会议，客户公司成立周年庆典、客户新产品发布会、客户招待会等都属此类。

实训16：陪同上司参加外单位会议

一、实训目标

了解陪同上司参加外单位会议时应注意的事项。

二、实训背景

卫元舟实业有限公司定于下个星期一在钟山学院宾馆举行新产品发布会，届时市政府的主要领导和各新闻媒体都会出席。作为卫元舟实业有限公司多年的用户，也作为该公司老总多年的私人朋友，恒鑫公司老总作为嘉宾应邀出席发布会，并作3分钟的嘉宾讲话。秘书张洁立即着手为老总做好各项准备工作。

三、实训内容

按照实际情况演练陪同上司参加外单位会议。

四、实训要求

1. 先把班级学生分成若干小组，每个小组有2名学生。1名学生扮演上司，1名学生扮演秘书。根据实训背景，进行实际演练，并按照要求完成相应的实训任务。

2. 根据外单位会议的内容和安排，协助上司准备相应的文件资料。

3. 任务完成后，学生必须参加实训成果汇报。汇报后，先由学生之间互评，接着由教师进行点评，最后教师根据学生实训任务完成情况，并结合学生成果汇报时的表现综合评分。

五、实训提示

在接到外单位邀请上司参加会议或聚会的通知时，秘书应做好以下工作：

1. 马上向上司请示是否参会。

2. 如果上司参会，就马上记入上司的日程表，并办理配车手续。

3. 给举办方以答复。如果要求以书面形式答复，就以书面形式答复。

4. 在会前、会后为上司安排出一定的时间，以便上司在会前、会后与有关人员举行临时会谈。

5. 准备好参加会议或聚会所必带的材料。

6. 确认参会的时间、地点、内容、参会人员等，在开会的前一天再次向上司报告。

7. 注意上司在参会期间的各种业务处理。

实训心得体会

第七章

商务活动

随着我国改革开放的不断深入，市场经济日益活跃，伴随着国内市场的发展，国际交流的增多，各种各样的商务活动也逐渐增多。作为一名职业秘书，在工作过程中不可避免地要经常涉足商务活动，因此，掌握必要的商务活动知识，能够在商务活动中自如地处理事务，成为职业秘书重要的基本素质。

第一节　商务会见、会谈

会见与会谈是商务活动的重要事务之一，是单位进行各项工作的基础。通过会见、会谈，可以广结朋友，扩大单位在社会上的影响。作为秘书，要了解会见、会谈的程序、礼仪，更好地为工作服务。

实训1：会见、会谈中秘书的工作程序

一、实训目标

掌握会见、会谈中秘书的工作程序。

二、实训背景

公司决定在月底和卫元舟实业有限公司进行会谈，商讨有关产品销售的问题。秘书小燕根据经理要求，全力以赴安排好此次活动，为此她全面考虑了此次活动中自己的工作程序。

三、实训内容

按照实际情况演练会见、会谈的工作程序。

四、实训要求

1. 了解商务会见、会谈中秘书的工作程序。
2. 根据实训背景，进行实际演练，并按照要求完成相应的实训任务。
3. 将设计好的商务会见、会谈中的工作程序进行整理，然后将其录入计算机，并

按照规定的格式进行排版。

4. 任务完成后，学生必须参加实训成果汇报。汇报后，先由学生之间互评，接着由教师进行点评，最后教师根据学生实训任务完成情况，并结合学生成果汇报时的表现综合评分。

五、实训提示

对于秘书人员来说，进行会见、会谈时，应注意以下几方面：

1. 会见、会谈的双方要事先约定。提出会见或会谈要求的一方，应将要求会见人的姓名、职务以及会见什么人、会见目的告知对方；接见方应及时将会见或会谈的时间、地点等有关事宜通知对方。

2. 要选好时间、地方。

3. 接待人员应在约定的时间之前到恰当的地点迎候。

4. 安排好会见、会谈中人员的行动。除陪同人员和必要的译员、记录员之外，其他工作人员安排就绪后应退出。谈话过程中，旁人不要随意进出。

5. 安排好会谈间物品的摆放。国际正式会谈，要在会场摆放双方的国旗。每个人的位置上放置座位卡和姓名卡；桌上放一些纸、笔及水杯、矿泉水或饮料；如果会谈时间过长，可在休息时，上咖啡、茶和点心等。

6. 安排合影。

7. 送别。会见与会谈结束后，主人应送客人至车前或门口握别，并目送客人离去。

实训 2：会见、会谈的礼仪

一、实训目标

掌握会见、会谈的过程中应遵循的礼仪。

二、实训背景

公司决定在月底和卫元舟实业有限公司进行会谈，会谈过程中会谈组人员必须遵循一定的社交礼仪。秘书小燕按照总经理的要求，准备拟写一份此次活动的礼仪规范，发给会谈组的成员。

三、实训内容

按照实际情况演练会见、会谈的礼仪。

四、实训要求

1. 了解商务会见、会谈中的礼仪。

2. 将班级学生分成若干小组，每组 3 人，1 人扮演客户，1 人扮演上司，1 人扮演秘书。根据实训背景，进行实际演练，并按照要求完成相应的实训任务。

3. 任务完成后，学生必须参加实训成果汇报。汇报后，先由学生之间互评，接着由教师进行点评，最后教师根据学生实训任务完成情况，并结合学生成果汇报时的表现综合评分。

五、实训提示

会见、会谈的礼仪规范大致包括以下几方面内容：

（一）商务介绍的礼仪

1．基本要求。

（1）仪态大方。

（2）选准机会。

（3）介绍的内容要准确、恰当。

2．顺序要合理（将尊重者介绍给被尊重者）。

（1）将男士介绍给女士。

（2）将年轻者介绍给年长者。

（3）将职位低的介绍给职位高的。

（4）将客人介绍给主人。

（5）将晚到者介绍给早到者。

（二）送名片的礼仪

1．递名片的礼仪。

（1）双手递。

（2）字的方向要对着对方。

2．接名片的礼仪。

（1）要双手接，并且说"谢谢"。

（2）要看，遇到不懂的要问。

（3）要放到合适的地方，不要随便放置。

（三）握手的礼仪

1．握手的顺序。

（1）长辈、年长者、职位高者、上级、已婚者、女士是受尊重者，应先伸手。

（2）晚辈、年轻者、职位低者、下级、未婚者、男士可先问候，等对方伸手时再伸手。

2．握手的方法。

（1）距受礼者约一步，不要太近或太远。

（2）上身稍前倾，两足成立正姿势，四指并齐、拇指张开，微笑着看着对方的眼睛，把手伸向受礼者。

（3）手放在齐腰的高度，握手时间持续 3 秒～4 秒 。

（4）力度适中。

（四）会谈中的礼仪

1．在会谈中，双方一般围桌而坐，通常使用长方形、椭圆形桌子，宾主相对而坐。排列座位时，以门为准，有不同的排法。若多边会谈，座位可摆成圆形，按礼宾次序依次就座。

2．在与客人会谈时，要通过己方对礼仪的把握，努力给对方留下一个美好的印象，使会谈取得成功。期间涉及的礼仪主要有：首先，要注意仪表、仪容。出席会谈的人，衣着要整洁、大方，会谈时的表情要自然、诚恳，面带笑容。其次，要注意发言的内容，尤其要注意使自己的言谈符合我国的对外政策，属于国家机密的内容不能外泄。再次，会谈的态度要诚恳，谈自己的观点时要谦和，他人发言时要认真倾听，不要随意插话，对原则性问题需要坚持和拒绝时，态度上不可生硬，更不可激烈，可耐心地解释和婉拒。交谈中，要注意使用礼貌语言，如"请"、"对不起"等。

第二节　商务宴请

宴会是盛情邀请宾客参与宴饮的聚会，是人际交往活动中常见的一种社交活动。商务宴请是在商务活动中进行交往、团聚时的活动，它不是随随便便地请客吃饭，而是有一整套礼仪的商务活动。作为秘书，必须熟悉和了解商务宴请的有关知识，才能更好地服务于工作。

实训3：制定宴请计划

一、实训目标

掌握制定宴请计划的具体方法。

二、实训背景

为了表示对客户的谢意，公司决定元旦来临之际，宴请一年来公司的重要客户。总经理要求秘书晓云制定一份宴请计划。

三、实训内容

按照实际情况演练制定宴请计划。

四、实训要求

1. 了解制定商务宴请计划的方法。

2. 根据实训背景，进行实际演练，并按照要求完成相应的实训任务。

3. 将设计好的商务宴请计划进行整理，然后将其录入计算机，并按照规定的格式进行排版。

4. 任务完成后，学生必须参加实训成果汇报。汇报后，先由学生之间互评，接着由教师进行点评，最后教师根据学生实训任务完成情况，并结合学生成果汇报时的表现综合评分。

五、实训提示

（一）宴请前的准备

1. 确定宴请的规格和种类。

要根据宴请的目的和宾客的社会地位、职务身份、人数多少确定宴请的规格和种类。

2. 选择宴请的时间和地点。

（1）时间的选择要根据活动的实际需要，避开宾客方的禁忌日。

（2）选择地点时，应选择交通方便、环境幽雅、设备齐全、服务优质的场所。

3. 预定菜谱和制发请柬。

（1）预定菜谱时，要考虑宾客的饮食习惯和口味，以及宾客的饮食禁忌。

（2）大型宴会、正式宴会一般均要制发请柬，并在宴会前的1星期～2星期内发出。对于夫妇两人通常只发一张请柬。

（二）宴请中的安排

1. 迎客。主人一般在大门口迎接客人。

2. 入席。主人陪主宾进入宴会厅，全体人员落座，宴会开始。

3. 敬酒。主人给客人敬酒，人多时，各桌可派代表回敬主桌。

4. 其他一些活动（如发言、跳舞等）。

5. 散席。客人告辞，主人送至门口。

（三）编制预算

安排宴请活动需要的经费。

实训4：安排宴请活动的桌次和座次

一、实训目标

掌握安排桌次和座次的具体方法。

二、实训背景

东方公司为了表示对客户的谢意，在元旦来临之际，准备召开客户联谊宴会。按照上司的指示，这次宴会共设三桌（圆桌），呈三角形摆放，编号分别为1、2、3，同时要安排好每桌的座次。秘书晓云负责安排此次宴会的桌次和座次。

三、实训内容

按照实际情况演练安排宴请活动的桌次和座次。

四、实训要求

1. 了解商务宴请中桌次、座次的安排方法。

2. 根据实训背景，进行实际演练，并按照要求完成相应的实训任务。

3. 将设计好的商务宴请的桌次和座次制作成席位图，然后将其录入计算机，并按照规定的格式进行排版。

4. 任务完成后，学生必须参加实训成果汇报。汇报后，先由学生之间互评，接着由教师进行点评，最后教师根据学生实训任务完成情况，并结合学生成果汇报时的表现综合评分。

五、实训提示

（一）桌次、座次安排遵循的原则

安排时遵循的原则是：中间为上、面门为上、右高左低。

（二）具体安排

1. 桌次的安排如图7—1所示。桌次地位的高低，以距主桌位置的远近而定。以主人的桌为基准，右高左低，近高远低。

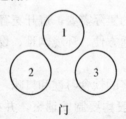

门

图7—1 桌次的安排

2. 座次的安排如图 7—2 所示。

（1）以主人的座位为中心，如果女主人参加时，则以主人和女主人为基准，近高远低，右上左下，依次排列。

（2）把主宾安排在最尊贵的位置，主宾夫人安排在女主人右手的位置。

（3）主人方面的陪同人员，尽可能与客人相互交叉，便于交谈，更可避免自己人坐在一起，冷落客人。

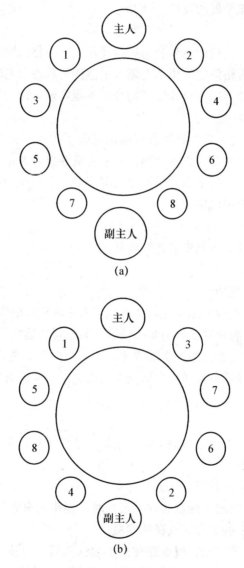

图 7—2　座次的安排

第三节　商务谈判

商务谈判是最常见的商业活动之一，谈判的成功与否，在很大程度上取决于谈判过

程中双方的态度和处理问题的方法。它不仅是一门"语言的艺术",更是一门涉及面较广的"综合艺术",秘书只有更好地了解、熟悉商务谈判的相关知识,才能在谈判过程中掌握谈判的主动权。

实训5:熟悉谈判的技巧

一、实训目标

熟悉谈判过程中应该掌握的技巧。

二、实训背景

××××年×月×日,我国××公司总经理在美国洛杉矶同美国卡尔曼公司进行推销机床的谈判。双方在价格问题的协商上陷入了僵持的状态。当时,我方公司秘书发现了重要的情报:卡尔曼公司原与台商签订的合同不能实现,这一情报,最终使我方取得了谈判的胜利。

(背景:因为美国对日、韩和我国台湾地区提高了关税,台商迟迟不肯发货。而卡尔曼公司又与自己的客户签订了供货合同,对方要货甚急,卡尔曼公司陷入了被动的境地。我方根据这个情报,在接下来的谈判中沉着应对,卡尔曼公司终于沉不住气,同意以我方价格购买150台中国机床。)

三、实训内容

按照实际情况演练商务谈判中的各种技巧。

四、实训要求

1. 熟悉商务谈判的技巧。

2. 根据实训背景,进行实际演练,并按照要求完成相应的实训任务。

3. 秘书人员必须熟悉谈判双方的实际情况,为上司决策提供最佳服务。

4. 任务完成后,学生必须参加实训成果汇报。汇报后,先由学生之间互评,接着由教师进行点评,最后教师根据学生实训任务完成情况,并结合学生成果汇报时的表现综合评分。

五、实训提示

在谈判中,不仅要注重自己方面的相关情报,还要重视对手的相关情报,只有知己知彼知势,才能获得胜利。

此外,谈判的技巧还包括以下几方面:

1. 将心比心。最忌以己方观点谈判。谈判时,要带三分侠气、一片素心,多为对方着想。将心比心,带来的是皆大欢喜的双赢。

2. 突出优势。对对方立场、观点都有初步的认知后,再将自己在此次谈判事项中所占有的优劣势及对方的优劣势进行严密周详的列举,尤其要将己方优势,不管大小新旧地全盘列出,以作为谈判人员的谈判筹码。

3. 底线界清。在谈判前,务必要把己方的底线理清。比如将可让什么、要让多少、如何让、何时让、为何要让等问题先行理清,做到心中有数。

4. 要有耐心,了解对手,随机应变。

实训6：熟悉谈判的礼仪

一、实训目标

熟悉谈判者应该具有的礼仪素养。

二、实训背景

东方公司准备就兴建分公司问题与××公司进行谈判。在此之前，东方公司总经理准备对本公司谈判代表团的成员进行谈判礼仪的培训。他让秘书晓云准备一份培训手册，对象是本公司谈判代表团的成员，内容是谈判过程中应注意的礼仪要求。

三、实训内容

按照实际情况演练谈判的礼仪并制作一份培训手册。

四、实训要求

1. 了解商务谈判的礼仪。

2. 根据实训背景，进行实际演练，并按照要求完成相应的实训任务。

3. 制作一份商务谈判礼仪培训手册，然后将其录入计算机，并按照规定的格式进行排版。

4. 任务完成后，学生必须参加实训成果汇报。汇报后，先由学生之间互评，接着由教师进行点评，最后教师根据学生实训任务完成情况，并结合学生成果汇报时的表现综合评分。

五、实训提示

（一）谈判者的服饰

1. 女士。

（1）以西装套裙为主，涉外谈判时可穿中国的民族服装。

（2）应化淡妆，切忌浓妆艳抹。

（3）连续几天参加谈判时，应每天更换一套衣服，尽量不重复。

2. 男士。

（1）穿西装或中山装。

（2）夏天穿衬衫时须配领带。

（3）重视整洁，每天剃胡子，衬衫和领带应每天更换。

（二）谈判者的仪态

1. 学会控制自己的目光。

2. 注意手势的运用（握手姿态）。

3. 注意腿和脚的仪态。

4. 谈判开始前要有必要的寒暄（注意话题的选择）。

（三）谈判过程中的礼仪

1. 安排好语序，注意语速、语调。

2. 不要打断对方的话。

3. 应辅以必要的、小幅度的形体动作，如点头、微笑等。

第四节　商务庆典

"庆典"即"庆祝典礼"的简称，包括开幕式（闭幕式）、节日庆典、纪念日庆典等。这些庆典活动对提高组织的知名度、美誉度有很大的作用。秘书人员会经常参与这些活动的组织筹办，因而要了解庆典活动的相关知识。本节主要介绍开业典礼和公司周年庆典两种庆典活动。

实训 7：开业典礼

一、实训目标

掌握开业典礼的方案设计。

二、实训背景

××公司准备于 1 月 12 日在公司所在地隆重举行连锁店开业典礼，届时会有当地的各界商业人士、政府领导及新闻媒体参加。经理要求秘书起草开业典礼的程序方案，并在周一召开公司例会前给他。

三、实训内容

按照实际情况设计开业典礼程序方案。

四、实训要求

1. 了解开业典礼的程序。

2. 根据实训背景，进行实际演练，并按照要求完成相应的实训任务。

3. 将起草好的开业庆典的程序进行整理，然后将其录入计算机，并按照规定的格式进行排版。

4. 任务完成后，学生必须参加实训成果汇报。汇报后，先由学生之间互评，接着由教师进行点评，最后教师根据学生实训任务完成情况，并结合学生成果汇报时的表现综合评分。

五、实训提示

开业典礼的程序一般包括：

1. 迎宾。接待人员就位在会场门口接待来宾，并请来宾签到后，引导来宾就位。

2. 典礼开始。主持人宣布开业典礼正式开始，并宣读嘉宾名单。

3. 致贺词。由上级领导和来宾致贺词，表达对开业单位的祝贺，并寄予厚望。

4. 致答词。由本单位负责人致答词，向来宾及祝贺单位表示感谢，并简要介绍本单位的经营特色和经营目标。

5. 揭幕或剪彩。

6. 其他活动，如参观、迎接首批顾客等。

小链接

××公司开业典礼方案

时间：2008年1月12日上午9:00

地点：公司

活动名称：公司开业典礼

参加人：××、××、××、××、××

具体安排：

9:00～9:30　　　礼仪小姐迎宾

9:30～10:00　　典礼开始，领导致贺词，本单位领导致答词

10:00　　　　　揭幕

10:10～11:30　参观，迎接首批客人

12:00　　　　　在东方大酒店设宴，宴请各位嘉宾

实训8：公司周年庆典活动

一、实训目标

掌握公司周年庆典活动的方案设计。

二、实训背景

为了总结十年发展经验，更好地激励员工，公司决定举行十周年庆典活动。经理让秘书小燕起草此次活动的程序方案，并在两天后给他。

三、实训内容

按照实际情况设计周年庆典活动的程序方案。

四、实训要求

1. 了解公司周年庆典活动的程序。

2. 根据实训背景，进行实际演练，并按照要求完成相应的实训任务。

3. 将公司周年庆典活动程序进行设计，并将草拟的庆典活动方案进行整理，然后将其录入计算机，再按照规定的格式进行排版。

4. 任务完成后，学生必须参加实训成果汇报。汇报后，先由学生之间互评，接着由教师进行点评，最后教师根据学生实训任务完成情况，并结合学生成果汇报时的表现综合评分。

五、实训提示

公司周年庆典活动的方案设计一般包括以下主要内容：

1. 庆典的目的。

2. 专门成立的负责机构及负责人。

3. 庆典的时间和程序安排。

4. 庆典的要求。

5. 活动费用预算。

6. 其他。

小链接

××公司十周年庆典活动方案

1. 庆典活动的目的

为了总结十年发展经验，广交朋友，更好地激励员工。

2. 庆典活动委员会

主任：××

副主任：××

成员：××、××、××

3. 庆典时间

2008 年 3 月 6 日（全天）

4. 庆典活动程序

8:00～9:00　　　迎宾

9:15～10:30　　召开庆祝大会（穿插文艺表演）

10:45～11:20　　参观十年成果展

11:30　　　　　宴请午餐

12:30～13:30　　自由时间

13:30～15:30　　公司十周年庆典献大礼活动

15:30～16:30　　观看公司纪录片《十年历程》

17:00　　　　　晚宴

18:30　　　　　放焰火、举行文艺汇演

5. 要求

(1) 当天公司的所有员工要穿着统一的服装，佩戴周年庆典标志牌和周年绶带；

(2) 庆典现场以红色为主色调，用灯笼、花篮、鲜花、红气球等喜庆布场；

(3) 要统一迎宾语、待客语、送客语，注意规范动作、站姿、走姿等。

6. 广告宣传

(1) 场内广告：X 架、水牌、灯箱、MC 宣传、电脑待机屏保等；

(2) 户外广告：户外招牌、桁架、宣传单张派发、短信平台等；

(3) 宣传媒体：报纸、夹报单张、周年礼品袋。

7. 活动费用预算

(1) 宣传费：××元；

(2) 布场费：××元；

(3) 服装费：××元；

(4) 嘉宾费：××元；

(5) 其他费用：××元；

(6) 总费用：××元。

实训 9：安排剪彩活动

一、实训目标

掌握如何为公司安排剪彩活动。

二、实训背景

某服装公司在开业时，没有举办隆重的开业仪式，而打算在开业的当天，向首先进入服装公司营业厅的 20 位顾客发放号码，并请 8 号与 18 号两位顾客为公司开业剪彩。这充分体现了"顾客就是上帝"的宗旨。公司秘书张洁负责安排此次剪彩活动。

三、实训内容

按照实际情况演练安排剪彩活动。

四、实训要求

1. 了解公司剪彩活动的程序。

2. 根据实训背景，进行实际演练，并按照要求完成相应的实训任务。

3. 将剪彩活动程序进行设计，并将草拟的活动方案进行整理，然后将其录入计算机，再按照规定的格式进行排版。

4. 任务完成后，学生必须参加实训成果汇报。汇报后，先由学生之间互评，接着由教师进行点评，最后教师根据学生实训任务完成情况，并结合学生成果汇报时的表现综合评分。

五、实训提示

（一）助剪者的挑选

助剪者指在剪彩过程中为剪彩者提供帮助的人员，即通称的礼仪小姐。礼仪小姐是举办方挑选的，常由年轻、精干、身材和相貌较好的女职员担任，也可以到专业组织聘请。礼仪小姐确定并做好分工后，要进行必要的培训和演练，让她们熟悉礼节，以保证剪彩仪式的顺利进行。

（二）剪彩仪式上礼仪小姐的分工

1. 迎宾者。任务是在活动现场负责迎来送往。

2. 引导者。任务是在进行剪彩时负责带领剪彩者登台或退场。

3. 服务者。任务是为来宾尤其是剪彩者提供饮料等生活关照。

4. 拉彩者。任务是在剪彩时展开、拉直红色缎带。

5. 捧花者。任务是在剪彩时手托花团。

6. 托盘者。任务是为剪彩者提供剪刀、手套等剪彩用品。

（三）剪彩用品的准备

剪彩用品主要有红色缎带、新剪刀、白色薄纱手套、托盘以及红色地毯等。

1. 红色缎带。

亦即剪彩仪式之中的"彩"。按照传统做法，它应当由一整匹未曾使用过的红色绸缎在中间结成数朵花团而成，现在为了节约，通常使用长 2 米左右的红色缎带。一般来说，红色缎带上所结的花团，不仅要醒目、硕大，而且具体数目往往同现场剪彩者的人数相关。通常，红色缎带上所结的花团数目较现场剪彩者的人数多一个，使每位剪彩者

总是处于两朵花之间，这样尤显正式。

2. 新剪刀。

新剪刀是专供剪彩者在剪彩仪式上正式剪彩时使用的。它必须是剪彩者人手一把，而且是崭新锋利的，应避免因剪刀不好用而让剪彩者尴尬。因此，剪彩仪式前，要逐一检查，确保剪彩者"一剪破的"，切忌一再补剪。在剪彩仪式结束后，举办方可以将每位剪彩者所使用的剪刀包装好，送给他们作为纪念。

3. 白色薄纱手套。

白色薄纱手套是专供剪彩者在剪彩仪式上正式剪彩时使用的。在准备白色薄纱手套时，除要确保人手一副外，还需使之大小适度，并确保手套洁白无瑕，以示郑重和尊敬。

4. 托盘。

托盘是专供盛放剪刀、白色薄纱手套使用的。它最好是崭新、洁净的，通常为银色的不锈钢制品。为了显示正规，还可以在使用时铺上红色绒布或绸布。在剪彩时，礼仪小姐可以用一只托盘依次为各位剪彩者提供剪刀和手套，也可以为每一位剪彩者各提供一只托盘，后一种方法尤显正式。

5. 红色地毯。

主要用于铺设在剪彩者正式剪彩时站立之处，其长度可视剪彩者的人数多少而定，宽度不应在1米以下。在剪彩现场铺设红色地毯，主要是为了提升仪式的档次，营造一种喜庆的气氛。

第五节 签字仪式的礼仪

签字仪式是组织与对方经过会谈、协商，达成某项协议或约定，相互签署文本的一种活动形式。签字仪式是商务活动中常见的比较隆重的活动之一，有一套严格的程序，必须依照礼仪规范来进行。

实训10：签字仪式的程序

一、实训目标

掌握签字仪式的程序。

二、实训背景

某公司准备于6月1日在公司所在地隆重举行与澳大利亚某公司合作的签字仪式，届时澳大利亚公司和某公司的有关人员会出席。公司经理要求秘书小燕起草签字仪式的程序方案，并在周一召开公司例会前给他。

三、实训内容

按照实际情况设计签字仪式程序的方案。

四、实训要求

1. 了解签字仪式的程序。

2. 根据实训背景，进行实际演练，并按照要求完成相应的实训任务。

3. 任务完成后，学生必须参加实训成果汇报。汇报后，先由学生之间互评，接着由教师进行点评，最后教师根据学生实训任务完成情况，并结合学生成果汇报时的表现综合评分。

五、实训提示

（一）签字前的准备工作

签字仪式是双方组织最终达成共识的一项重要活动仪式，因此，应予以充分准备，做到万无一失。

1. 准备合同文本。

洽谈双方（或多方）经过协商，拟订合同条款后，按惯例，应由举行签字仪式的主方负责准备待签合同的正式文本。主方会同有关各方一道指定专人，共同负责合同的定稿、校对、印刷与装订。

待签的合同文本通常按大八开的规格装订成册，并用高档白纸精心印制而成，封面一般应选择真皮、金属、软木等高档材质印制。

在准备合同文本的过程中，应对条款内容进行认真、细致的核对；注意遵守相关法律、法规；符合商务交往中的惯例及常识。遇到涉外活动时，合同要使用官方语言。

2. 布置签字场地。

（1）签字厅布置的总体要求为庄重、整洁、清静。

（2）签字仪式一般选在宽敞的会议室进行，室内应铺红地毯，并设有一张长桌，横放于室内，桌上可铺设深绿色绒毯，桌后并排放两张椅子。签字人面门而坐（按照国际惯例主方在左，客方在右）。

（3）签字桌上面应摆放待签合同文本、签字笔等签字时所用的文具，桌子正中可摆放鲜花。涉外签字活动中，签字桌上还应插放相关国家的国旗。

（4）签字桌后墙上可贴上会标，如"××××签字仪式"。

3. 要规范签字人员的服饰。

按照规定，签字人、助签人以及随员，在出席签字仪式时，应当穿着具有礼服性质的深色西装、中山装或西装套裙，并且配以白色衬衫与深色皮鞋。男士还必须系上单色领带，以示正规。在签字仪式上露面的礼仪人员、接待人员，可以穿自己的工作制服，或是旗袍一类的礼仪性服装。

（二）签字仪式的程序

签字仪式的时间虽然不长，以半小时为宜，但其程序必须十分规范，气氛应当庄重而又热烈。

1. 主持人宣布签字仪式开始。

签字仪式宣布正式开始后，双方人员进入签字厅，主签人按序就座。双方都应设有助签人员，分立在各自一方的代表签约人外侧，其余人并排站立在各自一方代表身后。

2. 签字人正式签署合同、协议或条约的文本。

助签人员协助签字人员打开文本，用手指明签字位置。签字人开始签署合同文本，首先签署己方保存的合同文本，然后由助签人员互相交换，再接着签署对方保存的合同文本。

3．交换文本。

签字完毕后，文本即已生效，双方签字人应同时起立，交换签署正式的合同文本（而不是助签人交换），然后彼此握手相贺，并交换签字笔留念。其他随行人员则应以热烈的掌声表示喜悦和祝贺。

4．共饮香槟酒。

交换已签的合同文本后，签字人及相关人员共饮香槟酒相贺。这是国际上通用的旨在增添喜庆色彩的做法。

5．退场有序。

退场时，双方最高领导和客方应先退场，然后东道主其他人员再退场。

 小链接

中国加入世贸组织议定书签字仪式程序

会场情况：会场悬挂中英文"中国加入世界贸易组织签字仪式"横幅；会场中间设签字椅，签字台上摆放中国国旗、签字笔、签字文本、鲜花等。

出席人员：中方 44 人；外方 7 人。

具体程序：

1．代表入场。

2．中方代表石广生在文本最后一页签名，签日期，并标注中文"须经批准"字样。

3．石广生离席作简短发言，后请世贸组织总干事作简短发言。

4．共饮香槟酒祝贺。

5．代表退场。

实训 11：签字仪式的座次

一、实训目标

掌握签字仪式的座次安排规则。

二、实训背景

某公司准备于 6 月 1 日在公司所在地隆重举行与澳大利亚某公司合作的签字仪式，届时澳大利亚公司和某公司的有关人员会出席。公司经理要求秘书小燕起草签字仪式中双方与会人员的座次安排方案。

三、实训内容

按照实际情况设计签字仪式的座次安排方案。

四、实训要求

1．了解签字仪式双方人员的座次安排规则。

2．根据实训背景，进行实际演练，并按照要求完成相应的实训任务。

3．将设计好的签字仪式的座次安排方案进行整理，然后将其录入计算机，并按照规定的格式进行排版。

4．任务完成后，学生必须参加实训成果汇报。汇报后，先由学生之间互评，接着由教师进行点评，最后教师根据学生实训任务完成情况，并结合学生成果汇报时的表现综合评分。

五、实训提示

签字仪式一般分为双边签字仪式和多边签字仪式两大类。双边签字仪式通常是指参加签字仪式的主体是甲乙双方，多边签字仪式通常是指参加主体为两个以上的组织。

（一）签订双边性合同的座次安排

1．应请客方签字人在签字桌右侧就座，主方签字人坐于签字桌的左侧。

2．双方各自的助签人应分别站立于己方签字人的外侧，以便随时向签字人提供帮助。

3．双方其他随员可以按照一定的顺序在己方签字人的正对面就座，也可以按照职位的高低，依次自左向右（客方）或自右向左（主方）列成一列，站于己方签字人的身后。当一行站不完时，可按照以上顺序遵照"前高后低"的惯例，排成两行或三行。

4．原则上，双方人员数量应大体一致。

（二）签订多边性合同的座次安排

1．一般仅设一把签字椅。

2．签字时，按各方事先同意的先后顺序依次上前签字。

3．助签人随签字人同行动，并站立于签字人的左侧。

 小链接

1976 年 11 月，中非共和国总统博卡萨访华，在人民大会堂接待厅与我国领导人举行会谈后，双方分别在东西两侧小厅休息，准备随后出席在安徽厅举行的签字仪式。此时，对方的礼宾司司长向我国礼宾司亚非处负责人张龙海同志提出要看看签约仪式现场。张龙海表示"当然可以"，并陪同他一起到安徽厅现场。

听了张龙海同志对签约仪式安排的介绍后，对方礼宾司司长提出异议，问道："为什么（签字的）部长坐着，而总统站着？应当给总统另设专座。"张龙海耐心地对他进行解释道："第一，这是中方签约仪式的一贯做法，并非是对中非方面的歧视，中方也不可能专为中非方面另搞一套礼仪；第二，不只是博卡萨总统站着，中国领导人也与总统站在一起。"虽经反复说明，对方礼宾司司长还是有点想不通。

由此可见，签字仪式要考虑到各个国家的不同规定，做好交流、解释的工作。

实训 12：签字仪式中商务合同的写法

一、实训目标

掌握签字仪式商务合同的写法。

二、实训背景

某公司准备于 6 月 1 日在公司所在地隆重举行与澳大利亚一个公司合作的签字仪式，届时澳大利亚公司和本公司的有关人员会出席。经理要求秘书小燕起草签字仪式中需要的商务合同。

三、实训内容

按照实际情况演练起草签字仪式中要用的商务合同。

四、实训要求

1. 了解签字仪式中商务合同的写法。

2. 根据实训背景，进行实际演练，并按照要求完成相应的实训任务。

3. 将起草好的商务合同进行整理，然后将其录入计算机，并按照规定的格式进行排版。

4. 任务完成后，学生必须参加实训成果汇报。汇报后，先由学生之间互评，接着由教师进行点评，最后教师根据学生实训任务完成情况，并结合学生成果汇报时的表现综合评分。

五、实训提示

从格式上讲，合同的写作有一定之规。它的基本要求是：目的明确、内容具体、用词标准、数据精确、项目完整、书写整洁。

商务合同，是指有关各方之间在进行某种商务合作时，为了确定各自的权利和义务，而正式依法订立的、经过公证的、必须共同遵守的条文。

商务合同写作的基本规范包括以下几方面。

（一）草拟合同必须遵守法律

在商务交往中，所有正式的合同都具有法律约束力。它一旦订立，任何一方都不可擅自变更或解除。因此，商务人员必须熟悉国家的有关法律与法规，以便充分地运用法律来维护自身的正当权益。

在草拟涉外商务合同时，还必须遵循我国法律与国际法。遵循我国法律，是国家主权原则的体现，也是为了不损害我国的社会公共利益。遵循国际法，则是为了在对外交往中更好地与国际社会接轨，在国际经济合作中少走弯路。

（二）草拟合同必须符合惯例

在草拟合同时，必须优先遵守法律、法规，尤其是必须优先遵守我国的法律、法规。遇上有关法律、法规尚未规定的，则可采用国际惯例。

所谓商务交往中的国际惯例，是指那些为国际社会所普遍接受的、约定俗成的常规做法。例如，在商务交往中政治与经济应当分开，不允许借商务往来之便干涉他国的内部事务，或是伺机影响他方的内政。

一般而言，国际惯例是维系商务交往正常化的一大基石，所以商界人士在草拟合同时是应当以它来协调自己的行动的。对此不甚了解而贸然行事必定会吃大亏。

（三）草拟合同必须合乎常识

在草拟合同时，商界人士有必要使合同的一切条款合乎常识，坚决不要犯常识性错误。

商界人士在草拟合同时应当具备的常识，是指与其业务有关的专业技术方面的基本知识，包括商品知识、金融知识、运输知识、保险知识和商业知识等。

（四）草拟合同必须顾及对方

正式合同的一大特征是：有关各方面必须协商一致，均出自心甘情愿。如果一方恃强凌弱，仗势压人，把自己的意志强加于他方，强迫他人与自己订立"城下之盟"，那么合同即使勉强签署，事后亦必不断发生纠纷，那样对有关各方都不会有好处。

因此，商务人员在草拟合同的具体条款时，既要考虑自己的切身利益，又要替他方多多着想，要顾全对方的体面，并且尽可能照顾他方的利益。这是促使合同为对方所接受的最佳途径。

第六节　新闻发布会

新闻发布会又称记者招待会，是指特定的社会组织或个人把有关新闻单位的记者邀请到一起，宣布有关消息或介绍情况，并利用新闻媒体进行客观而公正的报道的会议形式。它是传播信息并谋求新闻界对某一事件客观报道的行之有效的手段，也是社会组织与新闻界搞好关系的最重要方式之一。

实训 13：制定公司新闻发布会的策划方案

一、实训目标

掌握制定公司新闻发布会的策划方案的方法。

二、实训背景

2008 年 4 月 6 日，公司将迎来十周年庆典。为了总结十年发展经验，更好地激励员工，公司决定举行十周年新闻发布会。经理让秘书小燕起草此次新闻发布会的策划方案，并在两天后交给他。

三、实训内容

按照实际情况演练制定新闻发布会的策划方案。

四、实训要求

1. 了解公司新闻发布会的程序。

2. 了解新闻发布会在选择时间和地点时的注意事项。

3. 每位学生将制定出来的策划方案通过电子邮件发送到教师事先指定的电子邮箱。

4. 方案完成后，学生再分组并按场景顺序进行演示。

五、实训提示

新闻发布会常常是组织重视并由领导亲自出面参加的一项重要活动。作为为领导服务的秘书，要熟悉新闻发布会的组织与实施的各项具体事务，并掌握发布会礼仪，确保这项重要的传播活动顺利实施。

（一）新闻发布会标题的选择

新闻发布会一般针对对企业意义重大、媒体感兴趣的事件举办。每个新闻发布会都会有一个名字，这个名字会出现在关于新闻发布会的一切表现形式上，包括请柬、会议资料、纪念品等。在选择新闻发布会的标题时，一般需要注意以下几点：

1. 避免使用"新闻发布会"的字样。我国对新闻发布会是有严格申报、审批程序

的，对企业而言，并没有必要如此烦琐，所以直接把发布会的名字定义为"××信息发布会"或"××媒体沟通会"即可。

2. 最好在标题中说明发布会的主旨内容，如："××企业 2005 新品信息发布会"。

3. 通常情况下，在标题中需要标明会议举办的时间、地点和主办单位。这些内容可以在发布会主标题下以字体稍小的方式出现。

4. 有时，可以为发布会选择一个具有象征意义的标题。这时，一般可以采取主题加副题的方式。副题说明发布会的内容，主题表现企业想要表达的主要含义，如：海阔天空——五星电器收购青岛雅泰信息发布会。

（二）新闻发布会时间的选择

新闻发布会的时间通常也是决定新闻播出或刊出的时间。因为多数平面媒体刊出新闻的时间是在获得信息的第二天，因此要把发布会的时间尽可能安排在周一、二、三的下午为宜，会议时间保证在 1 小时左右，这样可以相对保证发布会的现场效果和会后见报的效果。此外，选择新闻发布会的时间时，还要注意以下几方面：

1. 发布会应该尽量不要在上午较早的时候或晚上举行。部分主办者出于礼貌的考虑，希望可以与记者在发布会后共进午餐或晚餐，这并不可取。如果不是历时较长的邀请记者进行体验式的新闻发布会，一般不需要做类似的安排。

2. 有一些以晚宴酒会形式举行的重大事件发布会，也会邀请记者出席。但应把新闻发布的内容安排在最初的阶段，至少保证记者的采访工作可以比较早的结束，确保媒体次日发稿。

3. 在时间选择上要避开重要的政治事件和社会事件，因为媒体对这些事件的大篇幅报道任务会冲淡企业新闻发布会的传播效果。

（三）新闻发布会场地的安排

新闻发布会的场地可以选择在户外（事件发生的现场，便于摄影记者拍照），也可以选择在室内。根据发布会规模的大小，室内发布会可以直接安排在企业的办公场所或者酒店进行。酒店有不同的星级，从企业形象的角度来说，重要的发布会宜选择五星级或四星级酒店。

酒店有不同的风格，要注意保持酒店的风格与发布会的内容的协调性。还要考虑地点的交通便利与易于寻找的程度，包括离主要媒体、重要人物的远近，交通是否便利，泊车是否方便。

发布方在寻找新闻发布会的场地时，还必须考虑以下问题：

1. 会议厅容纳的人数，主席台的大小，投影设备、电源、胸部麦克风、远程麦克风等是否齐全，是否提供住宿、酒品、食物、饮料等相关服务，有没有空间的浪费。

2. 背景布置。主题背景板的内容包含主题、会议日期，有的还会写上召开城市。颜色、字体应注意美观大方，颜色可以企业 VI 为基准。还应确定酒店是否会代为安排背景布置。

3. 酒店外围布置，如酒店外横幅、竖幅、飘空气球、拱形门等。应确认酒店外是否允许布置，以及当地市容主管部门是否有规定和限制等。

（四）新闻发布会的席位摆放

新闻发布会的席位一般按主席台加下面的课桌的方式摆放。应注意确定主席台人员，还要摆放席卡，以方便记者记录发言人姓名。摆放原则是"职位高者靠前靠中，自己人靠边靠后"。

现在很多发布会采用主席台只有主持人位和发言席，贵宾坐于下面的第一排的方式。一些非正式、讨论性质的发布会席位摆放采用圆桌摆放式。

摆放回字形会议桌的发布会现在也出现得较多，即发言人坐在中间，两侧及对面为新闻记者坐席。这样便于沟通，同时也有利于摄影记者拍照。

应注意席位的预留，一般在会场后部要准备一些无桌子的坐席。

（五）其他道具安排

常用的道具包括麦克风和音响设备。一些会议需要用电脑进行展示时还要用到投影仪、笔记本电脑、上网连接设备、投影幕布等。在发布会前要反复调试相关设备，保证不出故障。

（六）新闻发布会的资料准备

提供给媒体的资料，应整理妥当，并按顺序摆放好后装入广告手提袋或文件袋，在新闻发布会前发放给新闻媒体。资料摆放的顺序应依次为：

1. 会议议程。
2. 新闻通稿。
3. 演讲发言稿。
4. 发言人背景资料（应包括头衔、主要经历、取得成就等）的介绍。
5. 公司宣传册。
6. 产品说明资料（如果是关于新产品的新闻发布的话）。
7. 有关图片。
8. 纪念品或纪念品领用券。
9. 企业新闻负责人名片。
10. 空白信笺、笔。

（七）人员安排

准备新闻发布会时，主办方必须精心做好有关人员的邀请与安排工作。

1. 邀请对象。

（1）如果发布会内容涉及全国，可考虑邀请中央及地方相关新闻媒体及记者。

（2）如果发布会内容只涉及本埠，可考虑邀请当地新闻媒体及记者。

2. 确定主持人。

主持人应由具备较高综合素质、对发布会内容熟悉并在组织中担任一定职务的人担当。具体要求包括：形象、气质较好；口语流利；反应敏捷；善于把握大局；有丰富的主持会议经验；在组织中担任一定职务。

3. 确定发言人。

发言人是新闻发布会的主角，通常应由本单位的主要负责人担任。具体要求包括：在同行业及社会上口碑较好；与新闻界关系融洽；知识渊博；思维敏捷；有较强的记忆

力；能得体地应对各种突发事件。

 小链接

随着生活水平的提高，人们保健养生的观念逐渐增强。为适应市场需要，某饮料公司近日研发成功一种保健型天然饮料。该饮料采用纯天然高级食品为原料精制而成，富含多种人体必需的氨基酸、多种维生素和稀有元素硒以及其他营养成分，具有营养滋补、抗衰老、护肝解酒等独特功效。为将此饮料引入广东市场，该公司决定举行"××饮料进广东"新闻发布会，希望通过这个新闻发布会迅速、及时、广泛地将此新型饮料进入广东市场的消息告知当地公众。新闻发布会的组织者们精心策划，认真准备，严密组织，主要做了以下几方面工作：

1. 把广东省及各市主要电台、电视台、报社的记者们作为邀请的对象，也把国家级的一些新闻机构驻广州办事处或记者站的记者作为邀请对象，提前发出了邀请信或请柬。

2. 布置了会场，在原场地风格基础上做了进一步的设计处理，突出了自然、轻松、欢快的格调。

3. 安排了礼仪服务，包括迎宾、签名等。准备了水果，并把新闻发布会的主角"××饮料"作为会议上的招待饮品，借以加深记者对饮料的印象。

4. 确定该公司王总经理为主要新闻发言人，公关部李经理为主持人。会议议程为：

(1) 总经理致词，介绍开发"××饮料"的意义和过程。

(2) 市场部经理讲话，对公众以往给予本公司的支持表示感谢。

(3) 饮料研发专家作饮料保健功能科学报告。

(4) 观看饮料研制和功效及厂家情况介绍等内容的录像，该录像的光盘复本赠送给所有参会人员留存。

(5) 答记者问。

5. 准备了招待午宴和联谊会，一方面为加深情感沟通和信息交流；另一方面使代表们能更好地体验饮料功能（特别是解酒功效）。

6. 为感谢记者的到来，赠送给每位与会者一份纪念品——"××饮料"纪念装。

新闻发布会顺利地召开并取得了成功。通过新闻发布会，传播了该企业的商品信息，初步打开了商品市场，塑造了企业形象，并使企业同新闻界及记者保持密切的关系。

实训 14：做好新闻发布会的善后工作

一、实训目标

掌握做好公司新闻发布会的善后工作的方法。

二、实训背景

为了总结 10 年发展经验，更好地激励员工，公司举行了 10 周年新闻发布会。经理要求秘书小燕做好这次新闻发布会的善后工作。

三、实训内容

按照实际情况演练做好新闻发布会的善后工作。

四、实训要求

1. 了解做好新闻发布会的善后工作的要求。

2. 根据实训背景，进行实际演练，并按照要求完成相应的实训任务。

3. 将公司新闻发布会的善后工作草拟成文件并进行整理，然后将其录入计算机，并按照规定的格式进行排版。

五、实训提示

新闻发布会结束后，应在一定时间内对其进行一次认真的评估工作。

（一）了解新闻界的反应

核查新闻界人士的到会情况，了解一下与会者对此次发布会的意见和建议，然后尽快找出自己的缺陷和不足。

（二）整理并保存会议资料

主办单位应该认真整理并保存新闻发布会的有关资料，包括：会议自身的图文声像资料，如文件、图表、录音、录像等；新闻媒介有关会议报道的资料，如电视、报纸、杂志上所公开发表的涉及此次新闻发布会的消息、通讯、评论、图片等。

（三）酌情采取补救措施

在听取了各方意见之后，对于此次会议的失误、过错或误导，都应采取一些必要的对策。对于一些批评性的报道，应通过适当的途径加以解释，以消除误解。

此外，还要有针对性地建立与新闻媒体和其他公众的联系，为以后的工作奠定坚实的基础。

第七节　开放参观活动

开放参观活动是树立企业形象、推销产品的重要手段，它不仅欢迎顾客参观，而且还想办法招揽参观者。因此，做好开放参观活动工作就显得很重要了。

实训15：开放参观活动的策划方案

一、实训目标

掌握公司开放参观活动的策划方案的制定。

二、实训背景

2008年5月6日，为答谢德国客户，公司将举行开放参观活动，欢迎来自德国的一批重要客人。公司经理让秘书小燕制定一份此次活动的方案，并在周一例会的时候给他。

三、实训内容

按照实际情况演练制定开放参观活动的策划方案。

四、实训要求

1. 了解开放参观活动的程序和内容。

2. 每位学生将制定出来的策划方案通过电子邮件发送到教师事先指定的电子邮箱。

3. 方案完成后，学生再分组并按场景顺序进行演示。

五、实训提示

开放参观活动可分为游览参观和组织参观。通过游览参观，可以进一步了解合作对象；通过组织参观，可以扩大组织的社会知名度。开放参观活动的方案一般包括以下几方面内容。

（一）确定开放参观活动的主题

主题，即组织通过这一活动所要达到的目的和希望取得的效果。常见的开放参观活动主题有：

1. 扩大组织的知名度，提高美誉度。

2. 促进组织的业务拓展。

3. 和谐组织与社区的关系。

4. 增强员工或家属的自豪感。

（二）安排开放参观的内容

要根据主题来安排开放参观的内容，参观的内容一般包括：

1. 情况介绍。应事先准备好简明生动、印刷精良的宣传小册子。

2. 现场观摩。让参观者参观现场，如：生产经营设备和工艺流程、厂区环境或营业大厅、员工的教育和培训设施、科技开发（实验）中心，以及服务、娱乐、福利、卫生等设施。

3. 实物展览。如可以参观组织的成果展览室，以及陈列的资料、模型、样品等实物。

此外，确定参观的内容时还要考虑到参观者的需要和兴趣。

（三）选择开放参观的时机

参观最好安排在一些特殊的日子里，如周年纪念日、重大的节假日、开业庆典当日、社区节日等。

（四）确定邀请对象

一般性参观经常邀请员工家属或一般市民等；特殊参观经常邀请与本组织有特殊利害关系的团体和公众，如政府官员、行政主管部门人员、同行业领导和专家、媒体记者等。

（五）选择参观路线

应选择能引起参观者兴趣的路线、能保证参观者安全的路线，以及对组织的正常工作干扰较小的路线。

（六）做好宣传工作

参观前，可准备一份简明的说明书发给参观者，或放映电影、录像进行介绍。

（七）做好解说与接待工作

具体包括：

1. 挑选并培训导游或解说人员。
2. 设立接待服务站。
3. 准备特殊的参观用品。
4. 准备礼品或纪念品。

实训 16：开放参观活动的注意事项

一、实训目标

掌握开放参观活动的注意事项的制定。

二、实训背景

2008 年 5 月 6 日，为答谢德国客户，公司将举行开放参观活动，欢迎来自德国的一批重要客人。公司经理让秘书小燕制定一份此次活动的注意事项，并在周一例会的时候给他。

三、实训内容

按照实际情况演练制定开放参观活动的注意事项。

四、实训要求

1. 了解开放参观活动的注意事项。
2. 根据实训背景，进行实际演练，并按照要求完成相应的实训任务。
3. 将制定好的公司开放参观活动的注意事项进行整理，然后将其录入计算机，并按照规定的格式进行排版。

五、实训提示

开放参观活动的注意事项包括以下几方面：

1. 主题明确。

整个开放参观活动，都要围绕所确定的主题进行策划和组织。

2. 时机选择要得当。

开放参观活动应选择在春末或秋初的时节，不宜选择在雨天、酷暑或冬季进行。最好安排在有纪念意义的特殊日子。

3. 处理好公开与保密的关系。

要规定好参观路线，选择好参观地点，尽量做到既给公众留下坦诚的印象，又不使组织机密外泄。

4. 处理好细节问题。

从策划、组织到结束的全过程中的每一个细节都要周密考虑，包括人员的具体安排、生活的细节安排、资料和纪念品发放的安排、接待和陪同的安排等。

5. 精心做好展示工作。

包括场景的布置、物品的陈列、文字的说明准备、人员的准备等。

总之，开放参观活动的目的是宣传企业，从根本上具有建立公共关系和宣传的功能。因此，秘书应能协同有关部门策划、形成有特色的活动方案，并为全面实施方案做好必要的准备和服务。

第八节 商务活动中突发事件的处理

突发事件指一些偶发性（或叫突发性）即预料之外的事件，有自然性的突发事件和社会性的突发事件。处理突发事件能够体现一个人的智慧、经验和随机应变的能力。在商务活动中，秘书会经常遇到一些突发事件，能否正确处理这些事件，是秘书工作能力的重要体现。

实训 17：商务活动中突发事件的处理（一）

一、实训目标

掌握秘书处理商务活动中突发事件的具体方法。

二、实训背景

在新年来临之际，公司决定在市中心广场举办促销活动，以酬谢广大客户。由于临近新年，市中心的人流量很大，接近中午的时候，促销活动造成了交通拥堵、人流混乱的情况。办公室主任找到总经理秘书小燕，告诉她总经理在公司不能及时赶来，让她必须马上处理这件事情。

三、实训内容

按照实际情况演练处理商务活动中的突发事件的过程。

四、实训要求

1. 了解处理商务活动中突发事件的具体方法。

2. 将班级学生分成若干小组，每组 5 人～6 人，1 人扮演经理，1 人扮演办公室主任，1 人扮演秘书小燕，其他几人扮演客户。根据实训背景，进行实际演练，并按照要求完成相应的实训任务。

3. 任务完成后，学生必须参加实训成果汇报。汇报后，先由学生之间互评，接着由教师进行点评，最后教师根据学生实训任务完成情况，并结合学生成果汇报时的表现综合评分。

五、实训提示

遇到本实训背景出现的突发事件，秘书必须尽快做以下几件事情：

1. 马上将事态的发展情况报告公司领导。

2. 稳定现场秩序。可以通过和交警协商，协助疏散人群，或暂时停止促销活动。

3. 做好现场所需物品的保管和维护工作，并以一定的方式向现场的人员解释，要注意维护公司的形象。

此外，还应注意以下两点：一是注意"突发"的紧迫性，反应要快，行动要及时。二是处理突发事件时，既要大胆、果断，又要注意细致、稳妥。

实训 18：商务活动中突发事件的处理（二）

一、实训目标

掌握秘书处理商务活动中突发事件的具体方法。

二、实训背景

临近年末，公司在大礼堂设宴，招待全公司近 2 000 名员工。公司总经理在讲话时，突然停电了。作为总经理秘书的小燕，由于事先准备了几套方案，在这个时候，她沉着冷静地处理好了这件事情。

三、实训内容

按照实际情况演练处理商务活动中的突发事件的过程。

四、实训要求

1. 了解处理商务活动中突发事件的具体方法。

2. 将班级学生分成若干小组，每组 10 人左右，1 人扮演经理，1 人扮演秘书小燕，1 人扮演后勤人员，其他几人扮员工。根据实训背景，进行实际演练，并按照要求完成相应的实训任务。

3. 任务完成后，学生必须参加实训成果汇报。汇报后，先由学生之间互评，接着由教师进行点评，最后教师根据学生实训任务完成情况，并结合学生成果汇报时的表现综合评分。

五、实训提示

遇到本实训背景出现的突发事件，秘书的处理方案当中应当包括以下几个方面的内容：

1. 大型的重要活动中，如果停电，要考虑到有没有蜡烛；要考虑能否和供电局联系上；对于一些电器，有没有储备电池等。

2. 如果在总经理讲话的时候突然停电，可以先稳定现场秩序，告诉大家不要慌乱，电马上就会送到；然后拿出事先准备好的电池和扩音器，让总经理接着讲；接着，每个桌子再发放几支蜡烛，点燃后即可解燃眉之急。

3. 指派专人做好现场所需物品的保管和维护工作。

4. 立即与供电局联系，请求他们的支持和配合。

由上述内容可以看出，作为秘书，处理突发事件固然重要，但建立突发事件的预警机制、做好突发事件的预防工作更为重要。所谓"防患于未然"就是这个道理。

实训心得体会

第八章

档案管理工作

企业中每天都会有各种文件往来，将这些文件办理完毕之后，那些有保存价值或备考价值的文件就会被各部门存档，然后各部门每年定期移交给企业的档案管理部门归档形成企业的档案。档案管理就是用科学的原则和方法管理档案，为企业的各项工作服务。秘书人员负责归档文件和档案的管理，就是要做好档案的收集、整理、鉴定和保管，并做好档案的提供工作。

第一节　档案的整理

档案的整理是指按照一定的原则和方法，对档案进行分类、归档、编号、排列、装订以及鉴定等一系列的活动。这项工作的目的是建立档案实体的管理秩序，为档案的保管、检索、利用、编研等工作奠定基础。因此，秘书一定要重视并做好此项工作。

实训1：确定归档范围

一、实训目标

掌握文件的归档范围。

二、实训背景

张洁在海潮公司工作了很长时间，近来公司新聘了一位秘书小王。办公室主任让小王学习管理公司的档案，并让张洁对她进行指导。到了一年一度的归档时间，张洁先让小王熟悉公司文件的归档范围，知道哪些文件应该存档，哪些文件用过之后应该销毁。

三、实训内容

按照实际情况演练划分文件的归档范围。

四、实训要求

1. 可选择在模拟办公室或模拟档案室等场所进行实训。事先应准备好若干已处理完毕的模拟文件材料，包括应归档和不归档的文件。要根据班级人数的分组情况将文件复制多套，以满足分组练习之需。还应具备归档工作必需的文具，如登记簿、文件夹、文件柜。

2. 分组进行，可以 3 人一组，其中 1 人扮演张洁，1 人扮演小王，1 人进行监督和评价。每人都要轮演张洁和小王。

3. 每个同学在演练过程中一定要严肃认真，言行符合规范。要对所准备的文件进行判断，即哪些应归档，哪些不归档，并说明理由。

4. 每个同学最好都能按照实训内容设计演练的脚本（包括情节和台词），并给本小组成员分派角色。

5. 老师可以临场发挥，比如增设模拟角色和任务；在同学们演练时，组织其他的同学对表演进行评论。

五、实训提示

在一个企业里，需要归档的文件主要是与企业各方面活动有关的文件。

（一）国有企业文件的归档范围

1. 党群工作形成的文件材料。

2. 行政管理工作形成的文件材料。

3. 经营管理工作形成的文件材料。

4. 生产技术管理工作形成的文件材料。

5. 产品生产或业务开发工作形成的文件材料。

6. 科学技术研究工作形成的文件材料。

7. 基本建设和技术改造工作形成的文件材料。

8. 设备仪器管理形成的文件材料。

9. 会计工作形成的文件材料。

10. 职工个人管理形成的文件材料。

11. 其他对国家、社会和企业有保存价值的文件材料。

此外，与以上文件材料相关的电子文件、声像档案、数据库文件、计算机程序、OA 系统档案也都属于秘书应当收集的档案范围。

（二）非国有企业文件的归档范围

1. 企业设立、变更、撤销的请示、批复、注册、登记、申报、评审、验证等的文件材料。

2. 企业章程、注册资金、经营场所、投资者的审核验证材料。

3. 企业董事会、监事会、股东会的会议记录、纪要。

4. 企业机构设置、职务任免、职工花名册等的文件材料。

5. 劳动工资、人事、法律事务等的文件材料。

6. 财务会计、资产管理、资金信贷、税收审计等方面的文件材料。

7. 生产技术、质量管理、环保计量、质量认证等方面的文件材料。

8. 材料采购、产品成本、市场销售、售后服务、宣传广告等方面的合同、协议等文件材料。

9. 企业产品设计、制造、鉴定、应用等方面的合同、协议、图纸、图样等文件材料。

10. 新建、改建工程的规划、设计、建设、施工、监理等方面的请示、批复、任务书、许可证、协议、合同、图纸、评审、验收、总结等文件材料。

11. 技术引进、技术改造项目立项、引进、安装、评定、验收、运行等方面的请示、批复、合同、报关单、开箱单、说明书、图纸、评审、验收、记录等文件材料。

12. 科研活动中的立项、实验、鉴定、应用等阶段的请示、批复、报告、合同、数据、图纸、认定、鉴定等文件材料。

13. 经济活动中形成的会计凭证、会计账簿、会计报告等文件材料。

14. 政党、社会团体组织在企业活动中形成的文件材料。

15. 具有法律凭证和查找利用价值的照片、录音、录像、磁带、光盘等声像、磁性载体的电子文件材料。

16. 其他具有利用和保存价值的文件材料。

需要注意的是，在企业来往的文件中，有一部分是不需要归档的，主要包括：未定稿的文件，仅供工作参考的文件，无查考利用价值的事务性、临时性文件，文件草稿，从正式文件中摘录的仅供参考的非证明性材料，重份文件，无特殊保存价值的信封，来访者的介绍信，企业内部互相抄送的文件，以及非隶属单位发来的不需要办理的文件。

实训 2：档案的分类

一、实训目标

了解档案分类的一般方法。

二、实训背景

每年的上半年，是公司文件归档的时间。每到这个时候，张洁都和同事将各部门的文件收集齐全后，再根据归档制度，对需要归档的文件进行分类。

三、实训内容

按照实际情况演练对各种归档文件进行分类。

四、实训要求

1. 可选择在模拟办公室或模拟档案室等场所进行实训。事先应准备好若干已处理完毕的模拟文件材料，包括应归档和不归档的文件。要根据班级人数的分组情况将文件复制多套，以满足分组练习之需。还应具备归档工作必需的文具，如登记簿、文件夹、文件柜。

2. 分组进行，可以 4 人一组，其中 1 人扮演张洁，2 人扮演张洁的同事，1 人进行监督和评价。每人都要轮演张洁和其同事。

3. 每个同学在演练过程中一定要严肃认真，言行符合规范。要对所准备的文件进行准确的分类。

4. 每个同学最好都能按照实训内容设计演练的脚本（包括情节和台词），并给本小组成员分派角色。

5. 老师可以临场发挥，比如增设模拟角色和任务；在同学们演练时，组织其他的同学对表演进行评论。

五、实训提示

进行档案分类时，最基本的分类方法有三种。

（一）按保管期限分类

根据国家档案局 2006 年 12 月 18 日公布的《机关文件材料归档范围和文书档案保管期限规定》，机关文书档案的保管期限定为永久、定期两种，定期一般分为 30 年、10 年两种。归档文件一般先按保管期限分开整理，然后再考虑其他分类方法。

（二）按组织机构分类

按组织机构分类即按组织部门名称划分，可直接采用各个组织机构的名称作为类名。

（三）按问题分类

按问题分类即按工作性质及有关事项的不同进行划分，如综合类、人事类、公关类、技术类等。按问题分类不受机构的限制。按问题分类要注意各类之间应划分清楚，不能互相包含，类名应该清晰明确。类与类之间可按重要程度和系统性排列。

在实际工作中，单纯采用一种分类法的情况是比较少见的，通常是选用几个级次，将几种分类法结合起来使用，这种划分方法就叫做复式分类法。常用的复式分类法主要有以下两种：

1. 保管期限—年度—组织机构分类法。

这种方法是指先按保管期限进行分类，然后在每个保管期限下按年度分类，再在年度下面按机构进行分类。这种方法适用于内部机构虽有变化但不复杂的立档单位，组织常采用这种分类法。

保管期限—年度—组织机构分类法示例如下所示：

永久：2006 年　财务部
　　　　　　　销售部
　　　　　　　……

　　　2007 年　财务部
　　　　　　　销售部
　　　　　　　……

定期（30 年）：2006 年　财务部
　　　　　　　　　　　销售部
　　　　　　　　　　　……

　　　　　　　2007 年　财务部
　　　　　　　　　　　销售部
　　　　　　　　　　　……

定期（10 年）：2006 年　财务部
　　　　　　　　　　　销售部
　　　　　　　　　　　……

　　　　　　　2007 年　财务部
　　　　　　　　　　　销售部
　　　　　　　　　　　……

2. 保管期限—年度—问题分类法。

这种方法是指先按保管期限分类，然后在每个保管期限下面按年度分类，再在年度下面按问题分类。这种方法适用于不宜按机构分类的组织。

实训 3：档案的装订

一、实训目标

掌握档案装订的一般方法。

二、实训背景

张洁和同事花了几天工夫将所有的归档文件作了分类，然后将归档文件按"件"进行装订，并对一些有问题的文件进行了处理。

三、实训内容

按照实际情况演练归档文件的装订。

四、实训要求

1. 可选择在模拟办公室或模拟档案室等场所进行实训。事先应准备好若干已处理完毕的模拟文件材料，包括应归档和不归档的文件。要根据班级人数的分组情况将文件复制多套，以满足分组练习之需。还应具备装订工作必需的工具，如缝纫机等。

2. 分组进行，可以 4 人一组，其中 1 人扮演张洁，2 人扮演张洁的同事，1 人进行监督和评价。每人都要轮演张洁和其同事。

3. 每个同学在演练过程中一定要严肃认真，言行符合规范。要对所准备的文件按"件"进行装订。

4. 每个同学最好都能按照实训内容设计演练的脚本（包括情节和台词），并给本小组成员分派角色。

5. 老师可以临场发挥，比如增设模拟角色和任务；在同学们演练时，组织其他的同学对表演进行评论。

五、实训提示

归档文件应该以"件"为单位整理并装订。一般以每份文件为一件，文件正本与定稿为一件，正文与附件为一件，原件与复制件为一件，转发文与被转发文为一件，报表、名册、图册等一册（本）为一件，来文与复文为一件。

对于有问题的文件还需要进行如下修整：

1. 修裱破损文件。使用黏合剂和选定的纸张对破损文件进行修补或托裱，以恢复文件的原有面貌，增加强度，延长寿命。修补主要针对一些有孔洞、残缺或折叠处被磨损的文件；托裱是在文件的一面或两面托上一张纸用以加固文件。

2. 复制字迹模糊或易退色变质的纸质文件。采用复印的方式，对字迹模糊或易退色变质的纸质文件进行复制。

3. 对超过 A4 纸张边缘的文件进行折叠。

实训 4：归档的步骤

一、实训目标

熟悉并掌握归档文件整理的步骤。

二、实训背景

张洁是海潮公司的办公室秘书，负责公司的档案管理工作。对于公司往来的文件的管理，张洁非常认真负责，对办公室工作中形成的、办理完毕的、具有参考利用价值的管理性文件、会议文件、重要文件的历次修改稿、电话记录、电报、公司内部简报等，都认真细致地进行登记、收集、定期归档。由于张洁管理认真、细致、科学，熟悉文件归档的制度和方法步骤，因此到了一年一度文件归档的时候，她和两个同事没有花费太多精力就将文件整理归档并移交给档案室。

三、实训内容

按照实际情况演练归档的步骤。

四、实训要求

1. 可选择在模拟办公室或模拟档案室等场所进行实训。事先应准备好若干已处理完毕的模拟文件材料，包括应归档和不归档的文件。要根据班级人数的分组情况将文件复制多套，以满足分组练习之需。

2. 分组进行，可以 4 人一组，其中 1 人扮演张洁，2 人扮演张洁的同事，1 人进行监督和评价。每人都要轮演张洁。

3. 准备好各种表格、档案卷皮等。这些表格都应依照国家规定的标准格式印制，使学生的实训具有规范性。还应准备归档工作必需的文具，如登记簿、文件夹、文件柜。

4. 每个同学在演练过程中一定要严肃认真，言行符合规范。

5. 每个同学最好都能按照实训内容设计演练的脚本（包括情节和台词），并给本小组成员分派角色。

6. 老师可以临场发挥，比如增设模拟角色和任务；在同学们演练时，组织其他的同学对表演进行评论。

五、实训提示

（一）确定归档范围

归档前，秘书要根据归档制度，确定归档范围。具体内容详见本章实训 1 的实训提示。

（二）提前编制分类方案

具体内容详见本章实训 2 的实训提示。

（三）做好归档文件的整理工作

即文书人员依据文件的分类方案及时收集已经处理完毕的文件材料，以"件"为单位进行装订，并按有关类目随时归整，装入案盒，到年终或第二年年初再严格按归档的要求进行调整。归档文件应收集齐全、完整，符合归档质量要求。

（四）按照《归档文件整理规则》进行系统整理

主要包括确定案盒内归档文件（通过检查和调整，将案盒内的文件进行准确分类、排列、编号）和填写案盒（填写归档文件目录、备考表、案盒封面、盒脊）。

1. 确定案盒内归档文件。确定案盒内归档文件是指在平时归整的基础上，详细检查每个案盒内积累的文件，按照文件整理归档的原则和要求进行调整，并进行案盒内文

件的排列、编号，最后确定案盒内归档文件。

（1）检查和调整。确定案盒内归档文件前要做好检查和调整工作。检查归类的文件是否齐全，并剔除重份的、不需要归档的和没有保存价值的文件；检查该案盒内的文件是否符合保管期限；检查归类是否合理，是否将相同事由的文件集中排列；检查文件是否以"件"为单位；检查盒内文件数量是否适宜；等等。如果发现不合理的地方，就要进行调整和补充。

在检查和调整时要正确理解"件"的含义，《归档文件整理规则》要求文件的正本与底稿、正文与附件、原件与复制件、转发文与被转发文、来文或去文与复文等应视为一件。因为它们之间彼此紧密联系，作为一件是不会影响今后的检查和利用的。这里要注意，不能将同一事由的文件作为一件，其余作为附件来处理，这是不正确的，这种做法必然给将来的检索、利用带来麻烦。另外，来文或去文与复文，如果在第二年检查和调整之时还没有收到复文的，也可将来文或去文单独作为一件，并在"备考表"中说明"暂未收到复文"；简报可一期一件；会议文件较多时也可每份为一件；会议记录原则上是一次会议记录为一件，采用会议记录本（册）的也可以一本（册）为一件；重要文件（如规章、制度等）须保留历次修改稿其正本为一件，历次稿（包括定稿）为一件。

以件为单位装订时，正本在前，定稿在后；正文在前，附件在后；原件在前，复制件在后；转发文在前，被转发文在后；复文在前，来文或去文在后；不同文字的文本，无特殊规定的，中文本在前，其他文字文本在后。

（2）案盒内归档文件的排列。归档文件的排列是指在分类方案的最低一级类目即条款和条目内，根据一定的方法确定归档文件的先后次序，并以"件"为单位进行排列的过程。归档文件的排列方法有四种：

一是按事由结合时间排列。文件排列一般应将相同事由的文件排列在一起，然后将相同事由的各"件"结合时间进行排列，即时间早的排在前，时间晚的排在后。这里的"时间"主要是指文件形成的时间，有些文件也可依据文件的处理时间，如工作计划等。

二是按事由结合重要程度排列。首先将相同事由文件排列在一起，再把主要职能活动或重要活动形成的文件排列在前，其他工作形成的文件排列在后，或将综合性工作形成的文件排在前面，具体业务性工作形成的文件排在后面。

三是按事由具有的共同属性分别集中排列。例如，成套性的文件像会议文件、统一报表等，应将会议文件依次排列在一起，各种统一报表集中一起，然后结合时间或重要程度进行排列。不可将成套文件同其他文件混排在一起，但某份文件内表格除外。再如，一个事由涉及几个作者，可先按作者，再按时间排列；一个事由涉及几个地区，可先按地区，再按时间排列等。

四是短期保管的文件可按办理完毕后归档的先后顺序排列。

（3）案盒内归档文件的编号。案盒内归档文件经过系统排列后，应依分类方案和排列顺序逐件编号，以固定位置，统计数量，并便于保护文件和查找利用。归档文件编号的方法是在文件首页上端的空白位置加盖归档章。归档章式样如图8—1所示。归档章的位置不限于首页右上角，盖在首页上端空白处都可以，但在整个案盒文件中，其位置应一致。

归档章设置的必备项目有：全宗号、年度、保管期限、室编件号、馆编件号。必备项目必须填写，设置的选择项目根据情况填写。选择项目有机构或问题。只采用"年度—保管期限"两级分类的单位，可以不填写机构或问题项目。

（全宗号）	（年度）	（室编件号）
*（机构或问题）	（保管期限）	（馆编件号）

图8—1　归档章式样

注："*"号栏为选填项目。

归档章各项目的填写方法是：全宗号，填写同级国家综合档案馆给立档单位编制的代号。年度，填写文件的形成年度，以四位阿拉伯数字标注公元纪年，如"2003"。保管期限标注"永久"、"定期"，还可以使用其简称"永"、"定"或代码。室编件号，填写文件在同一保管期限内的排列顺序号。一般组织同一年度里、同一机构（问题）、同一保管期限下从"1"开始逐件编流水号。永久保管文件较少的组织，永久和长期保管的档案可以从"1"开始混编成一个流水号，并按进馆要求编写。按组织机构分类的，填写形成或承办该文件的组织机构全称，如机构名称太长，可使用机构内部规范的简称。按问题分类的，直接填问题的类名。

2. 填写案盒。

（1）填写案盒内归档文件目录表。在盒内文件排列完毕后，归档文件应依据分类方案和室编件号顺序编制归档文件目录，用于介绍盒内文件的成分和内容。归档文件应逐件编目，内容一般包括件号、责任者、文号、文件题名、文件日期、页数和备注七项。件号，即每件编一个号，应填写室编件号。应注意来文与复文作为一件，故只对复文进行编号。责任者项应填文件的署名者或发文机关，责任者名称过长时，可写通用的简称。文号项应填写制发机关的发文字号，文号一般由机关代字、年度（用六角括号"〔〕"括入）、顺序号三部分组成。文件题名项应填写文件标题，对于原无标题的文件应根据内容补拟后填写，自拟标题应外加方括号，以示同其他文件标题的区别。文件日期即文件的形成时间，用8位阿拉伯数字来标注年月日，如"20050306"，此号的含义即为2005年3月6日。页数项应填写每一件文件的总页数，应注意文件中有图文的为一页，空白页不计数。备注项应填写文件的变化和要说明的情况及问题。

归档文件目录如表8—1所示。

表8—1　　　　　　　　　　归档文件目录

件号	责任者	文号	文件题名	文件日期	页数	备注

归档文件目录应装订成册，一般一年一本，并编制封面。归档文件目录封面（见图8—2）可视需要设置全宗名称（立档单位名称）、年度、保管期限、机构（问题）等项目。

归档文件目录

全宗名称 _____
年　　　　度 _____
保管期限 _____
机构（问题） _____

图 8—2　归档文件目录封面式样

　　这里要说明的是，归档文件目录统一制作完成后案盒内应存放本案盒的文件目录，并置于案盒文件最前面以方便查找。同时应另备一份，同其他盒内目录按"件"号顺次装订成总目录，以供文件的检索利用。检索项目为："全宗号—年度—机构（问题）—保管期限—件号"。

　　（2）填写备考表。案盒的备考表放在案盒文件最后，应在其上说明盒内文件的情况，如该盒内文件缺损、移出、补充、销毁以及其他需要说明的问题等，还要在备考表上填写登记日期及归档文件整理完毕的日期、整理人、检查人。整理人，即负责整理文件的人员姓名。检查人，即负责检查归档文件整理质量的人员姓名。备考表式样如图 8—3 所示。备考表由整理人填写。

备 考 表

盒内文件情况说明

整理人：

检查人：

年　月　日

图 8—3　备考表式样

（3）填写案盒封面、盒脊。调整后的归档文件应按档案室编件号顺序装入档案盒，并需要填写档案盒封面、盒脊。档案盒的封面尺寸为 310 mm×220 mm（长×宽），盒脊厚度可视情况制作，一般为 20 mm、30 mm、40 mm。档案盒采用的材料必须经久、耐用，一般应采用无酸纸制作。

档案盒一般根据摆放方式的不同，在盒脊或底边设置全宗号、年度、保管期限、起止件号、盒号等。起止件号填写盒内第一件文件号和最后一件文件号，中间用"—"连接；盒号即档案盒的排列顺序号，在档案归档移交时填写，或以后由档案室填写。

（五）移交保管

将系统整理后的案盒文件向档案室进行移交以便集中保管。移交时要注意办理好移交手续。

第二节 档案的鉴定

文件是否有保存价值，应该保存多长时间，这需要按照一定的规范进行鉴定。为了保证档案价值得到准确鉴定，秘书人员应该掌握档案价值鉴定的原则、标准和方法，并结合实际进行分析，这样才能作出正确的判断。

实训 5：鉴定档案的价值

一、实训目标

熟悉并掌握如何鉴定档案的价值。

二、实训背景

海潮公司在年末进行文件归档鉴定时，鉴定人员对于一些文件的保存价值产生了不同的看法和争论。有的人认为，直属上级部门是本公司的直接领导，因此，归档应该主要保留上级部门发给本公司的文件；本公司的文件不需要重点保存；下属公司的文件则更没有保存的价值。而有的人则认为，凡是本公司的文件都是重要的，都需要长久保存；外来的文件则可以少保存或不保存。还有的鉴定人员提出，凡是对本公司没有查考利用价值的文件都应剔出，作为准备销毁的文件。为了统一鉴定人员的认识，档案员张洁找来《机关文件材料归档范围和文书档案保管期限规定》等文件和一些资料，供大家在鉴定过程中作为标准掌握。有了文件的指导，这些鉴定人员对档案价值的判断有了依据，认识得到了统一，圆满地完成了鉴定任务。

三、实训内容

按照实际情况演练档案价值的鉴定。

四、实训要求

1. 可选择在模拟办公室或模拟档案室等场所进行实训。事先应准备好若干已处理完毕的模拟文件材料。要根据班级人数的分组情况将文件复制多套，以满足分组练习之需。

2. 分组进行，可以 6 人一组，其中 1 人扮演张洁，4 人扮演鉴定人员，1 人进行监督和评价。每人都要轮演张洁和鉴定人员。

3. 准备好各种表格、档案卷皮等。这些表格都应依照国家规定的标准格式印制，使学生的实训具有规范性。还应准备档案管理工作必需的文具，如登记簿、文件夹、文件柜。

4. 每个同学在演练过程中一定要严肃认真，言行符合规范。

5. 每个同学最好都能按照实训内容设计演练的脚本（包括情节和台词），并给本小组成员分派角色。

6. 老师可以临场发挥，比如增设模拟角色和任务；在同学们演练时，组织其他的同学对表演进行评论。

五、实训提示

（一）档案价值鉴定工作

通常分以下几个阶段进行：

1. 文件归档鉴定。

这是各组织对于处理完毕的文件所进行的划定归档范围的工作。归档鉴定所依据的原则是国家档案局关于《机关文件材料归档和不归档的范围》的规定。各个组织也可以根据国家的规定确定本组织的归档范围。这项工作由组织的文书人员或秘书人员承担。

2. 划定文件的保管期限。

由于各种因素的影响，同属于一个归档范围的文件常具有不同的保管期限，为此，在确定归档范围之后还需要对文件划定具体的保管期限。这项工作也由组织的文书人员或秘书人员承担。

3. 档案价值复审。

除了永久保存的档案外，其他定期保存的文件在保管期满之后，需要对其价值进行复审，以确定是继续保存还是予以淘汰。档案价值复审主要采取以下两种形式：

一是到期复审。到期复审是指对于短期或长期保管的档案，在保管期满后重新审查其是否确实丧失了保存价值。对保管期满档案的复审可以逐年进行，也可以若干年度进行一次。这项工作由档案室（馆）承担。

二是移交复审。移交复审是指档案室向档案馆移交档案时，档案室人员和档案馆接收人员共同对所移交的档案的保管期限进行的审查工作。

4. 销毁无价值档案。

对于经归档鉴定和价值复审确认为没有保存价值的档案，应按照规定的手续和方法予以销毁。这项工作通常由档案部门承担。

（二）鉴定档案价值的标准

1. 档案属性标准。

档案属性包括档案的来源标准（即档案的形成者），档案的内容标准（指档案所记载的事实、现象、数据、思想、经验、结论等，它是决定档案价值最重要、最本质的因素），档案的形式标准（指文种、形成时间、稿本和外观类型等），相关档案的保管状况标准（指档案的完整程度与内容的可替代程度）等。

2. 社会利用标准。

主要指档案的利用方向与利用面。

（三）鉴定档案的基本方法

直接鉴定法是鉴定档案的基本方法。这种方法要求鉴定人员直接、具体地审查每一份文件，先从其作者、内容、文种、时间、可靠程度、完整程度等各方面进行考察，然后根据鉴定原则和标准判定其保管期限。不能仅根据文件的题名、文种、卷内文件目录、案卷题名或案卷目录等去确定档案的价值。

在鉴定档案时，以下情况需要加以注意：

1. 如果在鉴定时对一些文件是否保留存有疑义，则不要匆忙下结论。一般应掌握以下原则：保存从宽，销毁从严；孤本从宽，复本从严；本组织文件从宽，外组织文件从严。

2. 对于永久、定期两可的文件，可采取"就高不就低"的处理方法。

3. 在具有密切联系的一组文件中，如果只有一两件文件的保存价值较低，而其他文件均具有较高的保存价值，则可合并立卷，从长保管。

在剔除保管期满的档案时，一般以卷为单位，以短从长，尽量不拆卷。如果一卷中只有个别文件需要继续保存，可以将其挑选出来，其他文件则剔除；如果一卷中只有个别文件失去保存价值，可暂不剔除，原卷继续保留。

实训6：档案的销毁

一、实训目标

熟悉如何销毁无保存价值和保管期满的档案。

二、实训背景

海潮公司在年末对公司文件进行归档鉴定。档案员张洁按照《机关文件材料归档范围和文书档案保管期限规定》等文件的要求，对公司档案价值进行了正确的鉴定。经过鉴定，有一批档案保管期满，不再有保存价值，张洁和同事按照销毁档案的规范程序对这批档案予以销毁。

三、实训内容

按照实际情况演练对保管期满和无价值档案的销毁。

四、实训要求

1. 可选择在模拟办公室或模拟档案室等场所进行实训。事先应准备好若干已处理完毕的模拟文件材料。要根据班级人数的分组情况将文件复制多套，以满足分组练习之需。

2. 分组进行，可以4人一组，其中1人扮演张洁，2人扮演张洁的同事，1人进行监督和评价。每人都要轮演张洁。

3. 准备好各种表格、档案卷皮等。这些表格都应依照国家规定的标准格式印制，使学生的实训具有规范性。还应准备档案管理工作必需的文具，如登记簿、文件夹、文件柜。

4. 每个同学在演练过程中一定要严肃认真，言行符合规范。

5. 每个同学最好都能按照实训内容设计演练的脚本（包括情节和台词），并给本小组成员分派角色。

6. 老师可以临场发挥，比如增设模拟角色和任务；在同学们演练时，组织其他的同学对表演进行评论。

五、实训提示

（一）编制档案销毁清册

档案销毁清册是登记经鉴定需要销毁档案的内容、成分、数量的表册。档案销毁清册封面的项目包括全宗号、全宗名称、编制档案销毁清册单位名称、编制时间等。档案销毁清册主表的项目包括序号、年度、档号、案卷或文件题名、文件数量、原保管期限、销毁原因、鉴定时间、备注等。

档案销毁清册一般是以全宗为单位编制，至少一式两份，一份留在档案室（馆），另一份送有关领导审查、批准。如果需要报送档案行政管理机关备案，则需一式三份。

（二）编制立档单位和全宗简要说明

其内容包括：立档单位和全宗历史概况、档案所属年代及其保管期限、销毁档案的数量及其内容、档案鉴定的概况和销毁档案的主要理由等。销毁档案的数量及其内容部分可以粗略地分类进行介绍。档案室（馆）应将立档单位和全宗简要说明与档案销毁清册一并向本组织领导人或主管领导部门送审。

（三）销毁档案的方法

准备予以销毁的档案经批准后，一般可送往造纸工厂作纸张原料。若档案室（馆）远离造纸厂或待销毁档案特别机密，则可采取自行焚毁的方式。严禁将需要销毁的档案作其他用途，更不允许作为废旧纸张、书刊出卖。销毁档案均需指派两名以上监销人员执行监销任务。档案监销人员应在销毁现场监督，直至确认档案已经销毁完毕，然后在销毁清册上注明销毁方式、"已销毁"字样和销毁日期，并签字。

第三节 档案的检索

档案检索是对档案各类信息进行系统存储和根据需要进行查找的工作。它是开展提供利用工作的基本手段，是开发资料和档案信息资源的必要条件。秘书必须从利用者的角度出发，编制不同的档案检索工具，满足不同利用者的需要。本节主要涉及档案的著录标引和档案检索工具的编制等实训项目。

实训 7：编制档案的著录标引

一、实训目标
掌握编制档案著录标引的一般方法。
二、实训背景
为了方便档案的利用，张洁和同事在整理好档案之后，又开始进行档案的著录标引的编制。

三、实训内容

按照实际情况演练编制档案的著录标引。

四、实训要求

1. 可选择在模拟办公室或模拟档案室等场所进行实训。事先应准备好若干档案文件。要根据班级人数的分组情况将文件复制多套，以满足分组练习之需。

2. 分组进行，可以 4 人一组，其中 1 人扮演张洁，2 人扮演张洁的同事，1 人进行监督和评价。每人都要轮演张洁。

3. 准备好各种表格、档案卷皮等。这些表格都应依照国家规定的标准格式印制，使学生的实训具有规范性。还应准备档案管理工作必需的文具，如登记簿、文件夹、文件柜。

4. 每个同学在演练过程中一定要严肃认真，言行符合规范。

5. 每个同学最好都能按照实训内容设计演练的脚本（包括情节和台词），并给本小组成员分派角色。

6. 老师可以临场发挥，比如增设模拟角色和任务；在同学们演练时，组织其他的同学对表演进行评论。

五、实训提示

著录标引是指将资料和档案信息的内容和形式特征用可以识别的规范化的检索语言反映出来的工作。在对内容特征进行标引时需要将其主题概念借助检索语言（分类表、主题词表）转换成规范化的检索标识。

文件级条目著录项目及格式如图 8—4 所示。

```
┌─────────────────────────────────────────────────────────────┐
│ 分类号                                    档案馆代号           │
│ 档号                   电子文档号              缩微号           │
│ 正题名＝并列题名：副题名及说明题名文字：文件编号/责任者＋附件.  │
│ —稿本：文种.  —密级：保管期限.  —时间.  —载体类型：数量及单位：规格. │
│ —附注                                                         │
│     提要                                                      │
│ 主题词或关键词                                                │
└─────────────────────────────────────────────────────────────┘
```

图 8—4　文件级条目著录项目及格式

实训 8：编制档案检索工具

一、实训目标

掌握编制档案检索工具的一般方法。

二、实训背景

为了方便档案的利用，张洁和同事在整理好档案之后，又开始进行档案检索工具的编制。

三、实训内容

按照实际情况演练编制档案检索工具。

四、实训要求

1. 可选择在模拟办公室或模拟档案室等场所进行实训。事先应准备好若干档案文件。要根据班级人数的分组情况将文件复制多套，以满足分组练习之需。

2. 分组进行，可以 4 人一组，其中 1 人扮演张洁，2 人扮演张洁的同事，1 人进行监督和评价。每人都要轮演张洁。

3. 准备好各种表格、档案卷皮等。这些表格都应依照国家规定的标准格式印制，使学生的实训具有规范性。还应准备档案管理工作必需的文具，如登记簿、文件夹、文件柜。

4. 每个同学在演练过程中一定要严肃认真，言行符合规范。

5. 每个同学最好都能按照实训内容设计演练的脚本（包括情节和台词），并给本小组成员分派角色。

6. 老师可以临场发挥，比如增设模拟角色和任务；在同学们演练时，组织其他的同学对表演进行评论。

五、实训提示

编制检索工具就是对著录标引形成的条目加以系统排列，组成各种检索工具，也可以将相关数据输入计算机，建立计算机检索数据库。各种检索工具共同组成检索工具体系，它是著录标引的体现，也是查找利用的基础。

为了满足多方面的利用需求，应编制不同功能的检索工具。常用的检索工具有主题目录、分类目录、归档文件目录、全宗指南、人名索引等。

目录是组织中最常用的检索工具。上司或员工需要查阅资料或档案时，常常是有意向的，这时查阅目录是最便捷的。组织中可以编制的资料和档案目录主要包括资料总目、不同种类资料目录、归档文件目录、档案分类目录、档案专题目录等。

第四节　档案的编研

档案参考资料是根据档案内容加工、编写成的一种书面材料。它所提供给利用者的不是档案原件或复制件，而是对档案内容经过研究、综合而编写成的作品。编写档案参考资料是档案间接利用工作的重点，因此，秘书一定要做好这项工作。

实训 9：编写大事记

一、实训目标

掌握编写大事记的一般方法。

二、实训背景

张洁已经在海潮公司工作三年了，她一直负责档案管理工作。在工作中，她发现，编写档案参考资料可以大大提高档案的利用效率。因此，她每年都和同事认真地编制各种档案参考资料。这几天，张洁收集了大量的资料，开始编写公司上一年的大事记。

三、实训内容

按照实际情况演练编写大事记。

四、实训要求

1. 可选择在模拟办公室或模拟档案室等场所进行实训。事先应准备好若干档案文件材料。要根据班级人数的分组情况将文件复制多套，以满足分组练习之需。

2. 分组进行，可以 4 人一组，其中 1 人扮演张洁，2 人扮演张洁的同事，1 人进行监督和评价。每人都要轮演张洁。

3. 准备好各种表格、档案卷皮等。这些表格都应依照国家规定的标准格式印制，使学生的实训具有规范性。还应准备相应的工具，如目录夹、打订机、装订针/线、夹子等。

4. 每个同学在演练过程中一定要严肃认真，言行符合规范。

5. 每个同学最好都能按照实训内容设计演练的脚本（包括情节和台词），并给本小组成员分派角色。

6. 老师应事先设计编研情景，明确制作内容、主题，提出明确要求，并要求学生在一定时间内完成档案汇编并进行编研。

五、实训提示

（一）档案参考资料的种类

档案参考资料的种类主要包括大事记、组织沿革、统计数字汇集、专题概要、全宗指南、文件汇编、会议简介、科技成果简介、企业年鉴、员工手册等。

（二）大事记的编写

大事记是按照时间顺序，简明地记载和反映一定历史时期、一定范围内发生的各种重大事件和重要活动的参考资料。大事记能够系统扼要地记录重要事件的历史过程，客观地揭示其中各种因素及其相互关系，从而为人们查考事实、研究事物发展规律提供可靠的资料。

1. 大事记的结构。

（1）题名。即大事记的标题，其结构包括大事记的对象、内容、时间、名称等要素。其中时间可以直接列入标题之中，如《浙江省 1949 年～1963 年行政区划大事记》；也可以写在标题之下，如《南京大事记》（1949 年～1984 年）。

（2）编辑说明。也可称为编者的话等，是对大事记编写情况的概要说明，其内容包括：编写大事记的目的和读者对象；编写大事记的指导思想和原则；大事记的时间断限、选材标准、材料来源等；大事记的编写体例、结构及某些需要说明的编辑方法；编者的情况等。

（3）序言。通常用来介绍大事记记述对象的情况，如：介绍有关地区的历史发展、建制变化，有关单位的组织沿革、基本职能，有关专题的基本内容和特色，有关人物的主要生平事迹和社会影响等。序言的内容比较精练，篇幅短小，在编写时也可以与编辑说明合并。

（4）目录。也称"目次"，其作用是帮助读者查找大事记的条目。大事记的目录应

根据编排体例编写；编年体大事记可以按照历史时期或年代列出大事条目所在页次，分类编年体可按所分类目列出大事条目所在页次。

（5）正文。是大事记的主体，要求简明、清晰地反映大事的情况。

（6）按语和注释。按语是简要介绍某一事件或问题历史背景和要点的说明性文字，起总括下文、引导阅读的作用，通常排在每个时期或类目之前。注释是对于一些在大事记中出现的今人比较陌生的人物、地名、词语等进行解释的文字，有脚注和尾注两种形式，其作用是帮助读者理解文中的含义。

（7）附录。是大事记的辅助材料，通常包括参考书目、大事主题索引、人名索引、地名索引、行政区划图，以及大事记涉及的地区、单位的具有代表性的数据或图表等。附录的种类根据大事记的内容和读者对象的特点而定，置于正文之后，以便于读者查阅。

2. 大事记条目的编写方法。

大事记的条目通常由大事时间和大事记述两部分组成，在每一个条目中可注明大事材料的来源，以便查对。

（1）大事时间。大事记中的时间是大事发生的重要的历史坐标，因此，必须记载准确的年、月、日，然后再按大事发生的时间顺序进行排列。有些特殊事件还要写明确切的时、分、秒。

如果某条大事的日期不完整或不清楚，经考证后仍无法确定时，一般做法是：日不清者，该条目附于月末，称为"是月"、"本月"；月不清者，附于年末，称为"是年"、"本年"；年不清者，一般不记。

（2）大事记述。它是大事记的核心部分。它通过对许多重大历史事件的记述，反映一个组织发展的概貌及规律性。因此，应选用确属重大事件的材料，避免事无巨细地罗列材料；同时也要防止片面摘取和割裂材料，这样做不能全面地反映重大事件的真实面貌。大事记述的方法和要求如下：一是一条一事。二是大事突出，要事不漏，小事不要。三是文字简明。四是因果始末清楚。五是观点正确，选材真实。六是可作适当评价。

实训 10：编写会议简介

一、实训目标

掌握编写会议简介的一般方法。

二、实训背景

张洁已经在海潮公司工作三年了，她一直负责档案管理工作。在工作中，她发现编写档案参考资料，可以大大提高档案的利用效率。因此，她每年都和同事认真地编制各种档案参考资料。这几天，张洁收集了大量的资料，开始编写公司上一年的会议简介。

三、实训内容

按照实际情况演练编写会议简介。

四、实训要求

1. 可选择在模拟办公室或模拟档案室等场所进行实训。事先应准备好若干档案文件材料。要根据班级人数的分组情况将文件复制多套，以满足分组练习之需。

2. 分组进行，可以 4 人一组，其中 1 人扮演张洁，2 人扮演张洁的同事，1 人进行监督和评价。每人都要轮演张洁。

3. 准备好各种表格、档案卷皮等。这些表格都应依照国家规定的标准格式印制，使学生的实训具有规范性。还应准备相应的工具如目录夹、打订机、装订针/线、夹子等。

4. 每个同学在演练过程中一定要严肃认真，言行符合规范。

5. 每个同学最好都能按照实训内容设计演练的脚本（包括情节和台词），并给本小组成员分派角色。

6. 老师应事先设计编研情景，明确制作内容、主题，提出明确要求，并要求学生在一定时间内完成档案汇编并进行编研。

五、实训提示

会议简介是简明扼要地记述会议过程和基本情况的参考资料。各种重要会议都可以编写会议简介。一般来说，将重要会议的基本情况编写成介绍材料，对于利用者了解会议简况，总结工作经验，查证某一问题或筹办新的会议具有很好的参考价值。因此，会议简介可帮助利用者迅速、准确地查询会议情况。

（一）会议简介的内容

编写会议简介的材料来源主要是会议文件，包括会议通知、开幕词、报告、记录、决议、简报、闭幕词、公报、会议纪要等。会议简介的内容主要有以下几方面：

1. 会议的名称和届次，如《海天公司第一届职工代表大会简介》。

2. 会议的时间、地点及主持人。

3. 会议参加人员。对于出席会议的重要领导人和来宾可标明姓名及职务；其他代表只标明人数；如果需要，可将与会人员名单作为附录附后。

4. 会议的主要议程及内容。这是会议简介的主体部分，其中应着重记述会议主要报告的题目及内容要点，会议讨论的有关问题，会议通过的决议、报告、提案等事项的名称及内容要点，以及选举结果等。对于选举结果，一般只标明选举出的主要领导人姓名、职务，以及委员、候补委员的人数即可，需要时亦可将全部选举结果以附录形式附后。

（二）编写会议简介的要求

1. 事实清楚、准确。无论是会议基本情况还是会议内容都不能出现重要遗漏或失实现象。

2. 介绍会议情况时层次清楚。属于同类历届会议的简介应按届次顺序排列，汇集成册并编制目录。

3. 语言简练，要点突出。会议情况可以从简介绍，会议的报告和重要事项应详细一些。为避免历次会议介绍大同小异，面目相似，应注意对每次会议特色的介绍，必要时可以对会议的意义、效果作简要评价。对于专业会议，更要注意写出其专业特色。

为了写好会议简介，需要全面、认真地研究有关会议的文件，尤其是会议报告、决

议、简报、记录等，从中了解会议的主要精神，这样才能介绍得清楚、准确，抓住要点。

第五节　档案的保管

档案的保管是档案管理中的一个重要环节，指档案的存放管理和维护档案完整与安全的活动。档案的保管是档案能够提供持续服务的基本保障，因此，秘书必须积极采取措施，做好此项工作。

实训11：档案的保管

一、实训目标

掌握档案保管的一般方法。

二、实训背景

海潮公司非常重视公司的档案管理工作，由办公室秘书张洁承担档案管理的职责。公司设有专门的档案保管库房，库房内的档案柜排放得整齐合理，库房及库房内的档案柜都有统一编号，也编制了档案存放位置索引，科学而有序。这天，张洁正指导几个办公室的新进人员如何保管档案。

三、实训内容

按照实际情况演练档案的保管。

四、实训要求

1. 可选择在模拟办公室或模拟档案室等场所进行实训。事先应准备好若干档案案盒，还要准备排放整齐并存放了一定数量档案的档案柜。

2. 分组进行，可以5人一组，其中1人扮演张洁，3人扮演张洁的同事，1人进行监督和评价。每人都要轮演张洁。

3. 学生应将库房及档案柜进行编号，每个同学都要编制档案位置索引，并模拟取出和放还档案的过程。

4. 每个同学在演练过程中一定要严肃认真，言行符合规范。

5. 每个同学最好都能按照实训内容设计演练的脚本（包括情节和台词），并给本小组成员分派角色。

6. 老师应事先设计档案保管的任务，并指导学生在规定的时间内完成任务。

五、实训提示

库房编号有两种方法：一种是为所有的库房编一个总的顺序号；另一种是根据库房所在地的方位及库房建筑的特征进行分区编号。库房少的通常采用编总顺序号的方法。在房子内部编号时，应根据建筑及房间的划分情况进行编号。楼房中，先按自下而上编层号；每层楼中，从入口开始，从左向右编间号。

库房中柜架的摆放应整齐、有序，避光通风。柜架编号的方法是：自门口起从左至右编架（柜）号，每架（柜）也自左向右编号，每栏的格自上而下编号。

第六节 档案的利用

　　档案的利用是指公司档案室向利用者提供档案材料以满足其利用的需求，即向利用者提供服务的工作。提供利用工作体现了档案工作的根本目的，它是发挥各组织档案信息在企业经营、商务活动中创造效益的重要手段。这项工作做得如何，是衡量秘书服务理念和业务素质的重要标志，也是展示企业管理水平和员工风貌的一个"窗口"。秘书只有非常熟悉档案情况，才能提高提供利用服务的质量。秘书只有了解公司员工的信息需求，才能有针对性地提供利用服务。

实训 12：档案的查找和利用

一、实训目标

　　掌握手工查找档案的方法和应用档案管理软件查找档案的方法。

二、实训背景

　　海潮公司与超凡公司之间因某项业务出现了纠纷，现需查找 7 年前与超凡公司签订的一份合同以解决纠纷。档案员张洁需在短时间内在众多的档案中快速、准确地查找到 7 年前的这份合同，她和同事该怎么办呢？

三、实训内容

　　按照实际情况演练档案的查找和利用。

四、实训要求

　　1. 可选择在有电脑设备的模拟办公室或模拟档案室等场所进行实训。

　　2. 应准备查找档案的手工检索工具和运行档案管理系统软件的设备。

　　3. 分组进行，可以 4 人一组，其中 1 人扮演张洁，2 人扮演张洁的同事，1 人进行监督和评价。每人都要轮演张洁。

　　4. 每个同学在演练过程中一定要严肃认真，言行符合规范。

　　5. 每个同学最好都能按照实训内容设计演练的脚本（包括情节和台词），并给本小组成员分派角色。

　　6. 老师应事先设计档案利用的任务，并指导学生在规定时间内完成查找任务。

五、实训提示

　　档案提供利用的内容主要有原件、复制品（件）以及综合档案内容编写的书面材料等。

　　档案提供利用的方式、方法主要有制发复制品（件）、咨询服务、出具证明、提供阅览、办理外借、举办展览等。

　　档案在提供利用的过程中，一定要注意维护档案的安全。只有熟悉档案情况，能够熟练使用档案检索工具，熟悉档案管理软件的操作方法，才能快速查找档案，为利用者提供方便、快捷的服务。

实训 13：档案的阅览服务

一、实训目标

掌握如何提供档案的阅览服务。

二、实训背景

海潮公司随着业务量的激增，许多员工积极钻研业务，经常来找档案管理员张洁借阅档案。可是公司没有专门的阅览室，造成了很大的不便。张洁考虑到这种情况和公司员工对档案信息的利用需求，就征得公司领导的同意，专门筹建了档案阅览室。在明确了制度、配齐了相应设备后，档案阅览室就投入了使用。张洁也非常热情、负责地为大家提供服务。从此，公司员工可以更加方便地借阅档案，查找信息。张洁的工作得到了大家的一致肯定。

三、实训内容

按照实际情况演练档案的借阅服务。

四、实训要求

1. 可选择在有电脑设备的模拟办公室或模拟档案室等场所进行实训。

2. 应准备查找档案的手工检索工具和运行档案管理系统软件的设备，以及文件柜和案卷等。

3. 分组进行，可以 6 人一组，其中 1 人扮演张洁，4 人扮演不同的档案借阅者，1 人进行监督和评价。每人都要轮演张洁。

4. 每个同学在演练过程中一定要严肃认真，言行符合规范。

5. 每个同学最好都能按照实训内容设计演练的脚本（包括情节和台词），并给本小组成员分派角色。

6. 老师应事先设计档案阅览的任务，并指导学生在规定时间内完成任务。

五、实训提示

就一个企业而言，可供阅览的档案是企业非密档案。通常科技档案、人事档案、会计档案等专门档案必须征得领导同意方可查阅。因此，秘书应明确可供阅览的资料与档案的范围。

阅览室应在选址、环境、配置等方面都应达到一定的要求。

随着办公手段现代化的普及，各种非纸质载体资料与档案的大量涌现，使企业可开辟电子阅览室，并在资料与档案的阅览设施方面也要求提供相应的配备，如电子计算机（方便利用者阅读机读文件、光盘文件等）、录音机和录像机（方便利用者借阅磁带、录像带等）、阅读器（方便利用者阅读缩微胶片等）、投影仪（方便利用者鉴赏珍贵的实物载体档案等）。

第七节　电子档案的管理

随着信息产业和电子科学技术的飞速发展，电子档案在档案工作中所占比例越来越大，并发挥着日益重要的作用。档案的电子化、数字化是档案发展的必然趋势，电子档案的建立和利用使得档案的管理和查询更加方便、快捷。秘书人员应该针对电子档案的特性，采取相应的管理办法，才能充分发挥电子档案的优势，使档案工作为企业的发展服务。

实训 14：收集电子档案

一、实训目标

掌握收集电子档案的一般方法。

二、实训背景

海潮公司办公室根据文档管理的需要，添置了一套文档管理一体化软件，以实现文档管理现代化。档案管理员张洁和其同事在做好纸质档案管理的同时，积极学习电子档案的收集和管理。

三、实训内容

按照实际情况演练收集电子档案。

四、实训要求

1. 需选择能满足全班学生实训的电脑机房，如条件有限可将全班分为若干小组，分组实训。

2. 应准备文档管理一体化软件系统。

3. 分组进行，可以 4 人一组，其中 1 人扮演张洁，2 人扮演张洁的同事，1 人进行监督和评价。每人都要轮演张洁。

4. 每个同学在演练过程中一定要严肃认真，言行符合规范。

5. 每个同学最好都能按照实训内容设计演练的脚本（包括情节和台词），并给本小组成员分派角色。

6. 老师应事先设计收集电子档案的任务，并指导学生在规定时间内完成电子档案收集任务。

五、实训提示

收集电子文件时，除参照执行国家档案局关于《机关文件材料归档范围和保管期限规定》的规定和其他有关科技文件、专门文件归档范围的规定外，还应根据电子文件的特点从以下几方面确定详细的归档范围。

1. 在行使本组织职能以及行政管理、业务管理活动中形成的各种文本文件。对需要保存草稿的重要文件，在修改时应保留原件，加版本号后积累，将草稿和定稿一并归档。

2. 利用计算机辅助设计（CAD）、辅助制造（CAM）、检测、仿真实验等技术形成的具有查考利用价值的数据文件、图形文件和模型文件。

3. 本组织制作的各种数据文件，如数据库、图形库、方法库等。

4. 与本组织制作的文本文件、图形文件、模型文件、数据文件有关的各种命令文件，如计算程序、控制程序、管理程序等。命令文件有的是本组织根据需要自行编制的，也有的是以购买方式获得的。档案室已有的命令文件不必重复归档。

5. 设备运行所需要的操作系统。档案室已有的操作系统不必重复归档。

6. 与电子文件有关的各种纸质文件。主要包括两方面内容：一是产生电子文件所使用的计算机硬件说明文件，如计算机技术说明书、图纸、使用说明书、操作手册等；二是在电子文件形成过程中产生的纸质文件，如系统设计任务书、说明、程序框图、测试分析报告、技术鉴定材料等。

实训15：档案管理软件的应用

一、实训目标

熟悉电子文件的日常管理、查询和立卷归档的工作流程，学会使用档案管理软件进行档案管理工作。

二、实训背景

海潮公司办公室根据文档管理的需要，添置了一套文档管理一体化软件，以实现文档管理现代化。档案管理员张洁和其同事在做好纸质档案管理的同时，积极学习电子档案的收集和管理，以及档案管理软件的应用。

三、实训内容

按照实际情况演练档案管理软件的应用。

四、实训要求

1. 需选择能满足全班学生实训的电脑机房，如条件有限可将全班分为若干小组，分组实训。

2. 应准备文档管理一体化软件系统。

3. 分组进行，可以4人一组，其中1人扮演张洁，2人扮演张洁的同事，1人进行监督和评价。每人都要轮演张洁。

4. 能熟练掌握档案管理软件的主要工作程序，包括新文件登记录入，对登记文件进行修改、删除，以及利用系统的查询功能快速查找所需文件。

5. 老师应熟悉文档管理软件的操作程序，要事先设计档案软件管理的任务，并指导学生在规定时间内完成任务。

五、实训提示

电子文档一体化管理主要是通过计算机管理软件来实现的。档案管理软件通常是一个包括文件发文处理环节和收文处理环节、分类、鉴定、立卷、归档、接收、著录、标引、检索、调阅、登记、统计等全部文书处理与档案管理环节的系统。该系统在运行时，组织在日常管理和经营活动中生成的数据、文件、表格、单据等均可以在计算机网络上进行传递、交换、处理和管理；同时，电子文件的目录、索引会自动生成，并可以实现即时归档。各种信息的用户及管理者通过身份验证系统得到使用权限的确认后，才能进入系统进行操作。

实训心得体会

第九章

上司出差前后的工作

公司领导人需要经常出差,有时是为了洽谈业务;有时是为了推广新产品;有时则是为了解决与客户之间发生的纠纷。有很多出差任务都是临时决定的。在上司出差前后秘书有很多工作要做。

第一节　具体准备工作

由于出差前,上司既要考虑如何完成出差的任务,又要考虑如何把公司里的事安排好,所以,出差的准备工作自然要由秘书来做。

在上司出差之前,秘书人员的主要工作包括以下几个方面:与对方联系,弄清楚上司出差的目的;为上司草拟出差日程表;准备出差用品;预订飞机或火车票;预订宾馆房间;预借差旅费;与陪同人员沟通;进行临行前的工作安排;等等。

实训1:为上司订机票和宾馆

一、实训目标

掌握为上司订机票和宾馆的一般方法。

二、实训背景

上午,公司负责市场开发的副董事长从会议室出来后对秘书小燕说,他明天下午要去深圳拜访客户,时间是三天。他让小燕赶紧帮他订明天下午一点至三点之间的飞机票,并订好宾馆。与他同去的还有市场部客户经理、销售部经理及产品开发部一名高级工程师。

三、实训内容

请按照实际情况演练在网上为上司订飞机票和宾馆。

四、实训要求

1. 了解网上订机票和宾馆的具体方法。

2. 将班级学生分成若干小组，每组 2 人，1 人扮演副董事长，1 人扮演秘书小燕。根据实训背景，进行实际演练，并按照要求完成相应的实训任务。

3. 任务完成后，学生必须参加实训成果汇报。汇报后，先由学生之间互评，接着由教师进行点评，最后教师根据学生实训任务完成情况，并结合学生成果汇报时的表现综合评分。

五、实训提示

（一）订购机票

在网上订购机票时，飞机起飞的时间一定要搞清楚，一定要正确输入上司、其他陪同人员的姓名和身份证号码。能选择直达的航班就最好不要选择需转机的航班。如果不能直达要换机，在时间上一定要安排得宽裕些。尽量选择衔接时间在二到四小时之间的班机，将时间的浪费降至最低。各公司对员工出差所享受的待遇都有不同的规定。因此，作为秘书一定要对此有所了解。比如，飞机的头等舱不是每个出差的人都能乘坐的。因此，秘书在预订机票之前，一定要弄清上司出差时能享受哪一级的待遇，以及陪同人员能享受什么待遇。

（二）预订宾馆

上司出差，安排住什么样的宾馆，一般都要根据上司个人的爱好和习惯来决定。有的喜欢住单人房间；有的则喜欢两人合居一室。所以，如果是第一次为上司出差预订宾馆，就要在预订之前与上司进行沟通，了解上司的喜好和习惯，以尽量满足上司的要求；也可以向单位里有经验的老秘书请教，了解上司的起居习惯。

实训 2：为上司准备出差所需的资料和用品

一、实训目标

掌握为上司出差需准备的资料和用品。

二、实训背景

公司负责市场开发的董事长要到深圳出差，拜访老客户，顺便和两家新客户联系。董事长让秘书小燕帮他准备出差所需的资料和用品。

三、实训内容

按照实际情况演练为上司准备出差所需的资料和用品。

四、实训要求

1. 了解为上司做出差准备应注意的问题。

2. 根据实训背景，进行实际演练，并按照要求完成相应的实训任务。

3. 将上司出差所需的文件资料进行整理，并将其放入相应的文件袋中；为上司准备好客户资料、出差费用等。

4. 任务完成后，学生必须参加实训成果汇报。汇报后，先由学生之间互评，接着由教师进行点评，最后教师根据学生实训任务完成情况，并结合学生成果汇报时的表现综合评分。

五、实训提示

上司出差一般要随身携带下列用品：身份证、名片、公司产品资料、客户资料、手机、活动日程安排表、地图、照相机，以及一些私人物品，如备用眼镜、换洗衣服、洗漱用品、药品等，有的上司还可能要带笔记本电脑。

秘书在为上司准备出差物品时，最好先列一张物品清单。由于上司出差往往不只去一个地方，所以秘书为上司准备出差必备的文件资料时，最好把在不同的地方用的文件用不同的大信封装好，而不同地方的日程安排也最好单列不同的清单。还要关注当地的天气情况。上司出差用品一览表如表9—1所示。

表9—1　　　　　　　　　　　　　　上司出差用品一览表

商务活动文件资料	差旅相关资料	办公用品	个人物品
谈判提纲	目的地交通图	笔记本电脑	护照
合同草案	旅行指南	光盘或磁盘	签证
协议书	请柬	微型录音机及磁带	身份证
演讲稿	介绍信	照相机/摄像机	信用卡
有关讨论问题的信件	通讯录	文件夹	换洗衣物
备忘录	对方的向导信函	笔、笔记本	洗漱用品
日程表	日历	公司信封及信纸	药品
科技、产品资料	世界各地时间表	手机	旅行箱
公司简介		名片	车票、船票、机票
对方公司相关资料		现金、信用卡、支票	

第二节　上司出差期间的工作

上司出差期间，公司会有大量的事务要进行处理，秘书要协助上司的授权人处理公司的日常事务，也要随时和上司保持联系，及时向上司请示、汇报工作。还有一点更重要的，即秘书要趁上司出差过程中，进行自学，不断充电。

实训3：上司出差后信件和电话的处理

一、实训目标

掌握在上司出差之后，处理信件和电话的一般方法。

二、实训背景

公司董事长到深圳出差拜访客户去了，可每天的信件、电子邮件和电话一点也没减少。董事长办公室秘书小燕每天都及时处理上司出差期间的各种信件和电话。

三、实训内容

按照实际情况演练上司出差期间处理各种信件和电话的过程。

四、实训要求

1. 了解在上司出差之后，处理信件和电话的一般方法。

2. 根据实训背景，进行实际演练，并按照要求完成相应的实训任务。

3. 将上司出差期间的电话、信件等进行整理、登记，并根据事情的轻重缓急向上司汇报。

4. 任务完成后，学生必须参加实训成果汇报。汇报后，先由学生之间互评，接着由教师进行点评，最后教师根据学生实训任务完成情况，并结合学生成果汇报时的表现综合评分。

五、实训提示

（一）信件的处理

上司出差期间，秘书应用一个"待阅文件"的专用文件夹，按日期顺序保管好上司出差期间收到的文件和信件。如果秘书收到一些紧急的信件，上司又让秘书尽快给他寄去时，就用特快专递等方式邮寄过去，并在信封上写上"亲启"等字样；如果没有特别的交代，一般只寄复印件，并把原件收好；如果上司出差的地方收快件不方便，就应通过传真、电话、电子邮件等方式向上司汇报。

（二）电话的处理

在上司出差期间，如果有找上司的电话，秘书就要认真做好电话记录，把电话的时间和内容记录下来。如果事情比较重要的话，就直接打上司的手机汇报；如果事情不急，就等上司回来上班后再说。在上司出差之前，最好能与上司约定好，每天在一个固定的时间通电话，向他汇报公司里的工作。

实训4：给上司电话汇报公司情况

一、实训目标

掌握在上司出差之后，给上司电话汇报公司情况的一般方法。

二、实训背景

公司副董事长到深圳出差拜访客户去了。在他出差的第二天，公司王副总经理和财务部李主任为了报销的问题发生了争执，他们找副董事长评理，见副董事长不在，他们要求董事长办公室秘书向副董事长汇报。董事长办公室秘书小燕应该如何向副董事长打电话汇报此事呢？

三、实训内容

按照实际情况演练给上司打电话汇报公司情况。

四、实训要求

1. 了解在上司出差之后，给上司电话汇报情况的一般方法。

2. 将班级学生分成若干小组，每组3人，1人扮演秘书小燕，1人扮演王副总经理，1人扮演李主任。根据实训背景，进行实际演练，并按照要求完成相应的实训任务。

3. 任务完成后，学生必须参加实训成果汇报。汇报后，先由学生之间互评，接着由教师进行点评，最后教师根据学生实训任务完成情况，并结合学生成果汇报时的表现综合评分。

五、实训提示

秘书在上司出差期间，向上司电话汇报工作要注意以下几点：

1. 上司出差时，要和上司约定好，每天在一个固定时间给他打电话，汇报公司

情况。

　　2. 没有特殊情况不要在其他时间给上司打电话。

　　3. 遇到紧急情况，给上司打电话的时候，要实事求是地反映情况。

第三节　与上司一起出差

　　作为公司的秘书，会有很多机会陪同上司一起出差。在陪同上司出差的整个过程中，秘书应该竭尽全力为上司服务，为上司的商务活动服务，以便上司更好地进行决策。

实训 5：陪同上司出差

一、实训目标

掌握在陪同上司出差时秘书人员应做的工作和应注意的基本事项。

二、实训背景

公司王总经理月底要到天津出差，此次出差事务较多，王总经理要求专职秘书小燕陪同他一起出差。

三、实训内容

按照实际情况演练陪同上司出差应做的工作。

四、实训要求

1. 了解在陪同上司出差时秘书人员应做的工作和应注意的基本事项。

2. 陪同上司一起出差，秘书要做好相应的准备工作，最好向有经验的老秘书请教，应该注意哪些方面，并做好记录。

3. 将班级学生分成若干小组，每组 3 人，1 人扮演王总经理，1 人扮演小燕，1 人扮演老秘书。根据实训背景，进行实际演练，并按照要求完成相应的实训任务。

4. 任务完成后，学生必须参加实训成果汇报。汇报后，先由学生之间互评，接着由教师进行点评，最后教师根据学生实训任务完成情况，并结合学生成果汇报时的表现综合评分。

五、实训提示

（一）旅途中秘书的工作

1. 负责携带、照看相关物品。

与上司一同出差，秘书人员应主动替上司拎包。对于携带的一些文件、机密商函、参考资料、活动资金等，秘书应该谨慎保管，确保万无一失。

2. 听从上司安排，及时与公司保持联系，协助处理相关事务。

在商务旅行过程中，单位的一些重要事务需要上司决定，这个时候，秘书应听从上司的安排，保持和公司的联系，了解公司的情况。对于一些重要事件，请示上司以后，应根据上司的意图协助单位同事进行处理。

3. 照顾上司饮食起居，确保商务旅行的顺利进行。

秘书要了解上司饮食起居的习惯。在商务旅行过程中，应注意食宿卫生、安全等。在出发之前应准备一些药品，如晕车药、清凉油、人丹等，以备急用。

（二）抵达目的地后秘书的工作

抵达目的地后，如果无人接站，秘书一方面要招呼出租车或者引导上司去预订的酒店；另一方面要检查和带好行李，以防丢失。在一切安排妥当之后，要和对方公司联系人取得联系。

如果抵达目的地之后，对方公司派人迎接，此时秘书应自觉地让上司走在前面，并主动为双方做介绍，对于表示感谢等话语，应由上司来说。

如果事前预订的酒店对工作不便，秘书就要请示上司，得到上司允许后，对酒店进行调整。确保酒店的路程距离、条件等各方面都有利于工作。

抵达酒店后，秘书要迅速了解酒店周围的交通、邮电、医院等情况，以备不时之需。

一切安排妥当之后，秘书要将上司所住的酒店、联系方式等告知公司和上司的家属，以便取得联系。

第四节　到国外出差

到国外出差和在国内出差的情况大体相同，只是由于存在着语言、风俗习惯、环境等方面的差异，秘书要尽可能多地收集一些所到国的资料供上司参考。最简便的方法是通过互联网找到所到国政府的旅游管理部门或旅游公司的网站了解情况。对于自己还不了解的，应用电子邮件或电话提出咨询，请教旅游时应注意的事项。

实训6：办理各种必要的出国（境）手续

一、实训目标

掌握办理出国（境）手续的程序与方法。

二、实训背景

公司王总经理要到美国总公司参加年度区域总经理述职大会。总经理秘书张洁马上着手为王总办理相关的出国手续。

三、实训内容

按照实际情况演练为上司办理各种必要的出国（境）手续。

四、实训要求

1. 了解办理出国（境）手续的程序和方法。

2. 根据实训背景，进行实际演练，并按照要求完成相应的实训任务。

3. 办理出国手续时，必须要带齐相关证件和资料，秘书可以上网查询或电话咨询办理出国手续需要携带的证件和资料。

4. 任务完成后，学生必须参加实训成果汇报。汇报后，先由学生之间互评，接着由教师进行点评，最后教师根据学生实训任务完成情况，并结合学生成果汇报时的表现

综合评分。

五、实训提示

办理各种必要的出国（境）手续包括以下内容：

1. 撰写出国申请。

出国申请的内容应包括出国事由、出国路线、出国日程安排（包括出国时间、在国外活动时间、地点、回国时间等）、出国组团的人数。申请书后面要附出国人员名单和外国公司所发的邀请函，出国人员名单要写清姓名、年龄、性别、职务、职称等内容。

2. 办理护照。

办理护照时，应携带主管部门的出国任务批件，出国人员政审批件，所去国有关公司的邀请书，2 寸正面免冠半身相片等。因公出国人员的护照应到外交部或其授权的机关办理；因私出国人员的护照由公安部授权的机关办理。办理时认真填写有关卡片和申请表；拿到护照后，应检查姓名、出生年月以及地点是否填写正确，并在签字格上签名。

3. 办理签证。

签证是一个国家在本国或外国公民所持的护照和其他旅行证件上的签注、盖印，以表示允许其出入或经过本国国境的证明。一般商务旅行，办理签证要交上护照并填写一份签证表。取得签证后，应检查签证的有效期及签字盖章。

4. 办理《国际预防接种证书》，即"黄皮书"。

出国人员在办理了有效护照和签证后，应持单位介绍信到所在地的卫生检疫部门进行卫生检疫和预防接种，并领取"黄皮书"。拿到"黄皮书"后，要认真查验。

5. 办理出境登记卡。

在办妥上述各项手续后，秘书再携带出国人员的护照、户口簿、居民身份证办理临时出国登记手续。

6. 订购机票（船票、车票）。

秘书人员可以通过国内各航空公司及其售票代理点办理购票手续，也可在外国航空公司驻我国的办事处购买。购买国际机票需出示护照。

拿到机票（船票、车票）后必须对票面查验。查验的程序一般是：查验姓名的拼音是否与本人护照或其他有效证件中的拼音相符；查看全部航程的每班航班是否都有乘机联，每一联的黑粗线框内容是否与原旅行计划相一致；查看每个航班起飞和降落的时间，以及机场名称；检查是否在订座栏内填好"OK"；检查是否有涂改或填写不清楚的地方，是否盖有公章。

7. 办理保险。

秘书可通过代理人与保险公司办理保险，适用于意外事故，如意外伤害及行李丢失等。

实训 7：了解国外一些国家的谈判风格

一、实训目标

学会网上搜索、整理国外一些国家的谈判风格。

二、实训背景

公司负责国外市场开发的王总经理，近期将赴美国、英国、日本等国家，和国外客户进行商务谈判。王总经理对这些国家的谈判风格不是太了解，他要求秘书小燕从网上找一些关于这些国家谈判风格的资料。

三、实训内容

按照实际情况演练如何了解相关国家的谈判风格。

四、实训要求

1. 网上搜索、整理国外一些国家的谈判风格。

2. 根据实训背景，进行实际演练，并按照要求完成相应的实训任务。

3. 将收集的资料粘贴至 Word 文档中，然后进行整理，并按照规范格式进行打印。

4. 任务完成后，学生必须参加实训成果汇报。汇报后，先由学生之间互评，接着由教师进行点评，最后教师根据学生实训任务完成情况，并结合学生成果汇报时的表现综合评分。

五、实训提示

下面针对部分国家的谈判风格做如下简要介绍：

1. 美国人一般态度热忱、感情外露奔放，重视法律，崇尚合同。在商业谈判中，作为卖方，他们希望买方按其要求作"一揽子"说明；作为买方，他们希望卖方提出"一揽子"条件。美国人还是讨价还价的高手，认为货好不可降价。

2. 英国人一般态度严肃，不喜夸夸其谈，思想比较保守。他们对新事物很谨慎，对建设性意见反应积极；若发生纠纷，不会轻易道歉，有点傲慢和自负。

3. 与法国人约会，必须事先约定时间并准时赴约，但他们却可能迟到。通常法国人在 8 月份有 4 周的假期，期间不谈生意。在谈判中他们比较重视人际关系。法国企业中决策者个人的权力较大，但在签订合同时比较草率，急于出成果，有时不太认真审核细节，导致在实施过程中引起误会、争议和改约。

4. 德国人对本国产品极有信心，喜欢明确表示他们希望达成的交易，并会详细规定谈判中的议题，谈判中的概述和报价也非常清楚，签订合同前还十分重视细节，一经签订，就会严格信守合同。德国人工作起来废寝忘食，但对家庭生活也看得很重，一般不在晚上进行谈判。

5. 日本人的言行举止有严格的礼仪约束，交换名片时，不能遗漏谈判班子的任何成员。他们往往通过中间人谈条件和办事，而且比较重视附属材料，如翻译资料、样品、图解等。

6. 与阿拉伯人谈判一般节奏会比较缓慢，要花很长时间才能做出最终决策。在阿拉伯国家谈判，有时会有他们的亲朋好友前来喝茶交谈，使谈判中断，只有在客人走后，谈判才会继续。

第五节　上司出差回来

上司出差回来，秘书人员主要要做好接站、差旅费报销、做出差总结报告、送感谢信等事务性工作；同时还要把上司出差过程中公司发生的一些重大事务向上司汇报，以便上司及早做好工作安排。

实训8：商务费用的报销

一、实训目标

掌握商务费用报销的一般步骤和方法。

二、实训背景

公司王总经理要到澳大利亚总公司参加2007年度区域总经理述职大会，回国后他会将其出差过程中发生费用的发票给行政秘书小燕，要求她整理后报销。

三、实训内容

按照实际情况演练如何为上司报销商务费用。

四、实训要求

1. 了解商务费用报销的一般步骤和方法。

2. 根据实训背景，进行实际演练，并按照要求完成相应的实训任务。

3. 任务完成后，学生必须参加实训成果汇报。汇报后，先由学生之间互评，接着由教师进行点评，最后教师根据学生实训任务完成情况，并结合学生成果汇报时的表现综合评分。

五、实训提示

报销商务费用时，应注意以下几方面：

1. 申请人提交费用申请报告或填写费用申请表，详细说明需要经费的人员、时间、用途和金额等情况，并亲自签字。

2. 报告或申请表必须经过组织确定的授权人审核同意，并签字批准。

3. 一种情况是将获得批准的费用申请报告或费用申请表提交财务部门，领取支票或现金借款；另一种情况是先由申请人垫付，完成商务工作。

4. 在进行商务工作中，无论是使用支票，还是使用现金，都要向对方索取相应的发票，其内容中填写的时间、项目、费用等应与使用者实际用途相符，并应盖有出具发票单位的财务章。

5. 商务工作结束，申请者应将发票附在"出差报销单"后面，并亲自签字提交出纳部门，由出纳部门把先前领取的现金数额和支出情况进行结算。如果是先由申请人垫付的，在提交票据和"报销凭单"后，方可返还现金。

6. 如果实施商务工作后，计划的费用不够，需要超出时，应提前向有关领导报告，在得到许可和批准后，超出的部分才可以得到报销。

实训9：向上司汇报工作

一、实训目标

掌握上司出差回公司后，如何向上司汇报工作。

二、实训背景

公司王总经理出差半个月，明天将回到公司。这期间，公司发生了很多事情，有很多文件、信函以及电话需要王总经理去处理。王总经理的秘书张洁把近期公司的一些情况，收到的文件资料、商务信函、电话记录等都整理好，准备明天向王总经理汇报。

三、实训内容

按照实际情况演练上司出差回来后，向上司汇报工作。

四、实训要求

1. 了解向上司汇报工作的技巧和方法。

2. 将班级学生分成若干小组，每组 2 人，1 人扮演秘书，1 人扮演王总经理。根据实训背景，进行实际演练，并按照要求完成相应的实训任务。

3. 在总经理即将回来时，秘书应将要汇报的工作，列成提纲。

4. 任务完成后，学生必须参加实训成果汇报。汇报后，先由学生之间互评，接着由教师进行点评，最后教师根据学生实训任务完成情况，并结合学生成果汇报时的表现综合评分。

五、实训提示

上司出差回来，常因旅途劳顿，需要休息。一般情况下，上司回来的当天，如果没有什么特别重要的事情，最好不要向上司汇报工作，让上司好好休息，第二天上班后，再根据事情的轻重缓急，向上司汇报工作。

实训心得体会

第十章

办公自动化

由于科技的进步和互联网的应用，办公自动化（Office Automation，OA）已经深入到工作和生活的各个领域。办公自动化将秘书从大量重复的劳动中解脱出来，大大提高了秘书的工作效率。因此，如何有效地运用办公自动化的设备和软件，成为秘书必须解决的问题之一。

第一节　常用办公设备的使用和维护

办公设备是秘书进行办公自动化操作的工具，掌握办公设备使用和维护的基本常识是秘书必备的基本技能之一。本节主要讲述传真机、复印机、打印机、刻录机等办公设备的使用和维护。

实训1：传真机的使用

一、实训目标

掌握传真机的具体操作方法。

二、实训背景

公司办公室秘书晓云接受了公司总经理的一项任务，即把一份机密文件传真给销售部。但她不会操作，于是向办公室主任请教。

三、实训内容

按照实际情况演练传真机的操作和使用方法。

四、实训要求

1. 了解传真机的具体操作方法。

2. 根据实际情况设计工作环境进行演练，并按照要求完成相应的实训任务。

3. 实际操作，演练用传真机拨打电话、收发传真，以及使用传真机复印资料等。

4. 教师讲解并演示传真机的使用方法，学生再逐个操作收发传真、使用传真机复印、解决卡纸问题等，教师根据学生操作的熟练程度以及操作程序规范与否综合评分。

五、实训提示

（一）传真机的操作流程

1. 发送传真。

放置好发送原稿，输入要传真的号码，等待对方的回应；当听到对方的应答信号时，发方按启动键，文稿会自动进入传真机，开始发送文件；挂上话机，等待发送结束。

2. 接受传真。

接受模式有以下几种：

（1）手动接受。电话铃响时，拿起话筒，可互相通话，通话后若要传真，可按"传真"键并挂好话筒即可。

（2）自动接收。电话铃响后，传真机即进入自动接收状态。

（3）电话/传真自动切换。铃响时传真机会判断此为电话或传真，然后进行接收。

（二）传真机使用的注意事项

1. 选择安装场所时，勿与产生噪音的电器共用电源，还要避免阳光的直射和灰尘的侵害。

2. 除待传送的文稿之外，不要在传真机上放置任何东西。

3. 传真机在工作时，绝不可打开传真机的机盖；在打开机盖取出东西前，一定要拔掉电源。

4. 保持传真机的清洁。

5. 防止卡纸及其他故障。

实训 2：复印机、打印机的使用

一、实训目标

掌握复印机、打印机的具体操作方法。

二、实训背景

公司办公室新买进一台复印机和一台打印机，办公室主任决定给新进的两名秘书演示复印机和打印机的操作过程。

三、实训内容

按照实际情况演练复印机、打印机的操作和使用方法。

四、实训要求

1. 了解复印机、打印机的具体操作方法。

2. 根据实际情况设计工作环境进行演练，并按照要求完成相应的实训任务。

3. 实际操作，演练复印机、打印机的使用。

4. 先由教师讲解并演示复印机、打印机的使用方法，再由学生逐个操作复印机、打印机，并能够进行双面复印、缩印、扩大复印、解决卡纸问题、换复印机碳粉和打印机墨盒等，教师根据学生操作的熟练程度以及操作程序规范与否综合评分。

五、实训提示

（一）复印机的使用

1．复印机的操作流程。

（1）将纸装入纸盒，注意不要将纸装得高出纸盒。

（2）基本复印操作：接通电源开关，进行预热；打开复印盖，将原稿面朝下放好，并与左边标尺成一条直线；合上复印盖，设置复印条件（包括复印张数、放大倍数、复印浓度等）；开始复印。

2．复印机使用的注意事项。

（1）应使用稳定的交流电，电压为220V。

（2）注意防高温、防尘、防震。

（3）尽量避免太阳直射，要适度通风。

（4）不要将复印机放置在不稳定或倾斜的地方，并减少搬动的次数。

（5）在使用之前要预热。

（6）保持复印机玻璃台清洁，无划痕、涂改液、指印等斑迹。

（7）要防止复印机卡纸。

3．复印机的维护。

（1）复印机要定期保养。应定期对静电复印机的感光鼓、显像装置、供输纸部件等进行检查、清洁、润滑、调整或更改，排除故障隐患，确保复印机运转的可靠性。

（2）复印机要定期清洁。

（3）复印过程中常见以下几个方面的问题：

1）卡纸。发生卡纸现象后，需要打开机门或左右侧板，取出卡纸的纸张，调整后再重新放入。复印机卡纸是不能避免的，如果经常卡纸，说明机器有故障，需要进行维修。

2）复印图像太浅。可能是由于墨粉太少或载体使用时间太长了，应该适当添加墨粉或稍作调整。

3）复印玻璃污点，即复印玻璃或复印盖上有污点。应用柔软的清洁布擦拭复印玻璃及复印盖。如有必要，可用蘸水的湿布擦拭，切忌使用易于挥发的清洁剂清洁。

（二）打印机的使用

1．打印机的操作流程。

（1）安装打印机（硬件安装和软件安装）。

（2）设置打印的条件（如打印的范围、打印的页数、打印的内容等）。

（3）开始打印。

2．打印机使用的注意事项。

（1）打印机的放置要合适，要远离灰尘多、有液体的地方；避免太阳直射和强磁场。

（2）保持打印机的清洁。

（3）较长时间不用打印机时，应把电源线拔下来。

（4）使用针式打印机时，为了防止对打印针头的损害，没有纸或色带时，不要打开打印机；不要重复用同一根针打印；打印时，不用手摸打印头。

（5）要注意保养激光打印机的感光鼓。

实训3：刻录机的使用

一、实训目标

掌握刻录机的具体操作方法。

二、实训背景

办公室中的一台电脑配置了 DVD 刻录机，秘书晓云发现好多人都想利用中午时间来办公室看光碟。晓云准备写一张小纸条贴在电脑旁边，告诉大家尽量不要用刻录机看光碟，并告知大家刻录机的使用方法。

三、实训内容

按照实际情况演练刻录机的操作和使用方法。

四、实训要求

1. 了解刻录机的具体操作方法。

2. 根据实际情况设计工作环境进行演练，并按照要求完成相应的实训任务。

3. 实际操作，演练刻录机的使用方法。

4. 先由教师讲解并演示刻录机的使用方法，再由学生逐个操作刻录机，教师根据学生操作的熟练程度以及操作程序规范与否综合评分。

五、实训提示

（一）刻录机的使用

1. 连接光盘刻录机和计算机。应根据连接操作说明进行连接。

2. 安装光盘刻录机驱动程序与刻录软件。刻录机硬件安装完成后，就可以安装驱动程序和刻录软件了。安装时先安装驱动程序，再安装刻录软件。将安装程序放入电脑 CD-ROM，启动 Setup 程序，然后根据提示进行安装即可。

3. 在光盘刻录机中放入刻录光盘，启动刻录软件进行刻录，然后按照提示进行即可。如进入 Nero Express 后，先选你要刻哪种光盘（有 VCD 和 DVD 两种），然后选"数据光盘"里的"数据光盘"，再选择添加（把你想拷的文件添加进去就行了），注意下面有一条红线，那是光盘容量的大小，不要超出容量。添加完毕，选"下一步"即可刻录。

需要注意的是，尽量不要在电脑上安装两种或多种不同品牌的刻录软件，以避免出现意想不到的问题。

（二）刻录机使用的注意事项

1. 安装时注意散热。尽量使刻录机与硬盘等设备离远一些，这样会有利于刻录机的散热。较好的散热可以延缓刻录机各部件的老化，从而延长刻录机的使用寿命。

2. 保持清洁。平时要做好刻录机的防尘工作，定期对刻录机外壳进行清洁，及时除掉壳体上的灰尘。

3. 避免刻录机长时间工作。长时间工作会导致激光头热量越聚越高，刻录机的温度也会升高，有可能导致刻录出错甚至损坏光盘。最好不要让刻录机长时间工作，尽量

不要用刻录机听歌、看碟片等。

4. 在刻盘的过程中尽量不要执行其他程序，以保证刻盘的成功，也不要随意关闭刻录软件。

5. 刻录工作完毕后应及时将盘片取出，不要将其留在机体内。如果盘片留在机体内，在下次电脑开机时，光驱会自动检测到机体内有盘片而自动读盘，久而久之会缩短激光头的使用寿命。

实训 4：扫描仪的使用

一、实训目标

掌握扫描仪的具体操作方法。

二、实训背景

办公室中的一台电脑配置了扫描仪。秘书晓云发现好多人不会使用扫描仪，她向办公室主任自荐，要教办公室同事使用扫描仪。

三、实训内容

按照实际情况演练扫描仪的操作和使用方法。

四、实训要求

1. 了解扫描仪的具体操作方法。

2. 根据实际情况设计工作环境进行演练，并按照要求完成相应的实训任务。

3. 实际操作，演练扫描仪的使用方法。

4. 先由教师讲解并演示扫描仪的使用方法，再由学生逐个操作扫描仪，教师根据学生操作的熟练程度以及操作程序规范与否综合评分。

五、实训提示

扫描仪已经成了我们日常办公和生活的必备产品。多了解一些扫描仪的使用和保养常识有利于提高工作效率。

（一）扫描仪的检测

1. 检测感光元件：扫描一组水平细线（如头发丝或金属丝），然后在 ACDSee 32 中浏览，将比例设置为 100％观察，如纵向有断线现象，说明感光元件排列不均匀或有坏块。

2. 检测传动机构：扫描一张扫描仪幅面大小的图片，然后在 ACDSee 32 中浏览，将比例设置为 100％观察，如横向有撕裂现象或能观察出水平线，说明传动机构有机械故障。

3. 检测分辨率：用扫描仪标称的分辨率（如 300dpi、600dpi）扫描彩色照片，然后在 ACDSee 32 中浏览，将比例设置为 100％观察，不会观察到混杂色块为合格，否则分辨率不足。

4. 检测灰度级：选择扫描仪标称的灰度级，扫描一张带有灯光的夜景照片，注意观察亮处和暗处之间的层次。灰度级高的扫描仪，对图像细节（特别是暗区）的表现较好。

5. 检测色彩位数：选择扫描仪标称的色彩位数，扫描一张色彩丰富的彩照，将显示器的显示模式设置为真彩色，与原稿比较一下，观察色彩是否饱满，有无偏色现象。要注意的是，与原稿完全一致的情况是没有的，显示器有可能产生色偏，以致影响观察，扫描仪的感光系统也会产生一定的色偏。大多数中高档扫描仪均带有色彩校正软件，但仅有少数低档扫描仪才带有色彩校正软件，请先进行显示器、扫描仪的色彩校准，再进行检测。

6. OCR 文字识别输入检测：扫描一张自带印刷稿，采用黑白二值、标称分辨率进行扫描。300dpi 的扫描仪能对报纸上的 5 号字作出正确的识别，600dpi 的扫描仪几乎能认清名片上的 7 号字。

（二）扫描仪的使用与保养

1. 一旦扫描仪通电后，千万不要热插拔 SCSI、EPP 接口的电缆，这样会损坏扫描仪或计算机，当然 USB 接口除外，因为它本身就支持热插拔。

2. 扫描仪在工作时请不要中途切断电源，一般要等到扫描仪的镜组完全归位后，再切断电源，这对扫描仪电路芯片的正常工作是非常有意义的。

3. 由于一些 CCD 的扫描仪可以扫小型立体物品，所以在扫描时应当注意：放置锋利物品时不要随便移动以免划伤玻璃，尤其要注意反射稿上的订书针；放下上盖时不要用力过猛，以免打碎玻璃。

4. 一些扫描仪在设计上并没有完全切断电源的开关，即当用户不用时，扫描仪的灯管依然是亮着的。由于扫描仪灯管也是消耗品（可以类比于日光灯，但是持续使用时间要长很多），所以建议用户在不用时切断电源。

5. 扫描仪应该摆放在远离窗户的地方，因为窗户附近的灰尘比较多，而且会受到阳光的直射，会缩短塑料部件的使用寿命。

6. 由于扫描仪在工作中会产生静电，从而吸附大量灰尘进入机体影响镜组的工作。因此，不要用容易掉渣儿的织物，如绒制品、棉织品等来覆盖扫描仪，可以用丝绸或蜡染布等进行覆盖。房间适当的湿度可以避免灰尘对扫描仪的影响。

（三）扫描仪使用中的常见问题

1. 打开扫描仪开关时，扫描仪发出异常响声。这是因为有些型号的扫描仪有锁，其目的是为了锁紧镜组，防止运输中震动，因此在打开扫描仪电源开关前应先将锁打开。

2. 扫描仪接电后没有任何反应。有些型号的扫描仪是节能型的，只有在进入扫描界面后灯管才会亮，一旦退出后会自动熄灭。

3. 扫描时显示"没有找到扫描仪"。此现象有可能是由于先开主机，后开扫描仪所导致，重新启动计算机或在设备管理中刷新即可。

4. 扫描仪的分辨率的单位严格定义应当是 ppi，而不是 dpi。ppi 是指每英寸的 pixel 数，对于扫描仪来说，每一 pixel 不是 0 或 1 这样简单的描述关系，而是 24bit、36bit 或 CMYK（1 004）的描述。打印机的分辨率的 dpi 中的 d 是指英文中的 dot，每一个 dot 没有深浅之分，只是 0 或 1 的概念，而对于扫描仪来说，1 个 pixel 需要若干个 4 种 dot（CMYK）来描述，即一点的色彩由不同的 dot 的疏密程度来决定。所以扫描仪的 dpi 与打印机的 dpi 概念不同。用 1 440dpi 的打印机输出 1：1 的图像，扫描时用

100dpi～150dpi 的扫描即可。

5. 扫描仪在扫描时出现"硬盘空间不够或内存不足"的提示。应先确认硬盘及内存是否够用，若空间很大，请检查设定的扫描分辨率是否太大造成文件数据量过大。

6. 扫描时噪音奇大。应拆开机器盖子，找一些缝纫机油滴在卫生纸上，然后将镜组两条轨道上的油垢擦净，再将缝纫机油滴在传动齿轮组及皮带两端的轴承上（注意油量适中），最后适当调整皮带的松紧。

7. 扫描时间过长。应检查硬盘剩余容量，将硬盘空间最佳化，先删除无用的 TMP 文档，做 Scandisk，再做 Defrag 或 Speed Disk。请注意：如果最终实际扫描分辨率的设定高于扫描仪的光学分辨率，则扫描速度会变慢，这是正常现象。

实训 5：安装可视电话

一、实训目标

掌握什么是可视电话和安装可视电话的注意事项。

二、实训背景

天地公司近期要安装一批可视电话。行政经理要求秘书小于将安装可视电话的注意事项以备忘录的形式通过电子邮件发给他。小于立即按照行政经理的要求完成了这项工作。

三、实训内容

按照实际情况演练如何安装和使用可视电话。

四、实训要求

1. 了解安装可视电话的注意事项。

2. 将班级学生分成若干小组，每组 3 人，3 人分工协作到网上、图书馆等收集关于可视电话的信息，然后将收集的信息进行整理录入计算机，并按照规定的要求进行排版、打印。

3. 任务完成后，学生必须参加实训成果汇报。汇报后，先由学生之间互评，接着由教师进行点评，最后教师根据学生实训任务完成情况，并结合学生成果汇报时的表现综合评分。

五、实训提示

可视电话是利用电话线路实时传送人的语音和图像（用户的半身像、照片、物品等）的一种通讯工具。如果说普通电话是"顺风耳"的话，可视电话就既是"顺风耳"，又是"千里眼"了。

可视电话根据图像显示状态的不同，可以分为静态图像可视电话和动态图像可视电话。

1. 静态图像可视电话是指在电话荧光屏上显示的图像是静止的，话音信号和图像信号是利用现有的模拟电话系统交替传送，即传送图像时双方之间不能进行通话；传送一帧用户的半身静止图像需 5 秒～10 秒的时间。静态图像可视电话现已在公用电话网上得到广泛的使用。

2. 动态图像可视电话是指在电话荧光屏上显示的图像是活动的，用户可以看到对方活动或说话的形象。动态图像可视电话图像信号包含的信息量较大，所占的频带较宽，一般不能直接在用户线上传输，需要把原有的图像信号数字化，变为数字图像信号，还必须采用频带压缩技术，对数字图像信号进行"压缩"，使频带变窄后才可在用户线上传输。动态图像可视电话的信号因为是数字信号，所以要在数字网中进行传输。动态图像可视电话因成本较高尚未大量应用。随着微电子技术的发展，大规模、超大规模集成电路的广泛使用，以及综合业务数字网的迅速发展，动态图像可视电话必然会在未来的通信中发挥重要的作用。

安装可视电话时，为了电话机的正常工作，要把电话机安装于平稳、干燥的地方；要远离灰尘较多、易燃气体浓度较大的场所；要避免阳光直射，远离暖气发热的地方。

使用时，不能对液晶显示屏和摄像头过度施力，擦拭摄像头或液晶显示屏时不能用硬布擦拭，要用柔软、干净的布轻轻擦拭；可视电话必须使用专用的电源适配器，在拔下电源适配器时，必须先断开电源；如果长时间不用时，必须拔下电源线。

实训6：碎纸机的使用

一、实训目标

掌握碎纸机的具体操作方法。

二、实训背景

办公室新购置了一台碎纸机。秘书晓云发现好多人不会使用碎纸机，她向办公室主任自荐，要教办公室同事使用碎纸机。

三、实训内容

按照实际情况演练碎纸机的操作和使用方法。

四、实训要求

1. 了解碎纸机的具体操作方法。

2. 根据实际情况设计工作环境进行演练，并按照要求完成相应的实训任务。

3. 实际操作，演练碎纸机的使用方法。

4. 先由教师讲解并演示碎纸机的使用方法，再由学生逐个操作碎纸机，教师根据学生操作的熟练程度以及操作程序规范与否综合评分。

五、实训提示

碎纸机使用的注意事项有：

1. 机器应在靠近插座的地方使用，以方便紧急切断电源。留意机器盖上的安全警示标志，防止衣服、领带、首饰或头发卷入机器，以确保人身安全。

2. 不要将手指伸入碎纸口，以防发生意外事故。请勿将回形针、图钉、塑料袋或布类等物品放入机器，以免对机器刀具造成不必要的磨损，从而降低碎纸机的性能。

3. 务必使机器远离儿童及宠物。

4. 为确保机器有长久的使用寿命和良好的性能，每次碎纸数不要超过定额数量。此外，请不要将机器长时间置于有热源的地方或潮湿环境中使用。

5. 如发生意外情况，请立即关闭电源开关，或者直接拔掉插头。

6. 切勿以任何方式自行改造机器内部结构或电源连线。若机器本体或电源有任何破损，请勿使用，并同经销商联系或拨打服务热线。

7. 因纸质的不同，或温度和湿度的不同，最大碎纸数和连续碎纸时间会有较大差异。持续碎纸过程中由于马达的升温会带来最大可碎纸数量的减少。

实训7：正确使用移动硬盘

一、实训目标

掌握移动硬盘的使用方法和使用注意事项。

二、实训背景

海潮公司办公室新进了一名文员小江。一天上午小江拿着一个移动硬盘来找总经理秘书张洁，请教她移动硬盘怎么用。张洁耐心地给小江讲解并示范移动硬盘的用法。

三、实训内容

按照实际情况演练移动硬盘的操作和使用方法。

四、实训要求

1. 了解移动硬盘的具体操作方法和使用注意事项。

2. 根据实际情况设计工作环境进行演练，并按照要求完成相应的实训任务。

3. 实际操作，演练移动硬盘的使用方法。

4. 先由教师讲解并演示移动硬盘的使用方法，再由学生逐个操作移动硬盘，教师根据学生操作的熟练程度以及操作程序规范与否综合评分。

五、实训提示

在 Windows 2000 以上版本的操作系统中使用移动硬盘时，是不需要安装驱动程序的；可是在 Windows 98 操作系统中，就需要安装移动硬盘的驱动程序。

尽管移动硬盘的 USB 端口支持热插拔，不过请不要随意插拔它。正确插入移动硬盘的方法是：在系统关机的情况下或者系统已经启动完毕的情况下，轻轻地将 USB 接口插入到计算机中，尽量避免在系统启动过程中或处理大容量数据信息的时候插入移动硬盘，以免造成系统 CPU 无法及时应答。

对于移动硬盘的拔除操作，则更不能随意了。你一定要等到移动硬盘停止工作，再双击系统任务栏中的"安全删除硬件"图标，然后将移动硬盘选中，单击一下"停止"，随后会弹出"停用硬件设备"窗口，再单击"确定"，等到屏幕提示"安全移除硬件"了，才能将移动硬盘从计算机中移走。

倘若由于插拔时机不当，造成移动硬盘突然"失常"的话，可通过设备管理器中的"未知 USB 设备"，将其删除之后，再将移动硬盘从计算机中拔下来。

此外，要是移动硬盘自身性能不稳定，或者移动硬盘 USB 端口在频繁插拔之后出现松动的话，也会导致移动硬盘出现意外现象。此时唯一的解决办法，就是重新更换品牌较好、性能稳定的移动硬盘。当然，要想避免移动硬盘 USB 端口出现松动现象，可以用 USB 延长线来连接硬盘和计算机。

第二节　办公软件的使用

办公软件是微软公司开发的办公自动化软件，主要包括 Word、Excel、Power-

Point、FrontPage、Access 等软件，是进行自动化办公的主要软件。掌握这些软件的操作，有利于秘书适应新时期办公室工作的要求，提高工作效率。

实训 8：办公软件 Word 的使用

一、实训目标

正确运用办公软件 Word。

二、实训背景

为了庆祝营业额突破××万元，公司决定召开一个新闻发布会。总经理让秘书晓云制定一份方案，包括发给各个媒体单位的新闻通稿、预算表格，以及最后的宣传简报。所有操作都要用到办公软件 Word。晓云向有关人员请教。

三、实训内容

按照实际情况演练使用办公软件 Word。

四、实训要求

1. 根据实际情况设计工作环境进行演练，并按照要求完成相应的实训任务。

2. 设计完成的表格，须将文字和表格录入计算机，并按照规定的排版格式进行排版。

3. 任务完成后，学生必须参加实训成果汇报。汇报后，先由学生之间互评，接着由教师进行点评，最后教师根据学生实训任务完成情况，并结合学生成果汇报时的表现综合评分。

五、实训提示

本实训主要涉及办公软件 Word 的使用，主要包括以下内容：

1. 新闻通稿的写作涉及简单的 Word 排版知识。Word 排版知识主要包括字体、字号、段落、页面设置等操作。

2. 制作预算表格主要涉及 Word 中有关表格的操作，Word 表格操作主要包括表格的制作、修改、删除、添加，以及合并单元格、表格中文本的输入和编辑等内容。

3. 宣传简报的制作主要涉及 Word 的高级排版知识，即页眉和页脚的设置、对象的插入、各种对象的排列等。

以上内容，初步概括了在办公软件 Word 的操作中，作为秘书应该掌握的基本知识。

实训 9：办公软件 Excel、PowerPoint 的使用

一、实训目标

正确运用办公软件 Excel、PowerPoint。

二、实训背景

公司决定召开今年第一季度销售情况总结会议。总经理让秘书晓雪做一个发言用的幻灯片，要求以图表形式展示公司第一季度的销售情况。晓雪决定先用 Excel 将所有数据进行相应统计，制成图表，然后再整合到幻灯片中。

三、实训内容

按照实际情况演练使用办公软件 Excel、PowerPoint。

四、实训要求

1. 使用 Excel 制作统计图，使用 PowerPoint 制作发言稿。

2. 根据实际情况设计工作环境进行演练，并按照要求完成相应的实训任务。

3. 设计完成的表格，须将文字和表格录入计算机，并按照规定的排版格式进行排版。

4. 任务完成后，学生必须参加实训成果汇报。汇报后，先由学生之间互评，接着由教师进行点评，最后教师根据学生实训任务完成情况，并结合学生成果汇报时的表现综合评分。

五、实训提示

本实训主要涉及办公软件 Excel、PowerPoint 的使用，主要包括以下内容：

1. 用 Excel 将所有数据进行统计，会用到 Excel 中数据输入、函数运用等方面的操作知识。这些知识是 Excel 中的重点，也是难点。

2. 做图表，会用到 Excel 中用表格制作图表的相关知识，其中包括图表的类型、图表的设置、图表的编辑等的操作。

3. 总结发言的幻灯片会用到办公软件 PowerPoint 的使用，其中包括各种文本的插入、版式的选择，以及确定动画方式和放映方式的操作等。

以上内容，初步概括了在办公软件 Excel、PowerPoint 的操作中，作为秘书应该掌握的基本知识。

实训 10：Word 2000 的知识应用

一、实训目标

掌握文字录入、排版与编辑的方法。

二、实训背景

海潮公司要招聘几名办公室文员，人力资源部经理要秘书张洁准备面试的考题，主要是考查应聘者对 Word 2000 知识的掌握和运用。张洁出的考题是这样的：

请录入以下文字，并按要求进行文本编辑。

高级秘书成为职场抢手"玫瑰"

近期在北京、南京、上海等地联合举办的几场大型招聘会中，有许多企业都在招聘总裁助理、总裁秘书、经理秘书等职位的人才，虽然应聘的人员很多，但是企业真正中意的很少。一家企业的人力资源部经理抱怨道："我们一直招不到合适的经理秘书，但每次招聘会还必须招这个岗位。招一个高水平的秘书真难！"

随着国内企业的快速成长和越来越多的外国企业进入中国投资合作，跨国公司的首脑秘书、董事长秘书、总裁秘书、商务秘书等秘书岗位，逐渐在企业中扮演着辅助和参与决策的重要角色。中国高教秘书学会会长范立荣介绍："现在企业选聘秘书最看中的是工作经验和实际能力，真正经验丰富、职业素养很高、掌握多种技能的复合型秘书可谓凤毛麟角。"高级职业秘书逐渐成为职场抢手的"玫瑰"。

那么何为"秘书"呢？一名称职的高级秘书应该具备哪些条件呢？"秘书"这个词

来源于拉丁语，本意为"可靠的职员"。国际秘书联合会为秘书做的定义为："秘书"是上司的一位特殊助手，他们掌握办公室工作的技巧，能在上司没有过问的情况下表现自己的责任感，以实际行动显示主动性和判断力，并且在所有给予的权利范围内做出决定。在这个基础上，加上能够有效地帮助上司打理公司内外的一切事务，这就叫做高级秘书。一个出色的高级秘书应该像"春天一样温柔，夏天一样热情，秋天一样清爽，冬天一样冷静"，积极地做好上司的参谋、助手和管家。但是我国目前对秘书人才的培养与西方国家还有很大的差距，企业还很难寻觅到高级的秘书人才。

北京高等秘书学院董事长王世红认为，要打造出中国的秘书精英，培训模式在与企业互动的同时，还要着重培养秘书人才的五种能力。第一，多元化的能力。一名合格的秘书应懂得两国甚至三国语言，具有一定的语言处理能力和计算机技能。第二，组织能力。秘书应当是一个很好的组织者，既要为各种会议和活动做计划，又要安排落实，使计划顺利实施。第三，沟通能力。秘书要____和老板、同事以及客户打交道，善于协调企业内外部关系。第四，获取新知识的能力。秘书必须通过继续深造来不断增长知识和提高技能，特别在办公技术方面，要跟上计算机应用的发展步伐。第五，团队合作的能力。秘书要积极参加到实际项目中去，需要收集信息、督促团队努力工作。

据了解，目前我国秘书职业标准分为五级（原初级）、四级（原中级）、三级（原高级）、二级（行政管理师）。秘书培训内容有职业道德、办公自动化、会议组织、法律与法规、文书拟写与处理等。通过培训，考核合格，将获得《中华人民共和国职业资格证书》，在全国通用。

文本编辑要求：

1. 为文本添加页眉和页脚。

页眉内容为：办公自动化（居左排）；面试测试1：Word知识应用（居右排）。

页脚内容为：××（班级）××（学号）×××（姓名）（居左排）；第×页，共×页（居右排）。

2. 文章标题设置为居中，小二号黑体；为标题插入批注，批注内容为：小二号黑体；正文字体设置为5号仿宋体，行距为固定值15磅。

3. 设置首字下沉，下沉3行；设置首行缩进2字符，第二自然段在此基础上左右各缩进2字符。

4. 把文章第二自然段分成3栏。

5. 利用修订功能删除第四自然段中的"董事长"三个字，在文中"____"处利用修订功能增加"善于"二字。

6. 给文章第三自然段设置边框和底纹，边框线型为双线，颜色为红色，宽度为2磅；15%底纹，底纹颜色为灰色。

7. 在文章倒数第二自然段插入剪贴画（自选），剪贴画大小为2.5cm×2.5cm；版式为四周型。

8. 给文中"春天一样温柔，夏天一样热情，秋天一样清爽，冬天一样冷静"这一句话插入脚注，脚注内容为：摘自××语录。脚注格式自定。

9. 给全文设置局部保护功能，不允许任何人编辑文档，密码为：123。

10. 设置文档密码，打开时密码为：123；修改时密码为：123。

三、实训内容

按照实际情况演练文字的录入、排版与编辑。

四、实训要求

1. 了解文字录入、排版与编辑的方法。

2. 要求在实验室中完成实训，实训要求人手一台电脑。实训时将网络关闭，学生独立完成，注意排版要求和格式。

3. 任务完成后，学生必须参加实训成果汇报。汇报后，先由学生之间互评，接着由教师进行点评，最后教师根据学生实训任务完成情况，并结合学生成果汇报时的表现综合评分。

五、实训提示

Word 2000 的使用详见本章实训 8、实训 9 的实训提示。

实训 11：利用 FrontPage 制作个人网页

一、实训目标

1. 掌握 FrontPage 基本操作方法。

2. 掌握网页（特别是框架网页）的基本设计与修饰方法。

3. 掌握超级链接的建立方法。

4. 掌握表单域控件的使用方法。

5. 了解站点的发布方法。

二、实训背景

毕业在即，为了能够找到理想的工作，钟山学院新闻系的同学们都在精心准备自己的求职材料。大部分同学都利用 FrontPage 制作个人网页。

三、实训内容

按照实际情况演练 FrontPage 的操作方法。

四、实训要求

1. 了解制作个人网页的方法。

2. 根据自己的实际情况，结合所学知识，利用 FrontPage 制作个人求职网页。

3. 任务完成后，学生必须参加实训成果汇报。汇报后，先由学生之间互评，接着由教师进行点评，最后教师根据学生实训任务完成情况，并结合学生成果汇报时的表现综合评分。

五、实训提示

1. 熟悉 Microsoft FrontPage 界面，如图 10—1 所示。

启动 Microsoft FrontPage，熟悉 Microsoft FrontPage 主窗口，认识六种视图。

2. 新建站点。

在指定盘符下创建一个站点（如 D：\ 我的站点）。

3. 制作主页。

在已建立的站点上新建一个网页（设为主页 index. htm），利用表格布局，输入文

图 10—1　Microsoft FrontPage 界面

本，设置字体型号、大小、颜色，插入图片（剪贴画），调整大小、位置。

4．建立框架网页。

根据各网页的具体内容及风格先建立 3 个简单的网页；再创建含有 3 个网页的框架网页。即创建标题网页（包括文本、图片、表格）、含有悬停按钮及背景图片的网页和菜单网页，最后建立它们的链接。

5．创建表单网页。

利用表单网页向导建立一个用于提交建议的表单网页。

6．建立主页与其他各网页的链接。

通过超链接设置将所有网页与主页链接起来。

7．发布站点。

将建立好的站点内容发布到 Internet 或硬盘指定文件夹上。

实训 12：制作宣传海报

一、实训目标

掌握利用 Excel 制作宣传海报的方式、方法。

二、实训背景

华林饭店有限公司为了答谢新老顾客，在该店 20 周年店庆时，搞促销活动——精品菜肴大赠送。公司办公室秘书张洁利用 Excel 为公司制作了一份宣传海报，其效果图如图 10—2 所示。

三、实训内容

按照实际情况演练利用 Excel 制作宣传海报的方式、方法。

四、实训要求

1．要求学生掌握 Excel 的一些基本的操作方法。

2．要求在实验室中完成，要求人手一台电脑，实验时将网络关闭，学生独立完成，注意排版要求和格式。

3．任务完成后，学生必须参加实训成果汇报。汇报后，先由学生之间互评，接着

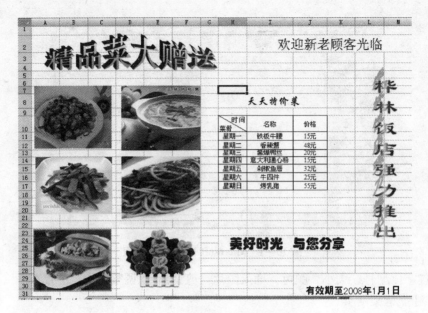

图 10—2　精品菜肴大赠送效果图

由教师进行点评，最后教师根据学生实训任务完成情况，并结合学生成果汇报时的表现综合评分。

五、实训提示

该实训中，难点是如何插入图片、艺术字。利用 Excel 制作表格时，应注意斜线表头的制作。

第三节　在线办公

在线办公是指办公室的人们通过办公软件、网络和其他技术，以及人的操作来实现网上办公。所有的办公活动都在电脑上进行，打破了原有的办公模式，具有非常重大的意义。作为秘书，应该学会在线办公，以适应新时期办公室工作的要求，提高工作效率。

实训 13：在线办会

一、实训目标

掌握在线办会的方法。

二、实训背景

本公司在全国几十个大中城市都有分公司，每个分公司都实现了网上办公。年底，公司决定在本部召开各分公司中层以上干部会议，总经理秘书小燕负责筹备这次会议。为了提高工作效率，她所有的工作都是在网上进行的。

三、实训内容

按照实际情况演练在线办公。

四、实训要求

1. 了解网上筹备会议的方法。

2. 根据实际情况设计工作环境进行演练，并按照要求完成相应的实训任务。

3. 设计相应的表格，然后将文字和表格录入计算机，并按照规定的排版格式进行排版。

4. 任务完成后，学生必须参加实训成果汇报。汇报后，先由学生之间互评，接着由教师进行点评，最后教师根据学生实训任务完成情况，并结合学生成果汇报时的表现综合评分。

五、实训提示

会议筹备是秘书工作的重点内容之一，在线办会是传统秘书工作与现代秘书工作结合的典型案例之一。

（一）会前

1. 制定会议议程、日程、座次安排名单、食宿安排名单等所有会议资料均在办公软件 Word 中完成。

2. 在公司的网上发布会议信息，并通过电子邮件联系相关人员。

3. 通过网络获得宾馆、火车站、飞机场的电话，做好食宿、交通工作。

4. 其他一切事项均可在网上通知。

（二）会中

1. 及时收集会议信息，用办公软件将会议信息及时整理、发布，通过几家网络媒体对会议进行报道。

2. 网上开通会议专栏，及时了解各种动态，代表们也可以通过网络平台发表自己的想法。

（三）会后

整理会议资料、落实代表是否安全抵达、会议经费结算等均可在电脑上进行。

以上内容，初步概括了在线办会的一般流程，减轻了秘书办会的工作量。

实训 14：在线业务办理

一、实训目标

掌握在线业务办理的一般流程。

二、实训背景

为了达到公司提出的"无纸化办公"的目标，总经理要求办公室和其他几个部门首先进行试点。昨天，秘书晓雪刚从一个客户手中接到一个订单，要求一周后按照客户要求制作 5 000 条领带。她准备拿刚接的这个业务作为试点。

三、实训内容

按照实际情况演练在线业务办理。

四、实训要求

1. 了解在线业务办理的一般流程。

2. 根据实际情况设计工作环境进行演练，并按照要求完成相应的实训任务。

3. 任务完成后，学生必须参加实训成果汇报。汇报后，先由学生之间互评，接着由教师进行点评，最后教师根据学生实训任务完成情况，并结合学生成果汇报时的表现综合评分。

五、实训提示

在线业务可以提高工作效率。针对本实训背景，下面介绍在线业务办理的一般流程：

1. 通过电子邮件与客户进行交流，询问好有关的要求。

2. 在公司的网上发布消息，并通过内部网络告知与此次订单有关系的几个部门。

3. 几个部门各负其责，对于领带的款式、交货的方式、交货的期限等问题，各部门利用电子邮件、内部网络、网上电话等进行沟通。

由于各部门的通力配合，公司圆满完成了这批领带的业务。更为重要的是，此次试点成功开创了公司以后办公的一种新的模式，这对公司的发展有深远的影响。

实训 15：制作公文

一、实训目标

掌握利用 Word 制作行政公文、电子公章的方法。

二、实训背景

公司为了行文规范，决定下月起开始使用红头文件进行发文。如果你是该公司办公室秘书，请你用 Word 为公司制作一个公文模板，模板涉及上行文和下行文。

三、实训内容

按照实际情况演练运用 Word 制作行政公文和电子公章。

四、实训要求

1. 了解制作公文和电子公章的方法。

2. 将班级学生分成若干小组，每组 3 人，3 人分工协作完成上行文和下行文的模板。

3. 任务完成后，学生必须参加实训成果汇报。汇报后，先由学生之间互评，接着由教师进行点评，最后教师根据学生实训任务完成情况，并结合学生成果汇报时的表现综合评分。

五、实训提示

（一）眉首

1. 公文份数序号。

标识公文份数序号，用阿拉伯数字顶格标识在版心左上角第 1 行，编写位数不少于两位，即"1"编为"01"。

2. 秘密等级和保密期限。

涉及国家秘密的公文应当按照国家秘密及其密级具体范围的规定分别标注"绝密"、"机密"或"秘密"。如需标识秘密等级，应用 4 号黑体字，顶右格标识在版心右上角第 1 行，两字之间空 1 字格；如需同时标识秘密等级和保密期限，应用 4 号黑体字，顶右格标识在版心右上角第 1 行，秘密等级和保密期限之间用"★"隔开，"秘密"两字之间不空字格。

3. 紧急程度。

紧急程度是对公文送达时限的要求。紧急公文应当根据紧急程度分别标明"特急"、"急件"。应用 4 号黑体字，顶右格标识在版心右上角第 1 行，两字之间空 1 字格；如需同时标识秘密等级与紧急程度，秘密等级顶右格标识在版心右上角第 1 行，紧急程度顶右格标识在版心右上角第 2 行。

4. 发文单位标识。

发文单位标识由发文单位全称或规范化简称后加"文件"组成；发文单位标识推荐使用标宋体字，用红色标识。字号由发文单位以醒目美观为原则酌定，一般应小于上级单位的字号。

5. 发文字号。

发文字号由发文单位代字、年份和序号组成。发文单位标识下空 2 行，用 4 号仿宋体字居中排布；年份、序号用阿拉伯数码标识；年份要标全称，用六角括号"〔 〕"括上；序号不编虚位（即 1 不编为 001），不加"第"字。发文字号之下 4 mm 处印一条与版心等宽的红色反线（目的是使文件眉首醒目、美观）。

6. 签发人。

上报的公文需标识签发人姓名，并平行排列于发文字号右侧。有签发人的上行文发文字号居左空 1 字格，签发人姓名居右空 1 字格排列；"签发人"用 4 号仿宋体字，签发人后标全角冒号，冒号后用 4 号楷体字标识签发人姓名。文件中如有多个签发人（会签人），亦需标注，其顺序为：主办单位签发人姓名置于第 1 行，其他签发人姓名从第 2 行起在主办单位签发人姓名之下按发文单位顺序依次顺排，下移红色反线，应使发文字号与最后一个签发人姓名处在同一行并使红色反线与之距离为 4 mm。发文字号左空 1 字格和签发人姓名右空 1 字格的要求不变。

（二）主体

1. 公文标题。

红色反线下空 2 行（如标题行数多，首页不能显示正文时，红色反线下可空 1 行或不空行），用 2 号小标宋体字，可分 1 行或多行居中排布。

2. 主送单位。

主送单位指公文的主要受理单位，应位于标题下空 1 行，顶格用 4 号仿宋体字标识，回行时仍顶格；最后一个主送单位名称后标全角冒号。如主送单位名称过多而使公文首页不能显示正文时，应将主送单位名称移至版记中的主题词之下、抄送栏之上，标识方法同抄送。标识主送单位时应标明主送单位的全称、规范化简称或同类型单位的统称（同类型单位如"各院、部、处、中心、所"等）。

3. 正文。

正文用 4 号仿宋体字，位于主送单位名称下一行，每自然段左空 2 字格，回行顶格。数字、年份不能回行（可采取缩小或扩大字距等办法解决）。

4. 附件说明。

公文如有附件，应在正文下空 1 行左空 2 字格用 4 号仿宋体字标识附件说明，即

"附件"，后标全角冒号和名称。附件如有序号应使用阿拉伯数字标注（如附件：1.××××），然后标附件名称，附件名称后不加标点符号。附件应与公文正文一起装订，并在附件左上角第 1 行顶格标识"附件"，有序号时标识序号（如附件 1、附件 2）。附件的序号和名称应前后标识一致。如附件与公文正文不能一起装订，应在附件左上角第 1 行顶格标识公文的发文字号并在其后标识附件（有序号的还需标序号）。

5. 成文时间。

成文时间即公文生效的时间，包括年、月、日，用汉字标全。"零"写为"○"，"1 月"不能写"元月"，成文时间应居右空 4 字格。成文时间以负责人签发的日期为准，联合行文以最后签发单位负责人的签发时间为准。

6. 附注。

公文如有附注，应用 4 号仿宋体字，居左空 2 字加圆括号标识在成文时间下一行。上行文"请示"应当在附注处注明联系人的姓名和电话号码。

（三）版记

1. 主题词。

具体标注方法是："主题词"用 4 号黑体字，居左顶格标识，后标全角冒号，词目应用 4 号小标宋体字，词目之间空 1 字格。一般不超过 5 组，每组不超过 5 个字。

2. 抄送。

抄送指除主送单位外需要执行或知晓公文的其他单位，应当使用全称或规范化简称、统称。公文如有抄送，应在主题词下一行，左空 1 字格用 4 号仿宋体字标识"抄送"，后标全角冒号；回行时与冒号后的抄送单位对齐；在最后一个抄送单位后标句号。标注按上级、平级、下级和党、政、军、群的顺序，人大、政协、法院、检察院置于最后一行。如主送单位移至主题词之下，标识方法同抄送单位。

3. 印发单位和印发时间。

印发单位是指公文的印制主管部门，一般是各单位的办公室或文秘部门。标识印发时间是为了准确反映公文的生成时效。印发单位与印发时间为一行位置，如果印发单位字数太多，可自行简化。标注位于抄送单位之下（无抄送单位在主题词之下），用 4 号宋体字。印发单位左空 1 字格，印发时间右空 1 字格。印发时间以公文付印的日期为准，用阿拉伯数字标识。

4. 版记中的反线。

版记中各要素之下均加一条反线，宽度同版心。目的是为显示各要素之间的区别，且显得条理清晰、美观。

5. 版记的位置。

版记应置于公文最后一页，版记的最后一个要素置于最后一行。公文主体之后的空白如容不下版记的位置，需另起一页标识版记，采用调整行距、字距的方法使正文与印章同处一个页面。如附件后的空白能容下版记，而该页又是双页，此时版记应置于该空白处。如是转发的文件，原件也有版记，此版记不能代替转发件的版记，应另标注版记。

实训心得体会

第十一章

其他工作

秘书每天都要面对大量重复性的事务工作，比如上司的保健、收发邮件、印信管理、制作图表、值班管理等。这些事务性工作尽管烦琐，但却很重要，秘书一定要重视，并能够坚持每一天都做好这些工作。

第一节　上司的保健

健康是工作之本。上司没有良好的体质和充沛的精力，就不能适应越来越繁重的工作要求。可以说，上司身体的保健也是秘书工作的一项重要内容，但秘书毕竟不能完全替代保健医生的工作，而秘书的主要任务是给上司安排好午餐。

实训 1：给上司订午餐

一、实训目标

掌握为上司保健所需的常识。

二、实训背景

海潮公司老总是个工作狂，从来不会照顾自己。他的秘书张洁是个非常负责的人，为了老总的健康，张洁专门咨询了一些专家，自己也查了很多资料，并考虑到了上司的口味，最终为上司订出了科学、健康、合理的午餐食谱，并联系好了一家酒店为上司准备午餐。

三、实训内容

按照实际情况演练帮助上司订午餐。

四、实训要求

1. 可选择在模拟办公室或教室等场所进行，最好能配置真实的电话机和电脑。

2. 分组进行，可以 3 人一组，其中 1 人扮演张洁，1 人扮演上司，1 人进行监督和评价。每个人都要轮演张洁和上司。

3. 每个同学要通过网络或其他的途径查找相关资料，为上司订出午餐食谱，并演练联系酒店和请上司用餐的过程。

4. 每个同学最好都能按照实训内容设计演练的脚本（包括情节和台词），并给本小组成员分派角色。

5. 老师可以临场发挥，比如增设模拟角色和任务；在同学们演练时，组织其他的同学对表演进行评论。

五、实训提示

给上司订午餐时，应注意以下几方面：

1. 首先要制定出科学、合理的食谱，既要照顾上司的口味习惯，又要考虑上司身体的接受能力，保持营养的大致均衡。

2. 要联系比较好的酒店为上司准备午餐，保证午餐质量。

3. 提醒上司按时用餐。

4. 随时提醒上司注意休息。

第二节　邮件收发

秘书每天都可能收到一大堆邮件、报纸、杂志、印刷品、包裹等，也可能每天都要寄出一大堆信函或包裹。这些事看来容易，但要做得干净利落，不出差错，除细心与熟练外，还需要掌握一定的程序和方法。

实训2：处理收到的邮件

一、实训目标

掌握处理收到邮件的程序和方法。

二、实训背景

海潮公司是一家大公司，每天都会有大量的文件、邮件需要处理。张洁是这家公司销售部的秘书，她每天都要帮助领导整理和处理很多的文件和邮件，略为粗心就会产生疏漏。因此，她每天上班前，要对自己工作中例行处理的问题和可能遇到的问题做一个简单的记录，并在工作结束后进行整理。这天一上班，前台就给她送来了一大摞邮件，她马上开始处理。

三、实训内容

按照实际要求演练处理收到的邮件的过程。

四、实训要求

1. 可选择在模拟的办公室或教室进行。要事先准备好若干邮件、表格、工具等。

2. 分组进行，可以3人一组，其中1人扮演张洁，1人扮演上司，1人进行监督和评价。每个人都要轮演张洁和上司。

3. 每个同学在演练过程中一定要严肃认真，言行符合规范。

4. 每个同学最好都能按照实训内容设计演练的脚本（包括情节和台词），并给本小

组成员分派角色。

5．老师可以临场发挥，比如增设模拟角色和任务；在同学们演练时，组织其他的同学对表演进行评论。

五、实训提示

（一）签收邮件

公司邮件的送达一般有四种情况：

一是收领邮件。即传达室或收发室收到邮件，再送到秘书办公室。秘书在这种情况下，应注意邮件到达自己办公室的时间规律，尽量不要在邮件到达时离开办公室；如不能避免，应请人代领。要当面点清邮件总数，并在"邮件收领单"上登记，特别要写清楚机要邮件、经办人等项目，如有污损应当面指出，以分清责任，并在邮件上注明："邮件收到即如此。"

二是取回邮件。即邮件送到单位信箱，由秘书开启，取出邮件带回办公室。秘书每天的开箱次数应该和邮局投递的次数一致，并尽可能与送达时间相合拍，才能提高邮件的处理效率。

三是专人送达。即由专人送达需要签收的邮件，如特快专递等。这类邮件在一天之内随时可能到达，可由秘书负责签收、处理，或者分发给其他部门及有关人员。这类邮件一般较为重要或紧急，秘书一定要及时交予收信人，并请收信人签收。

四是电子邮件。现代秘书到达办公室的第一件事应是检查计算机里的电子邮箱和传真机，看有无最新信息，如电子邮箱里有需要告知领导或相关人员的信息，秘书可将信息全部或部分打印出来，然后与其他信件一并交给领导或相关人员，并做好登记工作。

如果外部送达的邮件是由单位的收发部门负责的，当邮件到达办公室时，秘书应从其中挑选出必须交给领导的邮件。公务往来的邮件需记录在信件接收单（见表11—1）上。

表11—1 信件接收单

年　月　日							
收件编号	收件日期	邮件种类	发件对象	邮件名称	收件对象	收件人签名	备注

（二）初步分拣

1．按照收件人分拣。只适合于人数较少的公司或部门。

2．按照收件部门分拣。按一个部门一类的方法进行分类，如果邮件上写的部门本单位没有设置，则把它归入与此相近的部门，如写明"教育处"收的，可以归入本公司的"培训中心"。这种方法还可以与第一种方法结合起来用，先按收件部门分拣，然后根据姓名归类。

3．按照收件的重要性分拣。秘书可以在两个方面判断出邮件的重要性：一是来信人的姓名或重要来信单位的名称；二是信封上出现的挂号邮件、保价邮件、快递邮件、机要邮件和带回执邮件等特殊的邮寄标记。此外，电报、电传和传真等邮件也是比较重要的。

各个单位可以根据自己的情况设置重要性，大体分为以下几类：电报、特快专递、航空信等急件；政府部门或上级公司文件；业务往来公函；写明领导亲启的信函；汇票、汇款单；包裹、印刷品；报纸、杂志；同事的私人信件。但各行各业的邮件分拣标准应有自己的特点，按重要性分拣标准可以与按收件人、部门名称分拣标准相结合的方法，先根据重要性分拣，然后再按其他标准分拣。

4. 如果你所在的公司还有其他种类的邮件（如订单或者收据等），你应该使用一些分类工具，如分类架和分类盘等。

（三）及时拆封

邮件的拆封在许多人看来是非常简单的事情，可是，如果你在拆封时没有注意到邮件的安全和邮件拆封的权限，可能会引起不必要的麻烦，因此，哪些可以开封，应事先和上司达成协议。除此之外，以下几点应注意：

1. 不能拆开有"亲启"、"保密"等记号的邮件，除非上司授予你这样的权力。

2. 如果无意中拆开了不应该拆的邮件，应该立即在邮件上注明"误拆"字样，并签上自己的名字，然后封上信口。把信件交给领导的时候应向他道歉。

3. 拆邮件时，你要在邮件底部轻轻敲击几下，使邮件内的物件落到下部，以免在拆封时损坏信件。一般用剪刀拆信封右侧。

4. 公务信件是不允许用手撕的，如果需要拆封的信件很多，可以用手动或自动拆封机，并仔细检查里面的物件是否全部取出。

5. 邮件上注明的附件，必须核对清楚。如果缺少附件，应该在邮件上注明。最好将附件用回形针或订书钉固定在邮件上。

6. 信封不能丢掉，也不能损坏信封上的文字、邮戳和其他标志。应该用回形针把它与信纸或附件等附在一起，以供以后查阅之需，这也是归档的要求。

7. 信件拆封后，首先要取出里面的所有东西，然后检查信封、信纸上的地址、电话是否一致。假如不一致，应打电话询问正确的，再把错误的划去，这样才能保证寄信人及时收到回信。

8. 信件里有时会附有货单、发票、支票等，检查这些附件时，应该一一对照信纸上提到的部分。如发现名称或数量不附，应该在信封上写上缺少的附件的名称和数量，接着应及时打电话或写信与寄信人联系，争取事情妥善解决。信件里的证件、现金等要专项登记和保管。

9. 秘书应该把邮件分成最急件、次急件和普通件。那些属于"优先考虑"、"紧急"的信件应尽快呈送给领导，如紧急商务信函、国际性电传、传真、电报或特快专递等；而一般的公务性信函可以经秘书处理后呈送。

（四）如实登记

最好为邮件建立一个登记簿，建立登记簿进行登记的目的有两个：一是收发邮件有误的可以作为核对依据；二是可以作为回复邮件的提示条。

（五）分发传阅邮件

1. 邮件的分发。

邮件经过分拣后，基本上可以分成两大类：一是需要呈交上司的邮件；二是需要交

给他人的邮件。

上司亲收件应立即呈送；应归不同部门办理的文件、信函要及时送交各相关部门，需由多人阅办的文件可按常规程序传阅或分送复印件；同事的私人信件可放入指定信袋或顺便送交；报纸杂志则应分别上夹或上架。

秘书阅看文件、信函应仔细、认真。重点部分可用红笔画出，以提醒上司注意，如：注意参阅某日来信、××文件等。内容复杂的长信应做摘要，甚至提出拟办意见置于信前。

每份信笺、信封及附件等应平整装订在一起，然后分送上司或有关部门处理，以便于办理完毕后保管备查。

（1）把邮件呈送给上司时应注意的事项有：

1）应尽量赶在上司进办公室之前把收到的邮件和电子信件准备好。

2）如果以前保存在档案中的邮件与手头上的邮件有很大关系，要把两者放在一起。

3）要询问你的上司是否要你把收到的亲笔信打印几份。

4）根据重要程度整理上司的邮件，最重要的放在最上面。由于广告商也经常使用快速传递手段，因此必须把广告商的这些材料与特别紧急的信件分开。

5）征询上司的意见是否使用不同颜色的文件夹存放不同种类的邮件。

6）征询上司的意见是否需要你对邮件进行评述。

（2）交给他人的邮件。秘书人员应该把办公室因没有得到通知或没有别人帮忙而无法处理的邮件以及应该转交给其他人的邮件分开放好。你可以用标准型自动粘贴、可移动的提示条写上你希望某人采取什么样的行动，如：为你提供信息；征求你的意见；请交回；请存档；要你采取措施；请提意见；请你和我一起审核。

检查你要采取的行动，把提示条贴在收到的邮件上，把邮件交给应该转交的人。

2．邮件的传阅。

如果邮件要给几个人看，应使用标准传阅顺序提示单（见表 11—2）或者设计一个传阅顺序提示条。

表 11—2 传阅顺序提示单

			年 月 日
序号	传阅人	阅信人签名	阅信日期
1	销售部李玲经理	（签名）	
2	市场部魏冬经理	（签名）	
3	公关部王华经理	（签名）	
4	生产部赵强经理	（签名）	
请签上姓名、日期后，传给下一个人，最后请交还秘书张洁。			

（六）回复邮件

1．信件的回复。

以上司、秘书、公司，以及各部门名义寄发出的邮件，在打印完毕，寄发之前，要做好以下几件事：

（1）根据信件的重要程度，发出之前，请领导确认。把有关信件复印、存档。

（2）写好信封，检查并核对收信人的姓名、地址，确保准确、无误。

（3）检查邮寄标记是否准确，如挂号信、保价信、机密信等的特殊标记。

（4）信件中如有附件，应对照信纸上列出的附件名称和数量，一一予以仔细检查，确保准确、无误。

2. 电子邮件的回复。

电子邮件是一种以计算机为基础的信息传递形式，信息被编成程序并且可以在任何时候传递给任何一个用计算机接收邮件的人，信息可以同时传送到好几个目的地。作为一种快速、经济的传递方式，其优势表现在比长途电话、快信便宜，比电传更精确。

3. 传真的回复。

在传真过程中，文件被转换成信号，可以通过电话线传送到一个接收终端；在目的地，传真机又把信号转换成一种与原件一致的可读形式。无论是什么样的文本和图表几乎都能通过传真发送，对传送手工制作的图表和手工签名的文本尤其有优势。传真的另一个优点即是快捷。

实训 3：寄发邮件

一、实训目标

掌握寄发邮件的程序和方法。

二、实训背景

海潮公司是一家大公司，每天都会有大量的文件、邮件需要发出。张洁是这家公司销售部的秘书，她每天都要寄发大量的邮件。

三、实训内容

按照实际要求演练寄发邮件的过程。

四、实训要求

1. 可选择在模拟的办公室或教室进行。要事先准备好若干邮件、信封和所需的工具。

2. 分组进行，可以 3 人一组，其中 1 人扮演张洁，1 人扮演上司，1 人进行监督和评价。每个人都要轮演张洁和上司。

3. 每个同学在演练过程中一定要严肃认真，言行符合规范。

4. 每个同学最好都能按照实训内容设计演练的脚本（包括情节和台词），并给本小组成员分派角色。

5. 老师可以临场发挥，比如增设模拟角色和任务；在同学们演练时，组织其他的同学对表演进行评论。

五、实训提示

寄发邮件的程序是：邮件的签字、查对地址、查对邮件标记、查对附件、汇总邮件、邮件的折叠和装封、选择寄发方式。

（一）邮件的签字

请上司在邮件上签字时应该注意以下几点：

1. 要把你或者其他人撰写的所有邮件和需要上司签字的邮件区分开来，以提高工作效率。

2. 送邮件给上司签字时，要根据上司的喜好决定是否将邮件和附件一起给他，这样可省去不必要的麻烦。

3. 在原邮件写好而没有修改和签字之前一般不要复印，这样就不会在修改原信件的同时还要修改复印件。

（二）查对地址

收信人姓名、地址必须与邮件所寄的收信人姓名、地址一致，以减少发生误差的几率，加快邮递过程。

（三）查对邮件标记

有两类邮件标记需要打印在邮件上：一是邮件性质标记，如"私人"或"保密"；二是邮寄方式标记，如"挂号信"或"特件"。

（四）查对附件

作为秘书，一定要注意查对邮件后面所注明的全部附件是否齐全，这是非常重要的。可以用醒目的标记标在邮件的附件说明上，提醒阅信者参阅附件。一定要注意把所有的附件和原件附在一起，因为对收件人说，没有收到附件和收到错误的附件的信都是无意义的。查对附件时应注意以下几点：

1. 如果附件比邮件小得多，可以把它订在邮件的左上角；如果附件不能订，则可以用胶带粘在一张卡片上，或者放在一个有标记的小信封里，然后把卡片或小信封和信订在一起；如果有两个以上的附件，则把最小的放在最上面。

2. 如果附件比邮件大，比如是小册子、说明书等其他印刷材料或其他物品，则不能使用一般的商业信封，而应使用较大的信封。

（五）汇总邮件

在传统邮件的邮寄或电子邮件发送前的一道工序是汇总工作，即检查每封信是否备齐以下内容：

1. 通过传统方式或电传邮寄的邮件是否已签字。

2. 是否所有附件都已放进邮局或者经专人投递的邮件中。

3. 邮局或专人投递的邮件中信封上的地址或邮寄标签是否与收件人的地址一致。

4. 上司进一步修改后的文件是否已经加进原件或复印件。

（六）邮件的折叠和装封

纸笺及附件折叠后应小于信封周边各 1cm 左右，不可撑满信封，以免对方拆封时损坏。

（七）选择寄发方式

如果时间充裕，一般通过所在地的邮政服务机构邮寄；如果时间紧迫，而你所在的公司的内部又有其他的通信方式，你可以根据需要选择一种既能满足时间要求又能节省开支的发送方式。

第三节　印信管理

印章和介绍信是企业对外联系的标志和行使职权的凭证管理。现代印章是指刻在固定质料上的代表机关、组织、单位和个人权力的图章。秘书部门掌管的印章主要有三种：一是单位印章（含钢印）；二是单位领导人"公用"的私章；三是秘书部门的公章。其中单位印章是单位对外行使权力的标志。介绍信是用来介绍被派遣人员的姓名、年龄、身份、接洽事项等情况的一种专用书信，具有介绍和证明双重作用。严格按规定使用印章和介绍信是秘书部门和秘书人员的重要职责。

实训4：印章管理

一、实训目标

掌握使用印章的程序和要求。

二、实训背景

作为公司的秘书，张洁负责公司印章（包括总经理的私章）的使用和保管。这一天，销售部的小王来找张洁在一份文件上盖公司的印章。

三、实训内容

按照实际情况演练使用和保管印章。

四、实训要求

1. 可选择在模拟办公室或教室等场所进行，最好能配置真实的文件和印章。

2. 分组进行，可以4人一组，其中1人扮演张洁，1人扮演上司，1人扮演小王，1人进行监督和评价。每个人都要轮演张洁、上司和小王。

3. 每个同学在演练过程中一定要严肃认真，言行符合规范。

4. 每个同学最好都能按照实训内容设计演练的脚本（包括情节和台词），并给本小组成员分派角色。

5. 老师可以临场发挥，比如增设模拟角色和任务；在同学们演练时，组织其他的同学对表演进行评论。

五、实训提示

（一）印章的管理与使用要求

印章的管理应该做到：第一，专人负责。第二，确保安全。印章应选择安全、保险的地方存放和保管，如机要室或办公室的保险箱内。如存放在办公桌的抽屉里，则应当装配牢固的锁。经管人员不得将锁存印章的钥匙委托他人代管，也不得将钥匙插入锁孔后离去，以免印章被人盗盖，造成严重后果。第三，防止污损。使用印章要注意轻取轻放，避免破损。同时要注意经常洗刷，防止印泥和其他脏物将刻痕填塞。要保持图案和印文的清晰。

印章的保管，必须要有严格的制度和纪律，保管人员接到印章后，必须进行登记，登记项目包括印章名称、颁发机关、收到枚数、收到日期、领取人和保管人姓名、启用日期等。印章保管登记表如表11—3所示。

表11—3 　　　　　　　　×××× (单位名称)印章保管登记表

印章名称		颁发机关	
收到枚数		收到日期	
领取人姓名		启用日期	
印章图样			
保管人姓名		批准人	
备注			

（二）印章的使用程序

1. 申请用印。

盖用单位公章，用印人必须填写"用印申请单"（见表11—4），并经本单位的主要负责人或经主要负责人授权的专人审核和签名批准。一般证明用印可由办公室主任批准，或遵循上司所确认的用印惯例。

表11—4 　　　　　　　　×××× (单位名称)用印申请单

文件标题			
发往机关		份　　数	
用印日期		用印申请人	
批准人		备　　注	

2. 正确用印。

用印时，如有不明确的情况，应请示上司核准后，方能用印。盖用职能部门的印章，也必须由本部门的主要负责人审核签名批准。正式公文只在文本落款处盖章。带存根的公函或介绍信、证明信要分别盖骑缝章和文末落款章。用印时，应当使实际盖印的文件数量和"用印申请单"上的份数完全一致。

3. 用印登记。

用印后应当进行用印登记。登记的项目有：用印日期、文件标题、顺序号、用印人、批准人等。一般有专用的用印登记表（见表11—5）。

表11—5 　　　　　　　　×××× (单位名称)用印登记表

顺序号	用印日期	文件标题	发往机关	份数	用印人	批准人	备　注

实训5：介绍信管理

一、实训目标

掌握管理和使用介绍信的一般方法。

二、实训背景

作为公司的秘书，张洁负责公司介绍信的使用和保管。这一天，销售部的小王来找张洁开一张介绍信。

三、实训内容

按照实际情况演练使用和保管介绍信。

四、实训要求

1. 可选择在模拟办公室或教室等场所进行，最好能配置真实的介绍信，或者由学生按照规范的格式设计并打印出介绍信。

2. 分组进行，可以4人一组，其中1人扮演张洁，1人扮演上司，1人扮演小王，1人进行监督和评价。每个人都要轮演张洁、上司和小王。

3. 每个同学在演练过程中一定要严肃认真，言行符合规范。

4. 每个同学最好都能按照实训内容设计演练的脚本（包括情节和台词），并给本小组成员分派角色。

5. 老师可以临场发挥，比如增设模拟角色和任务；在同学们演练时，组织其他的同学对表演进行评论。

五、实训提示

（一）介绍信的管理

1. 介绍信的管理有明确规定，要指定专人负责管理。

2. 介绍信的保管应同印章保管一样，牢固加锁，随用随开，用毕锁好，以防被盗、丢失。

3. 管理介绍信的人员在使用介绍信时，要在存根上加以记载，涉及重要事项的要请批准人在介绍信存根上签字。属于口头批准的，要在存根上记下批准人姓名，有批条的要将批条粘贴在存根上。介绍信要按编号顺序使用。

4. 对于开出后未用的介绍信，管理人员应及时催回，粘贴在存根上。

5. 介绍信持有者如将介绍信丢失，应及时报告单位或部门负责人，并告知介绍信管理人员，涉及重要事项的还应通知前往办事的单位，以防冒名顶替。

（二）介绍信的使用

1. 严格履行批准手续。使用单位的介绍信，要经上司或办公室负责人批准。

2. 介绍信内容要明确、具体，不能含糊笼统。

3. 要填写有效时间。

4. 管理人员要对开出的介绍信负责，应检查无误后方可用印。

5. 一份介绍信只能用于一个单位，不能用于两个单位。

6. 要填写持信人的真实姓名和身份，不能为达到目的而随意提高持信人的地位和身份，不准弄虚作假。持信人不能将介绍信转借他人使用。

7. 介绍信的存根内容要同介绍信的正文内容相符，与持信者姓名相一致。

8. 介绍信书写要工整，字迹要清楚，不能随意涂改或涂抹。如有涂改，需在涂改处加盖公章，否则视为无效。

9. 填写介绍信要用毛笔或钢笔，禁止用铅笔、圆珠笔或红色墨水笔书写。

第四节　制作对比图

公司领导人为了使经营管理科学化，需要随时掌握公司产品产量、营业收入、成本、利润等经营指标。为了节省公司领导人阅读各种文字报表和材料的时间，直观、形象地把公司各种经营指标表现出来，并通过这些指标的比对，看出它们之间的关系和总体水平，把握未来的发展趋势，就需要秘书把公司的各种经营指标制作成图表，挂在上司的办公室或在公司内部传阅。

实训6：将经济指标制成图

一、实训目标

掌握常用工作图表的使用范围和注意事项。

二、实训背景

张洁正在为总经理准备年终的工作报告。为了能更清楚地显示出公司的业绩及增长趋势，特别是对销售额、利润和成本这几个关键指标，张洁在工作报告中作了一些图表。

三、实训内容

按照实际情况演练制作常用的统计图形。

四、实训要求

1. 可选择在模拟办公室或教室等场所进行，最好能配置真实的电脑。

2. 分组进行，可以3人一组，其中1人扮演张洁，1人扮演上司，1人进行监督和评价。每个人都要轮演张洁和上司。

3. 每个同学在演练过程中一定要严肃认真，言行符合规范。

4. 每个同学最好都能按照实训内容设计演练的脚本（包括情节和台词），并给本小组成员分派角色。

5. 老师可以临场发挥，比如增设模拟角色和任务；在同学们演练时，组织其他的同学对表演进行评论。

五、实训提示

秘书在将经济指标制成图表时，应注意各种图形的区别和用途。

（一）曲线图

由于曲线图是根据不同时期的情况而绘制的，所以，它适合表现变化的情况。如通过今年的销售收入与去年同期销售收入的对比，反映公司经营的变化情况。

（二）实线图

实线图不是反映同一事物在单位时间内变化的结果，而是反映在一个单位内两个部门或多个部门某种数据的对比结果。如今年上半年公司第一车间与第二车间经营业绩的对比，通过这个指标的对比，反映部门之间的变化情况。

（三）圆形图

圆形图适合表示个体在总体中的比重。如在某产品中原材料占总成本的比重，通过这个指标的对比，反映成本的变化情况。

第五节　值班管理

值班管理是秘书部门的工作之一。值班人员在规定的值班时间内，必须做到坚守值班岗位、认真处理事务、做好值班记录、热情接待来访者，以及加强安全保卫等工作。秘书人员在值班室，应该掌握相关方法与技巧，从容地处理好每一件事。

实训 7：值班管理

一、实训目标

掌握值班工作的相关方法和技巧。

二、实训背景

星期一上午刚上班，海潮公司销售部经理就接到总经理的电话。总经理在电话中很生气，说有个老客户昨天打电话到公司销售部咨询，可是接电话的值班人员一问三不知，过了一会儿再打过来，就没人接了。这个客户很生气，将这个情况反映给了总经理。总经理让销售部经理尽快查清此事。销售部经理叫秘书张洁马上去调查此事，并制定出严格的值班制度。

三、实训内容

按照实际情况演练值班管理的过程。

四、实训要求

1. 可选择在模拟办公室或教室等场所进行，最好能配置真实的电话、电脑等。

2. 分组进行，可以 5 人一组，其中 1 人扮演张洁，1 人扮演上司，1 人扮演客户，1 人扮演值班人员，1 人进行监督和评价。每个人都要轮演张洁、上司、客户和值班人员。

3. 每个同学在演练过程中一定要严肃认真，言行符合规范。

4. 每个同学最好都能按照实训内容设计演练的脚本（包括情节和台词），并给本小组成员分派角色。

5. 老师可以临场发挥，比如增设模拟角色和任务；在同学们演练时，组织其他的同学对表演进行评论。

五、实训提示

（一）值班管理的具体工作程序

制定值班制度与值班规定→编制值班安排表→通知并给领导班子发放值班表→值班人员做值班记录→重大事件做值班报告→值班结束、交接班。

（二）值班实务处理的方法与技巧

1. 做好公务接洽工作。

此项工作需要用到公务接洽记录本（见表 11—6）。

表 11—6 公务接洽记录本

来电来人单位		姓　名		职　务	
接洽时间		年　月　日		接洽人	
洽谈事项					
经理意见					
处理结果					
备　注					

2. 掌握汇报情况的技巧。

3. 处置突发事件、紧急情况。

（三）值班安排表的制作

值班表一般包括值班的具体时间、地点、内容、领班人及电话、值班人、值班任务和注意事项等。值班安排好以后，要事先通知有关部门及人员，并将值班表（见表11—7）发到每位领班人及值班人员手中，让其做好准备。

表 11—7 值班表

时　间	值班人			领班人	
	姓　名	所在单位	电　话	姓　名	电　话
月　日— 月　日					
月　日— 月　日					
月　日— 月　日					
月　日— 月　日					

（四）值班内容的记录

秘书人员要做好值班管理的一个必要环节，就是做好值班记录工作。记录值班内容所涉及的表格主要包括：值班日志（见表11—8）、值班报告（见表11—9）、外来人员登记表（见表11—10）、接待记录表（见表11—11）、电话记录专用记录本（见表11—12）等。

表 11—8 值班日志

时　间	日　时　分— 日　时　分	值班人	
记　事		待办事项内容	
承办事项		接班人签字	
处理结果			

表 11—9   值班报告

值班人：

报告事项				
来人、来电、来函单位			时　间	
姓　　名		职　务	电　话	
内容摘要：			拟办意见：	
			经理批示：	
处理结果：				
报告单位：				

表 11—10   外来人员登记表

序号	姓名	性别	单位	乘坐车辆	携带物品	办理事项	进入时间	出门时间	备注

表 11—11   接待记录表

来访人姓名		来访人单位	
接待时间		年　月　日　时　分至　年　月　日　时　分	
内　　容			
拟办意见：			
经理意见：			
处理结果：			

值班人签字：

表 11—12　　　　　　　　　　电话记录专用记录本

电话记录			
编号：			
		时间：　　年　月　日　时　分至　时　分	
来电单位		发话人姓名	
来电单位电话号码		值班接话人姓名	
通话内容摘要：			
经理意见：			
处理结果：			
			值班人签字：

（五）交接班

值班结束后，应有完备的交接班手续，需要注意以下几点：

1. 必须当面交接，不能委托他人。

2. 交清值班记录，说明在班内出现的问题及处理方法。

3. 值班人在值班记录上签名，确认记录内容。

第六节　处理突发事件

突发事件通常指发生的事情是不可预见的或突然发生的，并会带来危险，因此需要立即采取应对措施，尽力控制。每一个组织有责任保证在其办公地点的工作人员、来访者工作的安全，使所有突发事件的危险最小化。

任何组织都有可能发生突发事件，如何处理突发事件，消除危机，这里面大有学问。近年来，一些发达国家设立了专门的危机传播机构和危急事件处理机构，并把其看成是组织获得成功不可缺少的组成部分。由此可见，处理突发事件是组织负责人的重要责任，协助组织负责人处理突发事件则是秘书人员的重要职责。

实训 8：处理突发事件

一、实训目标

掌握处理突发事件的程序和方法。

二、实训背景

这天上午，海潮公司总经理秘书张洁正和王总经理一起陪着公司的重要合作伙伴超凡公司的李总经理一行在公司厂区参观。行走中，超凡公司的销售部经理赵女士踩到没有盖好又没有安全标志的井口内，当即小腿部表皮划伤出血并有膝盖疼痛感。张洁急忙上前，一面向赵女士道对不起，一面轻轻将赵女士扶起，接着她采取了一系列的措施：通知工作区急救员，利用单位急救箱进行紧急抢救；在急救员不在的情况下，及时呼叫急救中心，抓紧时间进行伤员的抢救；当伤员得到抢救后，填写了公司的《事故情况记录表》，并立即填写公司的《工伤情况报告表》，写出处理该受伤人的相关细节。

三、实训内容

按照实际情况演练处理突发事件的过程。

四、实训要求

1. 可选择在模拟办公室或在室外等场所进行，最好能配置相关的设备如急救箱等。

2. 分组进行，可以 6 人一组，其中 1 人扮演张洁，1 人扮演王总，3 人扮演超凡公司人员，1 人进行监督和评价。每个人都要轮演张洁、上司和客户。

3. 每个同学在演练过程中一定要严肃认真，言行符合规范。

4. 每个同学最好都能按照实训内容设计演练的脚本（包括情节和台词），并给本小组成员分派角色。

5. 老师可以临场发挥，比如增设模拟角色和任务；在同学们演练时，组织其他的同学对表演进行评论。

五、实训提示

（一）突发事件的种类

可能出现的突发事件常有以下几种：

1. 火灾。

2. 伤害。

3. 疾病。

4. 炸弹威胁或恐慌。

（二）突发事件的预防措施

1. 以书面形式确定紧急情况处理程序，其中应详细地记录出现火灾、人员受伤、突发疾病或发生炸弹威胁等恐怖活动时的具体处理程序。

2. 用上述紧急情况处理程序培训所有工作人员，如开展健康、安全、急救等方面的特殊培训。

3. 张贴显示有关的紧急程序，在可利用的地方显示相应的布告，让所有人员了解有情况发生该如何疏散和急救员的姓名。

4. 实行紧急情况模拟演练，如定期进行消防演习或疏散演习来测试编写的程序是否合适，并指导员工的应对行动。

5. 明确各级管理人员在紧急情况下所负任务和职责，一旦有情况，由他们担当处理。

6. 保证配备相关的设备和资源以随时处理紧急情况，如配备报警装置、灭火器、急救包等。

7. 保证定期检查和更新设备，如定期检查和维护灭火器、急救包、报警装置等。

（三）处理突发事件的注意事项

1. 及早发现，马上报告，并保护好现场。

如果是发生重大的自然性灾害，务必在第一时间向有关部门和当地政府报告情况，由政府统一组织和调动各种资源进行抢救。这时企业的主要任务是组织人员有序撤离危险地带，提供真实准确的情况，并组织并配合专业人员进行抢救。

2. 查找问题的原因。

如果是人为性的危机，企业领导者要临危不乱，沉着应对。首先要搞清楚问题的缘由。是竞争对手所为，还是消费者的行为主导；是政府机构发起，还是媒体的主动行为；是由于客观环境的冲击，还是企业管理上的失控。不同的原因意味着风险的性质不同，意味着需要调动的资源不同，意味着采取的对策和投入的成本不同。只有找准主要矛盾和矛盾的主要方面，才能选准主攻方向和突破口，迅速地化解危机。

3. 成立临时指挥中心。

企业一旦发生危机，不管是什么性质，都要成立临时指挥中心，调动一切可以调动的资源，进入紧急状态。由企业的第一负责人担任总指挥，组建抢救组、调查组、善后处理组、接待组、宣传组、物资供应组等，明确各自的责任，统一指挥，集中资源，分工负责，做到忙而不乱。

4. 控制源头，釜底抽薪。

在找到问题的原因后，最要紧的是尽一切努力与问题的"源头"直接取得联系，争取彼此达成谅解，满足对方的要求，防止事态的扩大。即使无法达成和解，也能够了解对方的态度，有助于问题的解决。对在危机中受到损失的客户，要主动与之进行联系，表示理解和问候，尽量满足客户的合理要求，采取积极的措施帮助他们解决实际困难，并视情况给予合理的补偿。如采取产品召回措施、冻结措施、用户补偿措施等，以表明本企业是个负责任的企业。

5. 召开新闻发布会。

发生危机后，企业要设立新闻发言人。要向公众坦诚地说明情况，避免因公众不了解情况而听信传言，损害组织形象。如果确实是企业自身的问题，除了诚恳道歉外，还要同时公布补救的措施，以获得公众的谅解和支持。要保持与媒体的紧密联系。必要时还要开通社会公众热线，正面回答媒体和公众的问询，随时通报事件的进展情况。

实训心得体会

第十二章

综合实训

综合实训 1："我眼中的秘书职业"

一、实训目标

要求学生对秘书、秘书职业有一个全面、系统的了解，同时锻炼学生的口语表达能力、运用所学知识综合分析问题的能力。

二、实训背景

钟山职业技术学院新闻传播系文秘专业的学生通过三年的专业课程的学习，对秘书、秘书职业有一定自己的认识和看法。

三、实训内容

如果你是该系文秘专业毕业班的学生，请按照"我眼中的秘书职业"这个话题准备3分钟～5分钟的演讲稿。

四、实训要求

1. 学生以"我眼中的秘书职业"为题进行演讲。

2. 根据实际情况设计工作环境进行演练，并按照要求完成相应的实训任务。

3. 将演讲稿的内容录入计算机，并按照规定的排版格式进行排版。

4. 任务完成后，学生必须参加实训成果汇报。汇报后，先由学生之间互评，接着由教师进行点评，最后教师根据学生实训任务完成情况，并结合学生成果汇报时的表现综合评分。

五、实训提示

"我眼中的秘书职业"是一次综合性的演讲活动，演讲前必须做好充分的准备，演讲时要注意方式、方法，演讲内容要能够吸引别人。整个演讲活动中，注意自己的观点要鲜明，语言表达要流畅。

综合实训 2：文书拟写、商务接待与会议筹备

一、实训目标

掌握商务接待的程序和方法和接待中的礼仪。能够独立或者小组间协作，筹备大中

型会议。

二、实训背景

钟山学院新闻传播系申请成立中国高等教育学会秘书专业委员会分会，在经中国高等教育学会秘书专业委员会同意后，该系拟在近期召开分会成立大会。届时将邀请国内知名的秘书学专家谭一平教授到会授牌，邀请省内各高校秘书专业负责人、专业教师参加会议。会期2天，第一天是分会成立大会授牌仪式、嘉宾致辞、文艺演出等，第二天上午参观该系文秘专业校外实训基地，下午返程。

三、实训内容

1. 如果你是该系行政秘书，请以该系的名义给中国高等教育学会秘书专业委员会拟写一份成立分会的请示；再以高教秘书学会的名义给该系发一份同意该系成立分会的批复。

2. 接到高教秘书学会的批复后，请拟一份分会成立大会筹备方案，交系主任审核。

3. 分会成立时，由于邀请了谭一平教授和省内同行专家、老师，请你拟一份接待方案一并交系主任审核。

四、实训要求

1. 了解商务接待的程序和方法和接待中的礼仪。

2. 根据实际情况设计工作环境进行演练，并按照要求完成相应的实训任务。

3. 设计相应的表格，然后将文字和表格录入计算机，并按照规定的排版格式进行排版。

4. 任务完成后，学生必须参加实训成果汇报。汇报后，先由学生之间互评，接着由教师进行点评，最后教师根据学生实训任务完成情况，并结合学生成果汇报时的表现综合评分。

五、实训提示

（一）书写请示的注意事项

1. 请示要坚持"一文一事"的原则。为便于上级机关批复，请示应一文一事，不能一文数事，如同综合报告，这样可避免辗转传递，影响工作效率。

2. 请示的主送机关只能是一个。不能搞多头请示，以免造成责任不明，互相推诿，或领导机关批复的意见不一致，下级机关难以处理的现象。如涉及几个上级机关时，主送机关应是对请示事项有处理义务的上级机关，对其他上级机关则可用抄送的形式。

3. 要逐级请示。请示应按隶属关系逐级请示，一般不能越级。如遇特殊情况，如事情重大或特别紧急的事情时，若按常规逐级请示就会延误工作；或就同一问题曾多次向直接上级机关请示，却迟迟得不到答复，可以越级向更高一级机关请示。但越级请示时，必须同时抄送越过的上级机关。

4. 如果是联合请示，应搞好会签，要充分协商，联合行文。

（二）会议筹备方案包含的内容

1. 拟订会议的议题；

2. 确定会议名称；

3. 选择布置会议场所；

4. 拟订会议议程和日程；

5. 确定与会者名单、制发会议通知；

6. 安排会议食宿；

7. 准备会议资料、会议用具；

8. 会议经费预算；

9. 会场布置及会场布局；

10. 检查设备；

11. 接站工作；

12. 报到、签到工作；

13. 对外宣传、邀请新闻媒体；

14. 会议的值班工作与保密工作的安排；

15. 医疗卫生服务；

16. 照相服务等。

（三）接待方案包含的内容

1. 确定接待规格；

2. 拟订接待计划；

3. 接待经费预算；

4. 人员安排。

综合实训3：向在职秘书学习

一、实训目标

了解在职秘书的工作方法、作风，以及秘书的工作内容和工作环境。

二、实训背景

为了庆祝中国高教秘书学会钟山学院新闻传播系分会成立10周年，分会决定派学生前往企事业单位，采访有经验的老秘书，采访过程必须进行全程录像，采访结束后，还要将采访内容写成采访稿，最后以"秘书风采"为名编印成册。

三、实训内容

如果你是该系文秘专业毕业班的学生，请你去采访在职秘书。

四、实训要求

1. 采访在职秘书，了解在职秘书的工作方法、作风，以及秘书的工作内容和工作环境。

2. 将班级学生分成若干小组，每组5人，1人采访，1人摄像和拍照，1人记录，1人负责后勤。根据实训背景进行实际演练，并按照要求完成相应的实训任务。

3. 事先选择好采访对象，对并其进行预约；准备好采访提纲，将采访提纲打印好，事前送给被采访对象，并准备好采访所需用品。

4. 全部实训任务应在2周～3周内完成。

5. 任务完成后，学生必须参加实训成果汇报。汇报后，先由学生之间互评，接着由教师进行点评，最后教师根据学生实训任务完成情况，并结合学生成果汇报时的表现综合评分。

五、实训提示

本实训主要锻炼学生与人沟通的能力、办公自动化设备使用的能力、新闻稿件的写作能力。

采访时的注意事项有：

1. 时间、地址的预约；

2. 如有变动，第二方案的制定；

3. 采访内容的拟订，包括问题的准备；

4. 事前对采访对象的背景了解和资料收集；

5. 事前对秘书史、秘书职业等要有一定了解；

6. 对于是否可录音和照相要事先询问被采访者，如果对方应允，应准备好摄影、摄像器材和录音设备；

7. 采访进行时对主题的把握（尽量不要离题）、时间的控制；

8. 采访时要与被采访者形成互动；

9. 采访时注意自己的表情和语速、说话的清晰和明了，要注意采访过程中的礼貌、礼仪；

10. 采访时遇到不清楚的地方要及时提问，绝对避免主观编造和添加；

11. 采访后应询问是否可以提供相关资料；

12. 赠送一定的礼品表示感谢；

13. 将完成的采访稿寄给被采访人，请其过目并可适当让其修改；

14. 将最终出版物寄送一份给被采访人并再次表示感谢。

综合实训4：组织同学参与职业秘书风采大赛

一、实训目标

组织学生参加职业秘书风采大赛活动。

二、实训背景

钟山职业技术学院第四届职业技能节即将开始，新闻传播系领导交给文秘学生一项任务，要求学生积极参加学院第四届职业技能节活动，筹办由该系承办的职业秘书风采大赛活动，届时将邀请院领导、机关处室有关领导、兄弟系团总支书记观摩指导。

三、实训内容

如果你是该系文秘专业的学生，你被指派为职业秘书大赛活动的负责人，你应该如何组织职业秘书风采大赛。

四、实训要求

1. 组织学生参加职业秘书风采大赛活动。

2. 将班级学生分成若干小组，每组4人～5人，每组指派负责人，根据具体分工，分别筹备职业秘书风采大赛活动。根据所学知识、要求，协作完成实训任务。

3. 全部实训任务应在2周～3周内完成。

4. 任务完成后，学生必须参加实训成果汇报。汇报后，先由学生之间互评，接着由教师进行点评，最后教师根据学生实训任务完成情况，并结合学生成果汇报时的表现综合评分。

五、实训提示

1. 筹办职业秘书风采大赛，首先要明确此次大赛共由哪几个项目组成。

2. 大赛项目确定以后，筹备组要讨论大赛以何种形式进行，并列出具体的筹备方案，经指导老师审核后实施。

3. 根据大赛的组成部分，在指导教师的指导下，把班级学生分成若干小组，每个小组完成一个模块的实训任务。

4. 大赛筹备时，要注意每个项目之间要留有余地，要有领导讲话和嘉宾致辞。

综合实训 5：文书拟写、信息管理与档案管理

一、实训目标

掌握文书拟写、信息管理以及档案管理的综合技能。

二、实训背景

随着海潮公司在业务和生产方面的不断发展，公司需要更多的人才加盟。所以公司决定在各大高校招聘销售类、宣传企划类、运筹管理类、软件开发类专业的人才。人力资源部李经理让秘书张洁在公司网站上发一个招聘广告。他告诉张洁，此次招聘包括北京大学、北京邮电大学、北京理工大学、北京科技大学、上海交通大学、华东理工大学、复旦大学、西安交通大学、西安电子科技大学、武汉大学、电子科技大学、浙江大学、南京大学、东南大学、南京邮电大学、中国科技大学、哈尔滨工业大学等高校；请应聘者将个人简历、应聘意向、薪资要求、联系方式及近照一张寄到本公司。联系人是人力资源部，电子邮箱是 haichaorlzy@sina.com，公司网站是 http://www.haichao.com.cn。

几天后，张洁打开电脑登录电子邮箱，发现由网上传来的四类职务应聘申请书及简历有很多，她将每类材料整理出若干份发送到公司四个相关部门。相关部门领导经过筛选，每个部门确定出两名应聘者参加面试，并将此信息形成初步意见，通过电子邮件发送给人力资源部。

张洁在电脑上将初步意见整理完毕，并附上几位应聘者的个人资料，然后打印成书面文件上报给李经理审阅。李经理审批后，张洁将所有相关的资料整理归档。

三、实训内容

1. 请每位学生代张洁拟写一份网上招聘广告，并打印出来。

2. 请每位学生以求职人员的身份登陆各大校园网站，从网络上获取个人简历和专业资料，然后在应聘销售、宣传企划、运筹管理、软件开发四类职务中任选两个，拟写应聘申请书及简历，并发送到教师事先指定的电子邮箱。

3. 每位学生将收到的应聘材料每类整理出 6 份来，通过电子邮件发送到教师事先指定的电子邮箱，并打印出来。

4. 每位学生以相关部门领导的身份，根据应聘材料，进行初步筛选，每个部门确定两个应聘者参加面试，并将此信息形成初步意见，通过电子邮件发送给人力资源部

（即教师事先指定的邮箱中）。

5. 每位学生代张洁拟写文件，并打印出来交给教师审阅。

6. 每位学生代张洁将所有资料（包括纸质的和电子的）归档保存。

7. 文稿完成后，每组学生再按场景顺序进行演示。

四、实训要求

1. 需选择能满足全班学生实训的电脑机房，如条件有限可将全班分为若干小组，分组实训。

2. 要事先准备好打印机、打印纸、相关的表格簿册、案盒等。应具备文档管理一体化软件管理系统。

3. 分组进行，可以 7 人一组，其中 1 人扮演张洁，1 人扮演李经理，4 人扮演相关部门领导，1 人扮演求职的学生。

4. 每个同学在演练过程中一定要严肃认真，言行符合规范。

5. 每个同学最好都能按照实训内容设计演练的脚本（包括情节和台词），并给本小组成员分派角色。

6. 老师应事先申请好几个电子邮箱，供学生在实训中使用。

五、实训提示

1. 招聘广告的结构分三部分：开头应着重介绍公司的基本情况，内容可以参照实训背景的介绍，既要体现公司的实力，又要突出产品的优势；主体应写明招聘的范围和要求；结尾写明公司名称、地址、邮编、电子邮箱、公司网站等。因为是网络广告，只需文字即可，不含图片。

2. 可以登录各大学校园网站，从网络上直接下载个人简历及专业资料，再根据专业资料写求职申请，申请书必须明确告诉对方你为什么对此类工作感兴趣，并且相信自己能胜任，切记不要为讨好对方而写些毫无意义的内容。撰写的申请书应文笔流畅、简明扼要、称呼得体、格式整齐。一份求职申请和简历以两页为限。

3. 整理资料要准确、迅速。要熟练运用网络进行资料的传递、反馈和利用。

4. 拟写文书要格式规范，内容准确、精练。

5. 文件资料归档要符合归档的要求。

综合实训 6：信息处理与调查研究

一、实训目标

了解常见的信息收集途径与基本方法，熟悉并掌握调查研究的基本程序和方法。重点掌握网络信息收集处理方法，学会做调研。

二、实训背景

毕业在即，钟山职业技术学院新闻传播系给文秘专业毕业班的学生布置了一项任务，要求学生通过报纸、网络、问卷调查等渠道，收集有价值的该专业就业、创业等方面的信息，并对收集的信息进行分析研究，形成高职院校秘书专业学生就业形势分析报告。

三、实训内容

如果你是该系文秘专业毕业班的学生，被指派为该活动的负责人，你如何进行信息处理与调查研究？

四、实训要求

1. 掌握收集、处理信息的途径和方法，以及调查问卷设计的方法等。

2. 需选择能满足全班学生实训的电脑机房，如条件有限可将全班分为若干小组，分组实训。

3. 要事先准备好打印机、打印纸等。

4. 分组进行，可以 5 人～7 人一组，每个小组指派一名小组长。

5. 每个同学在演练过程中一定要严肃认真，言行符合规范。

6. 每个同学最好都能按照实训内容设计演练的脚本（包括情节和台词），并给本小组成员分派角色。

7. 全部实训任务应在 2 周～3 周内完成。

8. 任务完成后，学生必须参加实训成果汇报。汇报后，先由学生之间互评，接着由教师进行点评，最后教师根据学生实训任务完成情况，并结合学生成果汇报时的表现综合评分。

五、实训提示

（一）网络信息收集

1. 按要求进入中华秘书网、秘书在线等专业网站；

2. 浏览并收集最新的有价值的秘书相关信息；

3. 收集 5 条以上的重要信息并下载。

（二）信息整理与应用。

1. 用 Word 软件处理下载信息，每条信息文字组成 50 字～100 字；

2. 题目字体选黑体，正文选宋体，均为小四号，页边距均为 2.5cm，行间距固定值 18 磅编排信息文稿；

3. 书面打印，供教学资源用。

（三）调查研究

1. 设计调查问卷；

2. 进行实地调查，撰写调查报告。

综合实训 7：模拟秘书应聘面试

一、实训目标

熟悉秘书应聘面试的方法与技巧。

二、实训背景

钟山职业技术学院新闻传播系文秘专业毕业班的学生，通过一学期的实训，秘书专业知识和专业技能都得到了很大的提高。为了能使同学们在参加招聘面试的过程中能够脱颖而出，经系领导研究决定，在该系文秘专业学生中举行一次模拟招聘面试活动。

三、实训内容

如果你是该系文秘专业毕业班的学生，你将参与此次模拟招聘面试活动。

四、实训要求

1. 将班级学生分成若干小组，每组 2 人～3 人，根据背景要求完成实训任务。

2．任务完成后，学生必须参加实训成果汇报。汇报后，先由学生之间互评，接着由教师进行点评，最后教师根据学生实训任务完成情况，并结合学生成果汇报时的表现综合评分。

五、实训提示

（一）项目能力培养体现

主要体现在信息收集能力、创新能力、团队合作意识、语言表达能力、人际交往能力、沟通协调能力、处事应变能力等方面。

（二）训练环节与对应能力训练

1．教师扮演第一主考人，临场提问，学生两人一组，其中一人为第二主考人，另一人为应聘者。根据学号组队，1号和最末一号组成一组，2号和倒数第二号组成一组……以此类推。

对应能力训练：分工合作意识、信息收集能力。

2．在秘书应聘这一主题下，具体内容不限，模拟实训，可以发挥想象，创造新形式。每组模拟8分钟。

对应能力训练：创新能力、团队合作、语言表达能力、沟通协调能力，以及处事应变能力等。

3．模拟结束后将以上过程写成实训报告上交，同时要求整理好整个模拟方案设计以及模拟脚本，书面打印并上交。要求文字组织规范，排版合理、美观。

对应能力训练：文字组织整理能力和Word排版技术。

综合实训8：讨论职业秘书如何面对挫折

一、实训目标

掌握作为职业秘书如何面对挫折。

二、实训背景

人生难免会遇到挫折，没有经历过失败的人生不是完整的人生。作为职业秘书在工作、生活中也经常会遇到挫折。遇到挫折时，有人迷茫，有人失落，有人埋怨天道不公……

三、实训内容

请站在职业秘书的角度，讨论如何面对挫折。

四、实训要求

1．将班级学生分成若干小组，每组2人～3人，根据背景要求完成实训任务。

2．在讨论过程中各小组可以选择不同的观点进行辩论，然后将各自的观点整理成书面文字，并按照规定的格式进行录入、编排和打印。

3．任务完成后，学生必须参加实训成果汇报。汇报后，先由学生之间互评，接着由教师进行点评，最后教师根据学生实训任务完成情况，并结合学生成果汇报时的表现综合评分。

五、实训提示

在秘书这个职位上，技术性的劳动并不多，大多做些琐碎、重复的工作。秘书在工

作中常会遇到的挫折主要可能有：与上司沟通不好；对上司指派的某份工作感觉吃力，难以胜任；对琐碎、重复的工作感到厌烦；与上司发生争执；情感方面的事情；等等。

人在遭遇挫折时，往往会感到缺乏安全感，使人难以安下心来，工作和生活都会受到影响。那么，在遭受挫折的时候，必须注意以下几点：第一，应进行冷静分析，从客观、主观、目标、环境、条件等方面，找出受挫的原因，采取有效的补救措施；第二，要有一个辩证的挫折观，经常保持自信和乐观的态度，要认识到正是挫折和教训才使我们变得聪明和成熟，正是失败本身才最终造就了成功；第三，向他人（朋友们）倾诉你遭受挫折的不快以及今后打算，改变内心的压抑状态，以求身心的轻松，从而乐观面向未来；第四，学会自我宽慰，能容忍挫折，要心怀坦荡，情绪乐观，发愤图强，满怀信心去争取成功；第五，人在落难受挫之后应奋发向上，将自己的情感和精力转移到有益的活动中去，使之升华到有益于社会的高度。遇到挫折和失败，会面临很大的外在的心理压力，在这个时候，要继续而勇敢地追寻直至成功。

与上司沟通不好，这对于性格较内向的人更容易发生。秘书这个职位，沟通是十分重要的，秘书工作可能有 70% 的时间都在与别人沟通，因而必须不断培养自己的交际能力，提高自己。

如果你对上司派给的某份工作感觉吃力，难以胜任时，就说明你在某方面存在不足，最好的解决办法就是通过学习提升自己的能力。

如果你对琐碎、重复的工作感到厌烦，可能是由于你认为自己所做的事是微不足道的，或者觉得这些工作是浪费人才。应该从根本上认识到，做一个优秀的职业秘书，其实也并不是一件容易的事情。这个岗位学习到的不仅仅是一般的技能性的东西，而是要辅助别人如何管理好一个企业或一个部门。明白这点对于你以后的职场生涯是十分有利的。

与上司发生争执，这个问题比较严重。领导与秘书之间发生争论是很正常的，如果处理得好，争论的结果可使事情得到正确解决，对自己和领导都有益处；反之，可能让你受到批评甚至影响你的职业生涯。

综合实训 9：总结与汇报

一、实训目标

掌握总结的写作方法和设计制作演示文稿的方法，锻炼学生的沟通能力、语言表达能力、团队协作精神，以及整理资料的能力等。

二、实训背景

钟山职业技术学院新闻传播系文秘专业毕业班的学生，通过一学期的实训，秘书专业知识和专业技能都得到了很大的提高。为了总结教学经验，现要求学生对一学期的实训进行总结，撰写实训总结，并设计制作演示文稿，参加学期实训成果汇报。并要求学生对实训资料进行归类，装订成册，最后将装订的资料作为实训的最终成果。

三、实训内容

如果你是该系文秘专业毕业班的学生，请你进行实训总结与汇报、实训资料的整理与装订工作。

四、实训要求

1. 将班级学生分成若干小组，每组 2 人～3 人，根据实训背景完成实训任务。

2. 利用电脑熟练、准确地录入图文、表格数据等，并按规范的格式进行排版、打印。打印时一律采用 A4 纸，正反打印，打印稿一式两份，学生自己保留一份，另一份打印稿和电子文本以及 PPT 文本一并上交老师，参与学期总评。

3. 任务完成后，学生必须参加实训成果汇报。汇报后，先由学生之间互评，接着由教师进行点评，最后教师根据学生实训任务完成情况，并结合学生成果汇报时的表现综合评分。

五、实训提示

（一）撰写实训总结

撰写实训总结之前，应先弄清楚总结的类型、结构等。

总结的表现形式，大体上分为标题、正文、落款三项。

（1）标题。一般有三种模式：陈述式、论断式、概括式。

（2）正文。这是总结的核心部分，一般由前言、主体、结尾三部分组成。

（3）落款。主要包括具名与日期。单位的具名要放在标题中或标题下方；个人总结的署名，一般写在正文的右下方。

撰写总结要做到：情况清，即要求工作总结要点面结合，突出重点；交代环境和背景；详略得体，容易明白的少写，说明经验的多写。经验新，即总结出一些新鲜、管用的经验，使本单位、本部门能够"超越自我"，更进一步。不溢美，不护短，即语言力求准确、朴实，避免浮华。

（二）收集、整理并装订实训资料

收集、整理实训资料时，最好由各小组成员先分别整理，整理完毕后，每个人列出清单，小组间再校对清单，看实训成果有没有缺项，如果没有缺项，再根据老师的分类要求，将实训资料进行归类。装订时，要按照要求左侧装订，装订完毕后要设计一个封面。

实训心得体会

参考书目

1. 谭一平. 现代职业秘书实务. 北京：中国人民大学出版社，2006

2. 劳动和社会保障部中国就业培训技术指导中心. 秘书国家职业资格培训教程. 北京：中央广播电视大学出版社，2006

3. 谭一平. 秘书工作案例分析与实训. 北京：中国人民大学出版社，2006

4. 蔡超. 现代秘书实训. 北京：首都经济贸易大学出版社，2007

5. 谭一平. 外企女秘书职场日记. 北京：华夏出版社，2005

6. 谭一平，李永民. 秘书基础与实务. 北京：清华大学出版社，2006

7. 谭一平. 狐狸信条和穿山甲法则——一个外企女秘书的日记. 北京：学苑出版社，2003

8. 徐静，周渔村. 秘书实训. 北京：高等教育出版社，2003

9. 劳动和社会保障部教材办公室. 秘书. 北京：中国劳动社会保障出版社，2004

10. 涂宇，曹瑾亮. 办公自动化教程与实训. 北京：科学出版社，2005

11. 黄世明. Word 案例阶梯导学. 北京：人民邮电出版社，2004

12. 晓燕. 公共关系礼仪教程. 南昌：百花洲文艺出版社，2004

13. 刘逸新. 礼仪指南. 北京：中国纺织出版社，2004

14. 黎滔. 双赢谈判. 北京：中国纺织出版社，2007

15. 中国高等教育学会秘书学专业委员会. 秘书实训. 北京：人民出版社，2007

16. 刘森. 商务秘书实务与训练教程案例集. 成都：西南财经大学出版社，2007

17. 王蓓. 文秘与办公自动化. 北京：北京科海电子出版社，2003

18. 姚文锋. Word/Excel 在文秘与行政办公中的应用. 北京：中国电力出版社，2005

图书在版编目（CIP）数据

秘书日常工作实训/雷鸣等主编. —北京：中国人民大学出版社，2011.9
中等职业教育文秘专业规划教材
ISBN 978-7-300-14327-9

Ⅰ.①秘… Ⅱ.①雷… Ⅲ.①秘书-工作-中等专业学校-教材 Ⅳ.①C931.46

中国版本图书馆 CIP 数据核字（2011）第 182947 号

中等职业教育文秘专业规划教材
秘书日常工作实训
主　编　雷　鸣　吴良勤
副主编　李喜民　段　赟
主　审　史振洪　朱贵喜

出版发行	中国人民大学出版社			
社　　址	北京中关村大街 31 号	**邮政编码**	100080	
电　　话	010－62511242（总编室）	010－62511398（质管部）		
	010－82501766（邮购部）	010－62514148（门市部）		
	010－62515195（发行公司）	010－62515275（盗版举报）		
网　　址	http://www.crup.com.cn			
	http://www.ttrnet.com（人大教研网）			
经　　销	新华书店			
印　　刷	北京华正印刷有限公司			
规　　格	185 mm×260 mm　16 开本	**版　　次**	2011 年 9 月第 1 版	
印　　张	14	**印　　次**	2011 年 9 月第 1 次印刷	
字　　数	313 000	**定　　价**	23.80 元	

教师信息反馈表

为了更好地为您服务，提高教学质量，中国人民大学出版社愿意为您提供全面的教学支持，期望与您建立更广泛的合作关系。请您填好下表后以电子邮件或信件的形式反馈给我们。

您使用过或正在使用的我社教材名称		版次	
您希望获得哪些相关教学资料			
您对本书的建议（可附页）			
您的姓名			
您所在的学校、院系			
您所讲授课程的名称			
学生人数			
您的联系地址			
邮政编码		联系电话	
电子邮件（必填）			
您是否为人大社教研网会员	□ 是，会员卡号：_____ □ 不是，现在申请		
您在相关专业是否有主编或参编教材意向	□ 是　　　　□ 否 □ 不一定		
您所希望参编或主编的教材的基本情况（包括内容、框架结构、特色等，可附页）			

我们的联系方式：北京市海淀区中关村大街 31 号

中国人民大学出版社教育分社

邮政编码：100080

电话：010-62515912

网址：http://www.crup.com.cn/jiaoyu/

E-mail：jyfs_2007@126.com